我選擇的那一個人

筆恩——著

推薦序

今天下小雨（網路作家、POPO華文創作大賞得主）

去年因緣際會，在文學網上認識了筆恩。熟悉以後就會發現，筆恩實在是個很溫暖又好相處的人，像是一顆小太陽。也和她筆下的故事一樣，讀起來輕鬆順暢，又總是能感覺到字裡行間的溫度。

本書的女主角覺苡，個性活潑率真、偶爾罵罵髒話，但也有著青春時期都會有的、那些纖細又帶著稚氣的煩惱。

書中對於校園生活、青少年的友情與愛情，描寫得相當細緻，讓人不自覺就能隨著文字，去更貼近主角們的感受與視角。跟著覺苡一起面對生命中的種種抉擇、相聚、別離，最終度過成長的陣痛期，奔向更好的未來。

除此之外，文末也有顆小彩蛋，給讀者留下了一點驚訝與懸念，讓人不禁好奇主角們在這故事之後，還將會有怎麼樣的發展？

最後，也恭喜筆恩新書出版，期待有越來越多的人能看見筆恩的故事！

目次

開場

靛夏是一所很特別的私立高中。

創辦人是年僅三十二歲的漂亮女子。她擁有一對凡人見了都沒辦法即刻移開視線的大眼，天生白裡透紅的肌膚就像鋪上了永久性的腮紅，如花似玉。聽聞她還才貌雙全，智商達到一百四十，雖然稱不上天才，但也算是少見的聰明人。

然而，她非常神祕。這些關於她的資訊，其實都只是傳言，學校裡裡外外的人，皆不曾見過她。

兩年前，她創辦的靛夏私立高中，突然成了城裡最有名的學校之一。別的學校通常聞名於新穎齊全的設備，學制、資源及其學習氛圍，靛夏卻不然。如果硬要比較，靛夏反而平平無奇，沒有特色。

那到底是什麼原因，讓它變得如此有名？

靛夏去年參與學測的學生，只有區區的兩百人。但五科考獲七十級分以上的，竟然多達二十五人；而四科考獲五十五級分以上的，也有二十人。

一夜之間，靛夏成了眾所皆知的高中。當然，除了成績優越這點，靛夏還有一個特別之處是其他學校沒有，也永遠不可能會有的。

學校在每個月的十四號，都會有一個非常特別的活動。

本校學生都稱它為——「脫單二選一」。
非常俗氣卻又簡單直接的名字。
顧名思義，就是脫離單身，兩個中選一個。

第一章　幸運之人

今天是五月二號。

一週一次的朝會剛結束，我抱著筆記，踩著輕快的步伐走向教室，卻在踏出幾步之後，倏地感覺雙腳宛如綁上千斤重的鐵球般沉重。

想到回到班上就會面對同學們的熱情追問，我開始覺得有點煩惱。

要是我什麼消息都不透漏，大家肯定會不停地在我身邊打轉、喋喋不休。不得到個滿意的答案，他們是不可能會放過我的。

想到這裡，頭好像有點疼，心裡更不想回去了。

然而撇開這個問題不說，我的心情其實還算愉悅——畢竟我等這一天，可是等了好久。

方才的朝會，司儀宣布我成為這個月的「幸運之人」，全場頓時嘩然，離我較近的人紛紛轉頭打量著我。

我雖然有些震驚，但仍驕傲地抬頭挺胸。沉浸於眾人的羨慕眼光中，讓我感到非常自豪，畢竟這可是我努力半年的成果。

看著手上厚重的筆記，我忍不住彎起嘴角。這些日子，只要一有空閒時間，我就埋首於課本作業當中——不為成績，只為當上每個月的幸運之人。

「冼覺苡，妳也笑得太誇張了。」

左後方傳來一把酷酷的女聲，我還沒轉過頭，脖子就被一隻纖細的手臂給勾住，鼻尖也傳來了淡淡的香味。

看見來人是好友凱芹，我吐了吐舌頭。「哈，被發現了。」

努力終於獲得成果，彷彿有塊磁鐵，再次把我的嘴角給往上吸。

凱芹早就得知我為什麼會這麼開心，在決定好好唸書的這六個月裡，我時不時在她耳邊嚷嚷著要談戀愛，現在她的耳朵總算圖得清靜。

不只她，班上同學也略知此事，這不是什麼祕密。

驀地，一陣風捲著周遭熱氣從左側吹來，我長至顴骨的瀏海被吹得遮住一邊眼睛。

凱芹剪了一頭帥氣的短髮，並沒有我的困擾，當她瀏海被吹起時，眼睛順勢微瞇，迷離的眼神讓她散發出一股率性灑脫的魅力。

我習慣性地輕甩頭讓頭髮歸位，然而又一陣風吹來，這次，我的上半張臉直接被瀏海遮蓋了。

我正想準備整理頭髮，卻剛好從遮擋雙眼的頭髮空隙中，看見兩個男生迎面而來。他們露出了嫌棄臉，雖然只是短短一秒。

經過我時，其中一個男生突然道：「剛才朝會上說的人就是她吧？我記得是叫什麼……仙覺苡？」

「好醜，拜託不要選到我。」另一個男生接著說。

聲音不大不小，感覺刻意要讓我聽見。我轉頭覷了他們一眼。

他們的側臉看起來就是路人甲，長得又矮小，怎麼一點自我認知都沒有？

我轉身，很不客氣地喊道：「媽的，誰要選你們？先去照照鏡子再說吧！還有，我姓氏的讀音是跟明『顯』的顯是一樣的，這樣都聽不清楚嗎？看來你們的聽力也有問題嘛！」

「幹！竟然還是個潑婦！」走遠的其中一個男生罵道。

「我怎樣要你們管？」我想順勢比個中指，卻被凱芹抓住了手。

「女孩子不要一直比中指，很難看。」她皺眉道。

「我沒得罪他們，竟然被那樣說，我忍不住啊！」我很不高興，心裡很想把手中的筆記砸過去。

凱芹食指在我的額間點了點，一臉認真：「妳啊，別這麼粗俗，這樣哪有男孩子喜歡？還說想談戀愛咧。」

「妳又知道沒有男生喜歡我？十四號就快來囉，到時妳就知道。」

我的心中浮現一張眉清目秀的臉孔，胸口上的悶氣也隨之消失了。

我其實並不介意自己被多少男生喜歡，唯一介意的，是我喜歡的人是怎麼想的，即使他並不知道我這個人的存在。

除了那一天的短暫交流，我們再也沒有接觸過彼此。就算在校園內碰見、擦身而過，也都沒有眼神接觸的機會。對他來說，我只是一個同校的陌生人。

然而隨著時間流逝，當我見到他的次數愈來愈多，我想接近他的慾望也愈加強烈。我受夠什麼也不做的自己，甚至想省去慢慢認識的時間，於是下定決心參加每個月的脫單二選一。

膽敢跳過相識、相處的步驟直奔談戀愛，我就是被愛情沖昏頭的笨女生沒錯。

凱芹一臉嫌棄地望著我：「我總覺得妳選的人不會接受妳，也沒人想選妳。」

我瞪了她一眼。「靠，妳這樣算朋友嗎？怎麼能詛咒我？」

「又是髒話，我看不下去了。」她放棄與我溝通。

雖然凱芹這麼說，但我知道她一點都不介意，即使她看見這樣真實的我，卻依然把我當成好朋友。

剛走進教室，比我們早一步回來的同學，視線立即轉到我身上。下一秒，他們猶如恐怖片裡的喪屍一樣，一看見我便蜂擁而上，只差沒把我抓住再咬一口。

我皺了皺眉。果然如我想的，他們就是這麼誇張。

「冼覺苡，妳可以啊妳！」一個男生提了提下巴，挑起了單邊眉毛。

「妳半年前說一定會在高二這年參加脫單二選一，沒想到真的做到了。」另一位男同學直接把手肘壓上我肩膀，豎起了拇指。

儘管想翻他們白眼，然而聽到這裡，我再也沒辦法壓抑想上翹的嘴角，不客氣地呵呵笑了。

「冼覺苡，那妳決定好了嗎？」某個女生雙手環胸看著我。

「妳會選誰啊？」另一個女生好奇地問。

「不會是段章俊吧？他是大熱門，女生們很愛選他，可是他一向都直接拒絕喔。」

聽見那個放在心上很久的名字，我的心咯噔一響。

我經常從女生的談話中聽到他的名字，在真正知道他這個人之後，這名字傳入耳畔的次數似乎愈來愈多。不管聽了多少次，我的心總會不受控地加速。

「覺苡，我真的好羨慕妳啊！」站在我旁邊的女生特別興奮，猛地叫了聲。

我忍不住皺眉道：「別在我耳邊喊啦，幹，都要聾了！」

現場的同學們面面相覷，頃刻間，教室內爆出響亮無比的笑聲。

班上同學總說我留著長髮，卻一點氣質也沒有。他們要我說話輕聲細語、舉止溫文儒雅，別沒幾句就飆髒話，特別難看。然而，他們的說鬧卻總惹得我一罵再罵，偶爾中指也忍不住一併附上。這讓我不禁懷疑：他們其實是特別想看我爆粗。

「幹，還笑那麼大聲！」我瞪過去。

「覺苡，妳這麼粗魯，被妳選中的男生一定很可憐。」

「吼，是超可憐的啦。」一個男同學說著，伸手拉拉我的馬尾，我直接豎起中指。

還記得高二剛分班，我因為高一的經歷而變得小心翼翼，不管對誰說話，我都略有保留。後來因為發生某些事，我不小心在他們面前飆出髒話，直接原形畢露。

出乎我意料，同學們絲毫不介意我這副德性，隨著時間流逝，與我的交情還愈變愈好。

「一定會有人能接受最真實的妳。」

曾經，有那麼一個人對我說過這句話。我雖然抱持懷疑，然而在遇上凱芹，以及班上的同學後，我才終於相信：世上真的會有人，能無條件包容自己的缺點。

跟大家同班的這段日子，我的性格已經完全顯露無遺，也沒必要裝成窈窕淑女了。不過在外人前面，我還是會盡量控制言行舉止，不會像此刻般粗言粗語。

我以保持形象為先，除非是遇到像方才那種情況，明明什麼都沒做，就被兩個陌生人拿著雷射槍往我身上射，無辜受傷，當然就沉不住氣了。

「覺苡，快說要選誰啦！」女生們還是不死心，抓著我問。

「覺苡，妳一直不肯說，該不會想選我們班的男生吧？」一直站在遠處看著我們的佩璇，此時難以置信地走上前來。

「蛤？不會吧？妳至少像佩璇那樣，選個陽光男孩啊！班上男生完全沒魅力！而且還好幼稚！」女生們怪叫。

「欸，說什麼啊？好過妳們都高二了，胸部還像飛機場那樣平。」男生們抗議。

「還好意思說，你們的雞雞不也像半截拇指那樣短？」

「怎樣？妳們是看過了嗎？那麼清楚！」

男女生雙方你一言我一句，如果我再不說點什麼，恐怕會沒完沒了。

所以我才不想回班。班上同學太熱情活潑，有時聊著天就能吵起來，這情況早就發生過無數次了，吵得人不得安寧。

「好啦，告訴你們我會選誰。」我先在心裡嘆了一口氣，才翻著白眼開口。

班上頓時鴉雀無聲，眾人滿臉期待地看著我。我有些緊張地吞了吞口水。

「我當然要選段章俊。」我故作鎮定說：「沒他那種程度，我才不想談戀愛咧。」

語方落，我感受到大家的明顯一愣。

凱芹首先點點頭，一臉認真道：「雖然很高興妳的眼光放高……」

「但還是要有自知之明好。」佩璇接著拍拍我的肩膀。

爆笑聲登時響徹整間教室。不少同學還笑得前傾後仰，說著要我別妄想了，我氣得再度翻白眼，不想再說話，逕自回到座位坐下。

我內心很清楚：段章俊被公認為校草，是許多女生愛慕的對象，也曉得他並不容易接近。但沒試過，又怎麼知道他不會接受我？

人就是這樣，愈不被大家看好，就會愈挫愈勇，更想這麼做。

所以段章俊，我還是選定了。

下課鐘響起，我正打算趴下補眠，手臂卻倏地被大力一拍，嚇了我一大跳，不小心又出口成髒。班上的同學見怪不怪，紛紛笑了起來。他們怎麼就愛看我生氣？

碰一聲，一疊作業本放到我的前面。「跟我一起搬作業去導師室，我不想拿這麼多。」凱芹道。

剛開學不久的選幹部，她毛遂自薦說想當學藝，我不明白她為什麼要做這種自討苦吃的差事。

「要我幫忙還打我？還有妳的『請』字去了哪裡？」我微瞇著眼看向不以為然的她，不過身子還是自動自發地站起來。

凱芹手拿著一疊作業，「如果跟妳用『請』字，妳一定以為我發燒了。我會這樣跟妳說話嗎？」

「是不會，但聽了就讓人不爽。」我搬起她放在桌上的作業。

「妳真的很容易不爽耶。」我們走出教室，並肩而行。凱芹繼續剛才的話題：「而且妳每次不高興都會直接說出來，真不簡單。」

說。」

「不簡單？什麼意思？」

「通常人心裡有一點不高興，都不太常把它說出來。」凱芹解釋。「但妳不一樣，妳一定會說。」

「所以……我這樣不好？」其實我也只有對信任的人，才會這樣說話。

「不，這樣其實特別好。妳有什麼情緒都會說，將來應該會是一個很好的女朋友。」

見我百思不得其解，她笑說：「很多女生都會把悶氣堆在心裡不說，男生不會知道，只能不停地猜她在想什麼。」

我挑了一下眉，玩味道：「怎麼聽起來妳好像很有戀愛經驗？」認識凱芹已經八個多月，她一直都是單身，也沒跟我提過她有喜歡或交往的對象，沒想到卻懂得這麼多。

她不以為意地聳了下肩。「聽說的。」

「但妳這樣直腸直肚的，在交往時也有一個壞處喔。」她忽然道。

「什麼壞處？」

「一點點不高興就告訴男朋友，應該會很常吵架吧。」

我皺了下眉。「那妳說話很矛盾欸，剛才說讓男朋友知道情緒很好，現在又說會很容易吵架。」

凱芹嘆了一口氣。「戀愛就是這麼矛盾啊，等妳談戀愛後就知道了。」

聽起來很複雜。戀愛不就是跟一個人甜甜蜜蜜地交往嗎？怎麼需要想這麼多？

走出導師室沒幾步，我的餘光瞄到有兩道身影正緩慢走來。

我還沒來得及看清他們，其中一人的聲音就先傳來：「冼覺苡！」

「嗨，馮浩！」我也自然地微笑打招呼。

馮浩留著一頭俐落短髮，皮膚略顯黝黑、身材高瘦。他有一雙有神的丹鳳眼，與我對上眼後，他清俊的臉上揚起笑容，那身制服和往常般有些皺褶，但整個人還是相當乾淨清爽。

我和他都是學校田徑隊的隊員，因為在訓練時常碰面，所以就這樣認識了。不過自從田徑的縣賽結束，我就較少遇見他。他好像又長高了些，應該超過一百八十公分了吧。

我偶爾會回想起我和他初識的時候。

✣

還記得那是一個太陽高掛的午後，教練讓所有選手一起做完基本的熱身，才要我們各自進行訓練。

我繞著跑道跑了幾圈，忽然後方傳來一聲「嘿」，令我駐足回頭。

「你在叫我？」我比著自己，不是很確定。

雖然在田徑隊看過眼前的男生幾次，卻從來沒說過話。

他小跑到我的身邊，其白色的體育服已被汗水浸濕，額上也有些汗水。他朝我微微一笑，那笑容在陽光下顯得十分耀眼，我一時間看得目不轉睛。

「妳的鞋帶鬆了，先綁好再跑吧，踩到就不好了。」他指了指我左腳鬆開的鞋帶，好意提醒道。

「喔，謝謝。」我隨即彎下腰把鞋帶重新綁好，不過當我站起來時，他依然站在旁邊。

「還有什麼事嗎？」我直接問道。

他端詳著我，接著道：「我是田徑社的，但好像沒在社團時間看過妳，只有在田徑隊的額外訓練才會見到。」

我點頭表示了解。「那是因為我加入競技啦啦隊社團，所以沒進田徑社。」我應該算是唯一一個異類吧，明明不是田徑社的社員，卻能加入田徑隊。

果然，他的表情變得有些訝異，「那妳怎麼會進來田徑隊？」

我轉頭瞥了眼站在場外雙手抱胸的教練。「我們邊跑邊說，不然教練會說我們偷懶。」

他淺淺一笑。「我們邊跑邊說話，肯定跑很慢。反正今天讓我們自由訓練，我們可以去那邊做重訓。」他指了指跑道旁放啞鈴的一小塊空地。

我莞爾。「好啊。」

明明我和他是第一次說話，但聊起天來卻自然得像朋友一樣。他的態度非常親切，完全沒有一絲的疏離感。在做重量訓練時，他還指導了一些我從沒試過的動作。

「我國中時參加過田徑賽，本來升上高中不想再跑步，所以就加入了一直很喜歡的競技啦啦隊。誰知道教練突然找上門，問我要不要加入田徑隊，我就這樣被他說服了。」我繼續方才的話題。

他拿起了啞鈴，轉頭看我時濃眉挑了下。「妳國中一定得過很多獎，不然教練才不會花時間說服妳進來。」

我笑了笑。「其實也還好。」

「是妳謙虛了吧？」他的嘴角帶著笑意，身體很認真地在做重訓。做完一組，不忘向我示範並解釋：「這個動作做過嗎？能鍛鍊下背部的肌肉。」

我看完他的姿勢，搖搖頭。「沒有，我對這方面不太了解，以前國中時的重量訓練不多。」

我們又換了好幾個訓練動作，他在指導時偶爾會碰到我的手臂和腰部，但舉止十分紳士，動作也略顯保留，在碰到我前還會先告訴我一聲。

我的目光緩緩地移到他的手。他的手臂露出清晰的青筋，節骨分明的修長手指握住了啞鈴，我頓時看得失神。

「欸，你叫什麼名字？」我終於忍不住問道。

他低聲一笑。「我們的確忘了自我介紹。」他把啞鈴放下，薄唇緩慢地吐出字句：「我叫馮浩，高二一班，妳呢？」

我噗哧一笑。「抱歉，我絕對沒那個意思，只是沒想到自己能認識一班的人。我是冼覺苡，高二二班。」

「竟然是資優班！」我感到驚訝。

他莞爾，打趣道：「妳的反應會不會……太沒禮貌了點？」

「妳也是資優班啊。」

在靛夏，一、二、三班都是三類的資優班，但二班三班程度相差不遠，而一班則是在三班中遙遙領先，把我們拋在後頭。

「一班跟二班的程度差異很大好嗎？」我說著，視線禁不住又落在他的手臂上，沒看還好，一看就一直想再看。「欸，馮浩，你的手臂其實很好看耶。」

一陣靜默。

我抬頭看向馮浩，他那俊俏的臉上表情已經僵住，一朵紅雲悄然浮現在他的耳根部位，讓我猛然笑出了聲。

「抱歉，是我太直接了嗎？」我笑著問，趕緊又道：「別誤會，我不是變態，我只是覺得你的手臂真的好看。」

他愣了愣，接著端詳起手臂，表情有些不好意思，又好奇地問：「怎麼說好看？」

「哈，算啦！你們男生不了解。」我笑著擺擺手，沒再解釋。「接下來是什麼動作？」

他的眉頭微微皺起，但也沒打算追問，繼續指導我做下個動作。他耳根的紅潮也悄悄褪去。

後來每次田徑隊的集訓，我們都會自然地向對方打招呼，再各自練習。其中一人想做重量訓練時，就會自動自發地找另一人一起。相處的時間變多，聊天話題也增加了不少。

這樣的模式維持了好幾個月，一直到去年縣賽結束後，我們少了集訓的碰面機會，也不曾在校園內的其他地方碰面。沒想到過了那麼久，我們又再次遇上了。

「好久不見了。」馮浩淡淡一笑。

雖然那麼久不見，不過此時再次遇見他，之前的熟悉感也回來了。我們以前一起訓練的日子，彷彿就像昨天才經歷一樣。

「對啊，你怎麼會在這裡？你……」

當我不自覺把視線移到與他同行的男生時，我頓時愣住，心跳驟然停止。

他是……！

我意識到自身反應有些異常，趕緊把目光拉回馮浩，裝作自然道：「……去導師室嗎？」

馮浩點頭，「不過我在這學校待了一年多，去導師室的次數屈指可數。」說著，他還笑了笑。

我逼迫自己要忍耐，然而意志力實在過於薄弱，我禁不住再次覷了眼站在馮浩身後的男生，也就是我暗戀的人——段章俊。

他有立體分明的五官，深邃眼眸上方是對劍眉，襯上高鼻樑和微微紅潤的嘴唇，是張非常俊秀的臉。他和剛毅外表的馮浩是兩個完全不同的類型，表情雖然有些凜冽，但還是掩不住身上那柔中帶剛的氣息。

他們都是高二一班的同學，但我之前沒聽過馮浩提起段章俊，還以為他們並不熟。可是現在，他們卻走在一起。是我錯過了什麼嗎？我不禁感到好奇。

馮浩打量著我的臉，又道：「話說，我記得縣賽時妳曬黑不少，怎麼那麼快就白回來了？」

聽到他談起我在意的外貌，我忙收回了看向段章俊的視線，「有嗎？我還覺得我的皮膚好黑。你看，我還是比凱芹黑吧。」我抓起凱芹的手，和我的手臂比了比。

凱芹無言地看著我，不發一語。

馮浩看了眼後笑了笑，笑聲十分爽朗。「下一次的額外訓練應該在下個月開始。要記得準備防曬乳。」

田徑賽結束以後，除了田徑社的社團時間外，教練暫時中止田徑隊的訓練，讓大家補救稍微荒廢的學業。我也因此好久沒有訓練了。

不過教練還是會私下叮嚀我晨跑，以保持體力及避免肌肉僵硬。

「我也想事先準備，可是每次都會忘記帶來學校。」我懊惱道。每次要練習跑步前，我只記得必備品是水壺和毛巾。等到跑完步，回家看著鏡子裡那被曬得黑紅的皮膚，我才猛然想起自己忘了塗防曬乳。

馮浩笑說：「這沒什麼好煩惱的，下次我幫妳準備吧。」

「真的嗎？」我拍了拍馮浩的肩膀。「你人真的很好耶，謝謝你啦。」

「我……」馮浩正想說些什麼，卻被站在斜後方的段章俊給打斷了。

「馮浩，班導還在等我們。」段章俊的雙手插在口袋，語氣有些冷漠。「不要再聊了。」

馮浩一怔，接著點點頭。「那冼覺苡，我們下次再說。」

「哦，好。」

看著他們離去的背影，我才發覺段章俊在我和馮浩聊天的期間，都沒正眼瞧過我。

我的內心不免感到失望。之前幾次都是擦身而過，所以他沒注意到我一點都不奇怪。然而這次，我們站在原地好幾分鐘，他卻連看我一眼都不願意。

果然要獲得校草的注意，一點都不容易。畢竟對他來說，我是一個他既不認識，也不會與他生活有所交集的人。

但對我來說，他的存在可大大不同。我一直低調地注意他，腦海經常浮現他的臉孔，也常想起他那把沉穩的嗓音。我的生活中，開始有了他的影子；他也漸漸地，成為了我生活的一部分。

暗戀他的事，我本來不想讓任何人知道，因為講了也不會有所轉變。喜歡一個人，如果想要改變什麼，都得靠自己，別人是幫不到你的，我很清楚。

然而早上面對著班上同學，我知道就算什麼都不說，他們也會在活動時得知我的選擇。加上那時候，心中也有股什麼都不想隱藏的感覺忽然迸發，導致我直接把隱藏在心底的祕密說了出來。

我暗地奢望著，段章俊可能會在脫單二選一時接受我。這奢求也讓我一直不願意去理智地思考，他不接受我的可能性。

直到方才，再次與他處於同個空間，我們站得如此靠近，並呼吸著一樣的空氣……然而他的視線，卻完全不願意放在我身上。他的忽略及冷漠的表情，始終在我腦中揮之不去。

我腦裡的理智線，因而重新接上。

如果我在脫單二選一中選擇他，一定會被拒絕吧——早在心中做好的決定，就這樣產生動搖。

我突然想退縮了。

第一節下課沒補到眠，我上課時看著黑板上的字漸漸變成蚯蚓，耳聽第二節下課鐘聲響起，我正準備把臉埋進手臂，佩璇卻走了過來。

「覺苡，妳真的要選段章俊喔？」她單刀直入地問。

我跟佩璇雖沒像凱芹那樣要好，但她常常抽空來找我聊天，偶爾會跟著班上同學一起捉弄我，交情還算不錯。早上她說過要我有自知之明，所以我不意外她會來跟我討論此事。

「怎麼？妳想要我放棄？可是……我就還沒試過啊，又怎麼知道不行？」我的語氣不自覺變弱。

其實方才遇見本人後，我已經悄悄萌生退意，然在內心深處，卻還是不斷告訴自己不能就這樣退縮。

我到底……該放棄，還是繼續堅持？

我抬頭望向佩璇。她也想勸我放棄嗎？

不料佩璇卻幽幽點頭，接著道：「也是呢，當初我也沒想到文揚會接受我。」她甜甜一笑，雙頰紅撲撲，顯然想起她兩個月前交的男朋友蕭文揚，戀愛中的女生就是這副模樣。

看著佩璇的笑顏，我的思緒跌入了三月十四號那天。

✣

兩個月前。

百花爭相開放，淡淡花香味包圍下，全校開啟了每月一次的特別朝會。

朝會由學生會長主持，沒有任何一位老師在場。然而，學生們仍像平常的朝會般安靜，甚至更專注地望著臺上。

此刻臺上站著的不只會長，還有個子嬌小的佩璇。

「侯佩璇同學，再次恭喜妳在上個月的測驗考取全校最高分。」會長拿著麥克風，對佩璇笑道。

佩璇拿起手上的麥克風，有些害羞道：「謝謝。」

「那我們直接進入重點吧，大家應該都很期待接下來的環節。侯佩璇同學，妳準備好了嗎？」

佩璇把頭垂得低低的，有點靦腆道：「準備好了。」

「那我們有請第一位報名參加活動的男同學！」會長的聲音突然變得洪亮，頓時激起了臺下觀眾蠢蠢欲動的熱情。在眾目睽睽、如雷的掌聲下，一名戴著細框眼鏡的男生緩緩走上臺。

「沒錯，高二三班的葉麟同學，就是第一位選擇參加侯佩璇同學脫單活動的男生！」

「葉麟！」「你太棒啦！」

臺下葉麟的支持者瘋狂地喊著，深怕大家聽不見似的。沒想到一個看起來像書呆子的男生人緣這麼好，竟然擁有那麼多支持的聲音。

「好，接下來，就是侯佩璇同學的人選！」

會長示意佩璇拿起麥克風說話，全場頓時又安靜了下來。

「高三四班的……蕭文揚同學。」佩璇的語音剛落，臺下再次響起了如雷的歡呼聲。

我知道蕭文揚，他是學校籃球隊的成員。記得他的班就排在我們班的附近……我轉過頭，馬上看見了身高一百八十多公分的蕭文揚。

他此刻的表情充滿訝異，但他們班男生沒給他猶豫的時間，直接推著他上前。

蕭文揚不知所措地走上臺，臉上掛著尷尬的笑容。然而就算如此，他身上依舊散發出陽光的氣息。

佩璇站在臺上的正中央，而蕭文揚和葉麟各別站在臺上的一左一右。看見這種情形，我內心也忍不住興奮了起來，心臟不停地狂跳。

佩璇今天的結果會怎樣，我真的非常好奇。

「來，先讓你們兩位自我介紹一下。」會長拿起麥克風，笑瞇瞇地對葉麟和蕭文揚說。

說是自我介紹，但他們沒說多少，僅僅說完名字和班級就結束。會長微笑點頭，接著問臺下：

「好，那馬上就進入最重要的環節囉。大家準備好了嗎？」

「好了！」「快點快點！」

聽見觀眾們震耳欲聾的聲音，我也為佩璇著急不已，於是跟著喊道：「準備好了！」

會長對我們的反應十分滿意，他接著望向了佩璇。「那侯佩璇同學，請問妳的選擇是……」

沒想到會長直接問起佩璇的選擇，沒有像之前活動般東拉西扯其他事物，把大家耐心磨盡後才願意進入這個階段。

目光瞬間都轉移到佩璇身上，只見佩璇抿了一下唇，緩緩地拿起麥克風。

明明選擇的人不是我，但此刻的我還是覺得快要窒息。

「我選……蕭文揚。」

這一瞬間，大家的歡呼聲響徹雲霄，場面直接失控，不管會長說些什麼，聲音都被埋沒了——然而我清楚知道，這還不是最失控的時候。

蕭文揚也拿起麥克風，他淺淺一笑。「好，我接受。」

短短一句「好，我接受」，再次轟炸整個場面。這就是最失控的時候了。

佩璇驚愕地望著他，整個人僵在原地不動，一直到會長走前去拍了她肩膀，她才眨了眨眼，害羞得垂下頭來。

「蕭文揚同學，你真的願意成為侯佩璇的男朋友？」會長再三確認道。

蕭文揚輕輕點頭，依然微笑。

「可以問為什麼嗎？」會長一臉八卦。

蕭文揚又點頭：「我之前就有注意過她，覺得她挺不錯的。而且我也考完學測，能專心談戀愛了。」

聞聲，除了場外再次響起興奮激動的吶喊，佩璇的頭也垂得更低，我敢肯定她的臉已經紅透了。

「那就恭喜你們脫單成功啦！至於葉麟同學，真是不好意思了。」會長走前去拍了拍葉麟的肩膀。

那時候，看著蕭文揚和佩璇的視線在空中彼此交會，接著雙雙笑了開來，我心裡好生羨慕。明明自己也已經努力了四個月，怎麼就還沒輪到我呢？

「每個人都有他的價值，妳也一樣啊！我就不相信妳什麼事都做不好。」

我的腦海飄過段章俊低沉的嗓音。就算過了那麼久，只要想起他的話，我仍能感覺到一股暖流輕輕滑過我的心房，就跟當初聽見時一樣。

看著臺上的佩璇和蕭文揚，我告訴自己再努力吧，就不相信老天會虧待努力的人。既然決定了要參加這個活動，就必須盡最大的努力。

兩個月後，我終於獲得這個殊榮。得知此消息的當下，我非常開心，也期盼著站到臺上的那一天。

然而這樣的情緒，僅維持了短短幾個小時。下課時意外碰見段章俊後，那股喜悅感已經漸漸消散，迎面而來的，只剩滿滿憂慮。

我不禁開始懷疑，是否一開始就做錯了決定。或許，我根本不應該參加這個活動。

脫單二選一的活動，自創校兩個月後就開始舉辦。聽說是學校創辦人——沈馨發起的。

「戀愛會讓人更有動力學習。」這是出自沈馨的嘴，也是會長每次活動開場白中一定加上的句子。往往此話一出，同學們都會大聲附和，即使聽過好多次，都像第一次聽聞般興奮。

這也難怪。畢竟有多少個大人會認同這樣的話呢？

也因此，思想開放、或該說另類的沈馨，一下就獲得了學生們的好感，加上她是個美人胚子、智商高等的傳言，也就自然成為許多同學的偶像，大家都渴望有天能見到她的廬山真面目。

至於學校的校長老師，他們非常清楚靛夏有這麼一個活動，然而卻不曾在學生面前提過相關的事，也沒出聲反對，或許是睜一隻眼，閉一隻眼吧。

感覺只要學生沒做出越矩的事，還能兼顧學業，他們都不會多說什麼。

所謂的越矩，就是在學校幹些奇怪、兒童不宜的事。嗯。

而靛夏舉辦這樣的活動，家長們當然都聽聞過此事，而依然願意把孩子送進來的，多屬於開放型的家庭。想當然爾，也有萬分不同意的家長，卻還是把孩子送來，並發起了聯名抗議，反對學校再進行此活動。

結果？當然是得不到任何回應。

「如果反對這個活動，那就讓孩子轉學吧。」如果他們再抗議下去，也只會得到這個答案。

想要進靛夏的人很多，不缺那些不接受這活動的學生家長。明明只要不把孩子送來靛夏就好了，但他們就是被「靛夏學生的成績都很優異」的事實給洗腦，最終為了孩子的未來而選擇靛夏。

學生只要來到靛夏，成績就會直線上升。但學業會突然猛進，也不是沒有理由的。

這就要回到脫單二選一的活動了。

這活動並不是全校同學都能參與，如想參加，首先該做的就是溫習課業。

靛夏在每個月的月底，都會舉辦一次測驗，是由沈馨本人親自出題。這測驗與一般段考不同，涵蓋所有科目範圍，但都在大家的程度內，因此每個年級略有不同。

測驗中獲得最高分的那一個人，才擁有資格參加脫單二選一。

全校只有一位，一個月只有一次機會。

所以我們才會稱這人為——幸運之人。

即使困難重重，大家依然為此發奮圖強，期望自己能成為下個幸運之人。這也是為什麼自從我要參加這個活動後，筆記從不離手。

就算有學生不想參加活動，見身邊的人那麼努力，在環境影響之下，他們也會變得有動力學習。

至於脫單二選一的活動，就是在兩個對象中，選擇一個。對象之中，有一人，是自己想選擇的對象。至於另一個，則是自願選擇跟你交往的對象。

這活動一直以來都是由學生會負責。在每個月月初的朝會上，他們會事先宣布測驗獲得最高分的同學名字。公開幸運之人後，學生會就會開放讓想參與活動的同學來報名。

第一位報名的人，就能直接參加幸運之人的脫單二選一。

佩璇正是兩個月前測驗的最高分者，這已經事先在朝會宣布。第一位報名參加活動的同學，就是葉麟；至於佩璇自己選擇的對象，則是蕭文揚。

到了活動當天，也就是十四號早上，他們三人就會站到臺上。而佩璇必須馬上在他們倆之中，選出希望交往的對象。

按理來說，幸運之人肯定會選擇自己喜歡的對象吧。然而，這個對象擁有拒絕的權利，只要他不願意，活動就會宣告失敗，幸運之人也就白白浪費一次脫單的機會。

另外，此對象只能在幸運之人說出要選擇他後，再拒絕對方，這也是他唯一得遵守的規則。換句話說，如果蕭文揚想拒絕佩璇，他只能在佩璇說出選擇他之後才能表態。他不能事先透露任何訊息，讓佩璇選擇另一人。

如果違規，就會直接列入學生會的黑名單。而黑名單內的人不管是什麼身分，永遠都不會有機會再參加脫單二選一。

而在臺上被選擇對象拒絕的幸運之人，如果接下來想要找男女朋友，就只能靠自己去告白了。這也不是不行，但能在活動中脫單，想想就特別酷、特別開心吧。

不過對我來說，我只是想藉著這個活動來壯膽，把不敢說的話說出來。或許也有不少人和我一樣的吧。

至於主動參加脫單二選一的那個人，他肯定對幸運之人有意思才報名，因此他若被選中，是不允許拒絕的。如果硬要拒絕，會長就會馬上公布第二位報名的候補同學上臺。

那些主動報名上臺、被選上後卻拒絕的人，當然也不會好過了，一樣直接被列入黑名單。

會長多次在活動中提醒大家遵守規則，也不曉得是大家害怕進黑名單，又或是很認真看待活動，我見證那麼多次的脫單二選一，都沒有遇過違規的狀況。

幸運之人當中，其實有不少最後是選擇葉麟這樣的對象。我想，他們或許是害怕被拒絕，也可能純粹為了體驗談戀愛的感覺，才作出這個決定。

而如果真的完全沒有同學報名參加活動，那位幸運之人就能自行選出兩個對象——因此無論如何，還是會有二選一的選項。

老實說，我當時沒想到個性含蓄、沒自信的佩璇會選擇蕭文揚，更意外蕭文揚也點頭說好，雙方更穩定交往了兩個月，直到現在。

佩璇也因為戀愛而漸漸變得更有自信，不再像從前那樣一直頭低低的。

我對沈馨的話深信不疑，要不是因為想談戀愛，大家就不會這麼用功，而我也不會為了段章俊如此發憤圖強。

但我從沒想過，戀愛也會改變一個人的性格。

如果是我，也會像佩璇一樣，因為戀愛而改變嗎？

第二章　猶豫不決

我本來以為短時間內，不太可能會再遇到馮浩。然而就在隔天，我和凱芹來到福利社時，卻看見那道熟悉的高大身影擋在福利社的門口。

見過段章俊之後，我一直魂不守舍。心裡儘管不想放棄向他告白的機會，然而如果明知道結果是失敗的，那我還要去做嗎？

我不想。答案很明確，可是我又遲遲下不了放棄的決定。

或許是老天見我猶豫不決太久，於是想要幫我，甚至還給了解決方案。

我看著馮浩的背影，腦海裡浮現各種我們相處的時光，還有他溫柔的話語。

霎那間，心裡浮現一個荒唐想法。我突然像中蠱一樣，完全沒猶豫，直接繞到馮浩的旁邊，伸手拍了下他的手臂。

「馮浩，我們又見面了。」

他轉頭見到我時也有些驚訝，嘴角馬上翹起一個好看的弧度：「好巧。不過妳等等，我先買點東西。」

看他手上拿著一罐綠茶，我問：「你平時沒什麼喝飲料的，今天怎麼會買啊？」

「是段章俊的。」他無奈一笑。「因為他幫了我一個忙，所以我只好請他喝飲料。」

「段章俊？」聽見這名字，我的心再次漏拍，沒想到他竟然提起我朝思暮想的人。「你們那天……也在一起，你們很要好嗎？」

「覺苡，我好了！」買好麵包的凱芹在不遠處喊道。

「啊……凱芹，妳先走吧，我等下會自己回去！」我立即說。

凱芹蹙了下眉，眼珠轉向馮浩，臉上彷彿寫了八卦二字，見我皺起眉看她，她還是點點頭離開了。

「妳剛才問什麼？」馮浩問。

「哦，就是……」我搔搔臉頰。平時明明鮮少有害羞的感覺，但一想到方才下的決定，我根本無法對上他的視線。「只是好奇你跟段章俊是不是很要好。」

「段章俊？」馮浩一愣，盯著我好久。

我往後退了一步。「怎、怎麼了？不要突然這樣看我，我很不自在。」

馮浩笑了笑：「妳也對他有興趣？」

「也？」

「很多女生喜歡他。」馮浩解釋。

「喔。」這並不意外，畢竟大家都說他是校草。

馮浩不發一語，像是在等著我繼續說話。於是我邁開腳步往前走，也不是想去哪，只是覺得如果待在原地，我會沒辦法把接下來想說的話給說出口。

「妳是不是還想說什麼？有什麼話需要思考這麼久嗎？」我們走了將近兩分鐘，馮浩已經等不住，劈頭就問。

我轉頭看他。他一副好笑的樣子回望我，又點了一下頭，示意我說話。

「唉，就是……你知道我要參加脫單二選一吧？」實在是難以啟齒，所以我決定以反問的方式慢慢進入重點。

「嗯。」馮浩點了點頭。「我昨天也正想問妳一些事。」

「什麼事？」我下意識問道。

馮浩停下腳步，若有所思地看著我，眸子也不眨一下。我微微一怔，也跟著止住步伐。

我很少看見他這副模樣。從我認識他以來，他一直是個單純乾脆的人，只要心裡想什麼，他都會直接說，就算想隱瞞，臉上表情也會馬上出賣他。

而此刻的他卻是看著我許久，明顯有很多話想說，卻遲遲不把它們道出。

我們倆到底在欲言又止什麼？

「妳還是先告訴我妳想說的吧。」過了半晌，他才淡淡地說。

「就是……」我深吸一口氣別開視線，才緩緩說：「其實我想在脫單二選一時……選段章俊上臺。」

這次說出來的感覺與之前很不一樣。那天在班上，我用輕鬆語調、半開玩笑的語氣來表達自己的選擇，大家或許沒能感受到我對段章俊的執著與喜歡。但這一次，我可是做了很多心理建設，才能把這些話說出來，馮浩該感覺得到我非常認真看待此事吧。

然而馮浩聞言，仍一臉淡定，看來這消息不足以令他感到震驚。

他頷了頷首，開口道：「妳想知道他會不會接受妳？可是……這妳問我，我也不清楚。」他有些懊惱地搔了下後腦杓，彷彿在為沒能幫到我而苦惱。

明明剛才的我很緊張，可他的這副模樣忽然就把我逗笑，緊張的情緒也隨之減少了一些。

「馮浩，你又不是他，我怎麼可能會問你他的想法。你也太可愛了吧？」

馮浩皺了一下眉。「可愛？」他明顯對我這個形容詞不滿意。

「性格可愛是好事，也是讚美，你不滿意什麼？」我忍著笑問。

他聳肩，不知是不是接受了我的說法，在微微別過頭前，他的嘴角若有似無地揚起了一個彎度。

「既然不是要問我這件事，那妳想知道什麼？」他問。

「呃……」適才發生的小插曲，讓我又把想說的話吞回肚裡，所以只好又把話鋒轉了：「在這之前，我可以知道你和段章俊之間是什麼關係嗎？」

「我們？」他看似很認真地在思考，接著淡淡道：「我們高二開始就是同班同學，沒特別要好，只是最近班導很愛叫我們一起幫她做事，所以才開始聊起來。」

我「喔」了一聲，走到走廊旁的欄杆前，把手肘靠上去。微微抬首，烏雲不知何時悄悄地遮蓋住烈陽，四周也暗了下來。

「快下雨了。」

馮浩才剛說完，我的手臂就感覺到一滴冰涼。雖然看不見落下的任何雨滴，但周遭須臾刮起的一陣大風，順道把空中的一點雨水帶了過來。

瀏海又亂了。我嘖了一聲，欲伸手整理，忽然有股力道把我的手臂往內一拉。馮浩整個人擋在欄杆前面，皺眉道：「妳被淋到雨了吧？別站在那了，我們去班上吧。」

「班上？」

我還沒來得及反應，他就拉著我的手走向樓梯，拾級走上二樓才肯停下。

我抬頭一看，前面第一間的教室外貼著大大的「高二一班」，是段章俊和馮浩的班級！不但如此，裡面還有一些我這輩子都不願意再見到的人……

「等、等一下，我不要去你的班！」我立即道。

「為什麼？現在是休息時間，大家可以自由活動，所以妳來我班上他們也不會說什麼。」馮浩說。

我快被他氣死，立即把他給拉下樓梯，無奈問道：「你還記得我們剛才是在聊段章俊吧？」難道他想讓段章俊聽見嗎？

他點頭。「當然記得，但我猜妳很想知道他會不會接受妳吧？直接問他不是比較快？走吧。」他雙手插口袋，轉身再走向樓梯。

我愣在原地。他到底在說什麼？

「不走嗎？」見我沒有移動，他又回到我的面前，狐疑地看過來。

「你在說什麼？如果那麼容易，我幹嘛還要等到脫單二選一啊！」我快崩潰了。

「對，我也覺得很奇怪，妳為什麼喜歡他卻不直接跟他說、問他願不願意接受妳，反而要等到脫單二選一的時候？」馮浩一臉百思不得其解。

「那是因為我沒勇氣當面講，才想藉著脫單二選一壯膽啊！靠咧，你竟然還要我直接找他！」從來沒在馮浩面前飆過髒話的我還是忍不住了。

他緩緩點頭，對我突然改變的態度並沒有感到意外，表情依舊淡定。「原來是這樣。」

他終於明白了。我……真的好感動。

我嘆了一口氣。「馮浩，你是直男吧？沒女朋友？」

他很直接了當地說：「沒有。」

我伸手拍拍他的肩膀，搖頭嘆氣。「果然如此。你啊，要想一想女生都在想些什麼、為什麼那樣啊，不能總是照著自己的想法做，這樣真的很不行。」

沒料平靜的他卻對這句話有了反應，眉頭一皺問道：「妳覺得不行？」

「嗯，以女孩子的角度來看，真的不行。」我語重心長道。「唉，不過沒關係啦，這種東西慢慢學就好，總有一天會學會的。」講得頭頭是道，但其實自己從來沒談過戀愛，不過總比眼前這個大男孩好一些些吧。

外頭開始轟隆轟隆響起雷，雨水落在地下的聲音也隨之傳來。

「話說。」馮浩突然道。

「嗯？」

「妳到底想要說什麼？總覺得妳好像還有話還沒說。」

「……喔。」繞了那麼遠的路，我們還是回來了。此刻我們就站在樓梯間拐彎處的小空間，這裡本來就光線不足，此時因外頭下起雨而更顯陰暗。

或許是因為在朦朧間看著馮浩，我終於把心裡作的決定說出來。

「我可以在脫單二選一時，把你選上臺嗎？」

我的語音剛落，一道閃電瞬間劃過了天空，為我們帶來短暫的光線。

短短不到一秒的時間，我還是看見馮浩的眼中閃過一絲的驚訝。

這天班導時間是自習課，才剛過一半，班導突然帶著一個男人走進教室。

本來專心溫習的班上同學，立即把目光移到講臺上的兩人。

高大男人站在班導身後，他比班導高出了一個頭，穿著合身的淺藍色襯衫。他有一張乾乾淨淨、斯斯文文的臉蛋，鼻樑上架著一副黑框眼鏡，臉上掛著挺好看的微笑。

同學們開始竊竊私語，好奇為什麼班導會帶這個人進來班上。我也很納悶是怎麼一回事，不過看著班導的笑臉，忽然有一股不好的預感自心底湧起。

「斯文、溫文儒雅的類型，是我的菜欸。」凱芹的聲音從斜後方傳來，打斷了我的思緒。

我訝異地轉過頭看她，迅速把椅子往後推，興奮地想跟她討論這八卦。

我沒想到凱芹喜歡這種類型，而且認識她那麼久，這還是第一次聽她稱讚起男生的長相。

「同學們，不好意思打擾你們自習了。我有話想對你們說。」班導朗聲開口說話，班上安靜了下來，我瞄了凱芹一眼，只見她伸出食指放在唇上，我只好閉上嘴，豎起耳朵聆聽。

「其實我在幾年前就規劃回鄉工作……」

「老師，您要離開了？」班導還沒把話說完，班長忍不住問道。

班上同學愕然望著淺笑的班導，她點了點頭。「沒錯，沒想到班長那麼厲害，一猜就中。很抱歉之前沒跟你們提過，但我已經計劃了一段時間。現在我也找到工作了，所以從明天開始，黃一良老師會成為你們的班導。」班導往旁踏了一步，示意後面的男人走到講臺中央。

「同學們好，我是黃一良。」黃老師看起來很年輕，不過他不管是神情還是舉止都從容自若，不像初出茅廬的人。

班導接著向黃老師交代班上的相關事宜，並介紹幹部讓他認識。

時間一下過去，班導時間也結束了。班上多數女同學因為無法接受班導的突然離別，都哭紅了雙眼，直到班導走出了教室，依然依依不捨地跟到門口望著她離開的背影。

「張老師，我們會永遠記得您的！」終於，女同學們忍不住大喊道。

班導回頭微微一笑，還對我們招了招手。

我站在窗口旁看著她，胸口不由得一緊，悲傷感隨之襲來。和她的相處雖然只有八個月，但她總是盡心盡力地在課業上幫助我們，對待學生的用心，我們都能深刻體會到。而這麼一個好老師就這樣離開了，不免讓人難過。

我正想回到座位，幾個男同學卻在這時走了過來。

「洗覺苡，妳怎麼這麼冷血？妳看女生們都哭了，妳怎麼都沒反應？」

我瞥了一眼凱芹和佩璇。凱芹平時看起來酷酷的，但眼眶也已充盈淚水，她伸手一抹，沒讓眼淚掉下。佩璇則像大部分女同學一樣，雙眼都哭紅了。

「那你們又為什麼沒哭？」我反問。

「我們是男生，哪有這麼容易哭？」「對啊，男生本來就沒這麼感性啦。」「妳真的很像男生耶，都不愛哭。」「她就是男生啦！」

聞言，我胸口上堆積的憂悶感瞬間爆發。

「你們他媽的給我閉嘴！」我冷冷道。

班上男生很愛開我玩笑，這點我一直很清楚。此刻的我已經被悲傷壓得快喘不過氣，聽見這些話，我根本沒辦法像平時般對他們嘻嘻哈哈。

對於我的反應，男生們愣在原地遲遲不敢開口，顯然是嚇壞了。

這天放學，我背起書包直往導師室走去。拉開門，見班導的位子上空無一人，我立即抓緊機會，把手中捏著的小紙條放在她的桌上，再用書本把它壓住。

準備離開之際，我無意間抬頭，忽然就對上一對明亮深邃的眼睛，我的身子登時僵在原地，一時不知該怎麼反應。

是段章俊，他就站在班導座位的左邊。他瞅了瞅我壓在桌上的小紙，又瞥了我一眼，嘴角倏地勾起一個弧度。他接著轉身離開了導師室。

我愣住半晌，想起他方才的微笑，忍不住衝出導師室，卻撞見門邊的馮浩，而段章俊早已經不見蹤影。他也走太快了吧？

還沒來得及嘆氣，我耳邊就傳來馮浩的聲音：「冼覺苡，妳怎麼會在這裡？」

「你有看見段章俊嗎？」我問道。

「他剛走。」

「……」

「妳怎麼了？」馮浩語帶關心地問道。

「沒，只是剛才……」再回想起段章俊方才那淡淡的笑意，我的心臟倏地快速碰撞起來。他是在對我笑嗎？

……這不可能吧，平時碰見他時，他的目光從未正視過我，又怎麼可能會對我笑？是我想太多了。

「算了，沒事。」我不禁輕嘆口氣，才抬頭問馮浩：「你怎麼會在這裡？」

「我和段章俊剛好都有事找班導，所以一起過來。他要把表格交給班導。」

我皺眉，笑道：「那你呢？我是在問你怎麼會在這裡，不是問段章俊。」

馮浩平淡的眼底有些波瀾，顯然對我的話感到訝異。我的腦袋不自覺回播休息時間時，我們倆站在樓梯轉角處時的對話。

他那時候的表情，與現在如出一轍。

❖

雷雨交加，轟隆聲不絕於耳。

馮浩驚訝的表情一閃而過，黑暗再次降臨，把他整個人完全覆蓋。明明看不清他的臉龐，卻能感覺到他近在咫尺的氣息。這感覺，竟然讓我莫名心安。

「選我上臺？」不知過了多久，才終於聽見他的聲音。

他的嗓音出現在淅淅瀝瀝的雨聲下，竟然特別悅耳。

「對。」

「為什麼？妳剛才不是說想選段章俊嗎？」

「我本來……」吞了一口唾液，繼續道：「的確是想選他。」

「那怎麼突然不想選了？」

「因為我知道就算選了他，他也會拒絕我。他從來不知道我的存在，又怎麼可能會接受我？」

回想起每一個遇見他的情形，我的心又涼了一截，「我覺得自己挺可笑的。明明為了他努力讀書、得到測驗的最高分，本來想著要在脫單一選一選擇他，讓他知道我一直喜歡著他，整個人豁出去了，卻從沒想過會失敗。真搞不懂我那時候到底是哪條神經線接錯了。」陰暗的周遭，再次給了我一個把內心話道出的勇氣。

要不是昨天與段章俊站得這麼近，我也不知道自己其實離他那麼遠。

「所以，妳現在想退縮了？」馮浩淡淡地問道。

「對啦，當然要退縮啊！如果早就知道結果了，我幹嘛還要那麼做？是傻了嗎？」我的胸口悶悶的，「可是……我就只喜歡他啊，除了他，我也不知道還能選誰了……明明之前我很期待這個活動，但現在只想趕快讓它結束。」

「所以妳現在想選擇我？」馮浩的語氣一如既往的平淡，我看不清他表情，不知道他是以怎樣的心情開口的。

「……對。」

「為什麼不找其他人？我記得妳跟妳班上的男同學交情也不錯。」

「我班上的男生他們個個就愛捉弄我，你比他們可靠多——」

「冼覺苡。」他倏地打斷我。「那妳選擇我，是想要我跟妳交往嗎？」

我一愣。

瞳孔漸漸適應了黑暗，我隱約能看見他的臉部輪廓，還有深邃的五官，同時間，我彷彿也見到他的唇角輕輕地勾了起來。我的心驀然漏了一拍。

「為什麼突然不說話？」他又問。

「我……」我甩了甩頭，「不是……沒，我想說，當然不是要你跟我交往，這怎麼可能啦？這明明就是我自身的問題，我不能讓你這麼犧牲……」

「妳覺得是犧牲？」他的眉頭似乎皺起了。

不知是不是我的錯覺，此刻的氣氛變得有些微妙。

「不、不是嗎？你可以在臺上直接拒絕我沒關係，我只想趕快讓這個活動結束，也不奢望要談什麼戀愛了。」我垂下頭，緩緩地嘆氣。

「好。」馮浩開口。

「……你說什麼？」我有些心不在焉，沒有留意他方才的回答。

「我說好，我可以幫妳。」他又說。

我愣了愣，「真的？我真的可以把你叫上臺？」

「嗯。」

「太謝謝你了！我……我請你喝飲料！呃，不，你都不喝飲料……」

馮浩聞言笑出了聲，「沒關係，妳不用做什麼。」

「不行，讓我想想。」我認真思考，「啊，想到了，如果下次教練罵你，我一定會幫你說話！」

他又笑了。但這一次，他沒有拒絕：「也好，就這麼說定了。」

因為他的答應，所以一切也就這麼定下來了。

雖然覺得放棄很可惜，但我相信這樣的決定，才是最好的。

思緒結束，我回到導師室外。

「因為妳喜歡他，所以我以為妳會好奇他的事，卻不好意思問。」馮浩的笑容似乎更燦爛了些，讓我看了也不禁莞爾。笑真的具有很大的感染力。

「才不咧，既然你都已經知道我喜歡他了，我還不好意思什麼？」

方才休息時間，儘管我對他說了很多心裡話，卻不覺得彆扭，反而感到我們之間的關係又拉近了些。或許因為他看見那個懦弱的我，我也無意間在他面前失態爆粗，而他始終待我如一、沒有任何改變。由此可見，他是能完完全全接受我的缺點，並真心誠意把當我朋友的。

跟當年我遇見的「他們」，一點都不一樣。

因此，跟馮浩說話，我也少了很多保留。

「我們班導是數學老師，我有課業上的問題想請教她，不過她還沒回來，剛才段章俊只好先把表格放在她的桌上，我也只能繼續等她。」經他這麼說明，我才發現他手上拿著一本數學作業和鉛筆盒。

他突然又天外飛來一筆：「其實段章俊的數學非常好，只是他都不教我。」

我點點頭，也很認同：「他從高一開始，每次段考都獲得全年級第一名，肯定好了。」

不對，馮浩怎麼又提起他了？

我抱著胸，挑起了眉，忍不住開起玩笑：「馮浩，你怎麼又提起他了？你這麼愛提起他，難不成……是你喜歡他吧？」

「當然不是，我喜歡的是女生。」他趕緊說，表情無比正經。

見他這副表情，我噗哧大笑，「只是開個玩笑，你也太認真了。」我盯著他手上的作業，「欸，我的數學……其實挺不錯的，要不是其他科目考不好，我說不定也會在一班喔。」

我停頓了一下，笑問：「所以……你要不要試試請教我？」

他一怔，眼帶笑意，「哦？可以嗎？」

「嘿，當然可以，不過不保證我一定會啦。」一班的他都不會了，我其實也不敢打包票肯定自己一定能解開，所以還是打個預防針比較好。

但我可是這個月的幸運之人，能獲得測驗最高分，就表示下了很多苦工。一個多月後的期末考，我的成績應該也能突飛猛進吧？

「嗯，妳不會我再回來問老師好了。」

於是，我們來到了導師室附近的一個小涼亭，是我指定的地點。若從導師室出來，要走向學校的教師停車場，就必定經過這裡。

我把書包放在椅子上後，伸手就把馮浩放在石桌上的作業攤開。「哪題？」

他輕易地把石椅子搬到我的身邊坐下，修長的手一指。「這。」

我讀完題目，思考了會兒。幸好是我會解的。

「這個你要先找拋物線，再找P的坐標……」

他專心聆聽我的講解，十分認真地頻頻點頭。我托著下巴看他專注的模樣，不禁莞爾。

見他接著成功把題目解完，我心裡也產生了滿足感。

我忽然想起段章俊。如果此刻在我眼前的人是他，我或許會更開心、更滿足吧？

不，他可是全年級第一，怎麼可能會請教我數學？是我異想天開了。

「還有這題。」馮浩打斷我的思緒。

我回過神來。講解了一番後，他再次動筆。

「妳剛才為什麼會去導師室？」馮浩正寫著，突然開啟了話題。

「喔，只是想找一下我的班導。她今天就要離開學校了。」我淡淡地說。

他停下了手上的筆，抬頭望我：「她為什麼會離開？」

我把今天在自習時間的一切告訴他，剛說完，我的餘光就瞄到經過涼亭的一道身影。

「張老師！」我直接對著班導大喊，走出了涼亭。終於等到她了。

我適才就決定要在她離開前，再次向她好好道別。

班導一見我立即露出燦笑，接著走向我來。她從包包裡拿起我方才放在她座位上的紙條，微笑詢問：「這紙條是妳留下的嗎？」

我一愣，「妳怎麼知道？」明明沒有留下署名。

「我認得妳的字跡。」她看著我的眼神帶有一絲溫婉，「謝謝妳，我沒想到……妳會對我說這些話呢。說真的看到時有點感動。」

她笑了笑，又道：「明年的學測要加油喔，我相信妳一定會拿到第一志願的大學。記得不要因為社團和田徑比賽而荒廢學業，要懂得分配時間。」她停頓，有些感慨，「真可惜沒能待到你們畢業那天。雖然相處時間不長，但我還是很想見到你們畢業。」

聽著這些話，我的鼻頭霍然變得酸澀，但還是奮力忍著不讓悲傷情緒顯現出來。我彎起嘴角：「老師妳可以回來看我們啊。」

班導點點頭，微笑道：「好啊，有機會我一定回來。」

目送她離去的背影，看著她矮小的身軀背著一個大大的筆電包，想到以後或許再見不到面了，酸澀感再次包圍了我的心臟。我感覺自己快要忍不住，只好立即轉過身走進涼亭。

馮浩一直在涼亭內看著我們。見我走了進來，便開口問：「妳還好嗎？」

我趕緊拉緊了唇線，無奈地微微一笑。「沒事啦，我會有什麼事？」

「可是妳剛才的表情……」他一臉關切地看著我，眉宇間透露出些許不安。

「怎樣？該不會以為我會哭吧？」我翻了個白眼，「我才不會輕易哭咧。」

他看著我，接著緩緩點頭。「……我可以再問妳一個問題嗎？」過了不久，他突然問道。

「什麼問題？」

「妳給妳班導的紙條上寫了什麼？」

我一怔。沒想到他還聽見我們說的話了啊……

「喔，沒什麼啦。」我擺擺手，不太願意說。上面的內容是我沒辦法直接說出口的，所以才會寫在紙條上。

馮浩再次點頭，淺淺一笑：「那接下來還要繼續教我嗎？」

我微微抬眸，頓時看出他笑容背後的體貼——他看出我想避開這話題，所以沒有繼續追問。

「……你還有問題喔？」

「嗯，這題。」

看著作業上的數學題，我的視線卻無法聚焦，漸漸失去了焦點……接著出現在眼前的，是那張早在班導宣布她將離開後，我便已寫好的小紙條。

「謝謝您這段日子的教導，我會永遠記得您的。希望您離開這裡後的生活能平安順心。」

明明班上女同學能輕易吐出的幾句話，我卻怎麼都說不出來。反而是那些她們根本無法說出口的髒話，我卻能運用自如。

或許班上的男生說得對，我骨子裡就是一個男生。這樣的女生，又怎麼會有男生喜歡？而段章俊又怎麼可能會接受我呢？

「那你們還有什麼問題嗎？」

「沒有——」

講臺上，新來的班導黃老師聞言，對我們淺淺一笑。

這是黃老師在我們學校執教的第三天，他的態度就如第一天見面時一樣，對我們非常親切，很快便與班上同學打成一片。偶爾會有男同學跟他開玩笑，他不但不覺得生氣，反而跟著大家一起哄堂大笑，相處起來就像同齡朋友。

我轉頭看了一眼凱芹，她正興致缺缺地玩弄著原子筆，感覺心事重重。

她那天明明提起黃老師是她喜歡的類型，但從第二天開始上黃老師的課，她並沒有我想像中的亢奮，反而看起來有些憂鬱。

「凱芹，我們一起去廁所。」下課時間，我點了點她的肩膀。原本正發呆的她回過神，很快站起來跟在我身後。

「妳這兩天有點怪。」我順勢退到她身邊，和她並行，「怎麼了嗎？」

她搖搖頭，「沒事。」

我停下腳步，伸手輕輕按著她的肩膀，「怎麼可能沒事？妳是我的好朋友，妳不開心我怎麼可能感覺不出來？妳是不是有什麼煩惱？」

她一愣，抬頭望了我一眼，接著垂下眼簾。

「的確是有些事，可是……真的很抱歉，我現在什麼都不想說……」凱芹的臉色沉重，但她隨即握住了我的手，「但如果我想說，我一定第一個告訴妳。請妳……再等等我，好嗎？」

我確實因為她的隱瞞而覺得有點生氣，但聽見她這樣說，我卻感到一陣心疼。「好，等到妳想說，我一定會聽。妳只要記得，不管發生什麼事，妳都有我。」

凱芹本來黯淡的眼眸閃過一瞬光亮，她握住我手的力道也加重了。

「謝謝妳。」我知道她是發自內心這麼說的。

我伸手摸了她的頭，「不要跟我客氣，我們是好朋友。」

她的嘴角微微勾起，接著點了點頭。

為了不讓她再想著不開心的事，我趁機轉話題：「欸，話說回來，妳那天不是說黃老師是妳的菜嗎？」

她輕輕一笑，「是啊。」

見到她的笑容，我稍微放心了一些。「妳原來喜歡這類型喔？我還以為妳會喜歡打籃球、會運動的男生耶。」

「我喜歡打籃球，不代表我就喜歡這樣的人啊。」她又笑了笑，「雖然籃球社是很多帥哥沒錯。」

「說到社團，我昨天接到競技啦啦隊教練的通知，說這個禮拜六的文娛晚宴，我必須到現場表演。」我唉聲嘆氣。

「這個禮拜六？不就是三天後了？」

「沒錯。雖然我平時社團時間都有練習，也在小場合表演過，但這是第一次在那麼多的外人面前表演啊！而且教練還說，這次的表演不讓高三的學長姐們參與。也就是說，她想讓我們這些還沒學精的菜鳥上場！」一想到沒有學長姐們坐鎮，我就忍不住抱頭大叫。

凱芹拍了拍我的肩膀，「節哀順變。」

「靠北喔，妳怎麼這樣！」

凱芹輕輕一笑，她的臉色依舊憔悴蒼白，感覺已經好幾天沒睡好，不過掛著笑臉的她，看起來氣色好多了。

即使還不清楚藏在她內心深處的到底是什麼事，但能讓她這樣笑著，至少我還算是一個合格的朋友吧。

✣

我們學校的男生多數都選擇參加球類社團，即使競技啦啦隊是男女混合的社團，但願意加入的男生並不多。社團的三十五位社員裡，只有五個是男生，而且都是高三的學長。

今天的社團時間，教練先集合了所有社員，再把昨天在LINE群組告知的消息複述一遍。

「因為高三的學長姐們也快指考了，所以這時候退役剛剛好。」

其實升上高三的學長姐可以選擇不參加社團，然而他們愛社心切，直到現在都從沒缺席過每次的社團活動。他們之中有的早決定衝刺指考，有的人則因學測成績並不理想，於是打算拚指考。

教練為他們的未來擔憂已久，於是終於下了此決定。

「高三的學長姐佔了十五人，剩下的二十個都是高一和高二生，這期間也有些人退社了。」教練停頓了會，看看手上的文件。

加入競技啦啦隊社團的第一個月後，教練會通過這陣子的觀察，直接幫我們分配好在隊中的職位，而特技員共分為四種：

上層人員，被拋在空中的隊員，也就是所謂的空中飛人。通常都是選體型嬌小、笑容甜美的女生擔任，畢竟這個職位最吸引大家注意。

底層人員，主要負責支撐和拋擲隊員。通常都是讓力氣大、平衡感高的人擔任。

後保，必要時會幫底層人員分擔一些重量，並需要時時確保特技能順利、安全地進行。當上層人員往後倒，他就必須幫忙接住。

前保，職責與後保相差不大，只是站的位置在前面。

我只有一百五十三公分，身形雖然矮小，但笑容不夠甜美，所以從高一以來都是擔任前保，至今也訓練了一年半。

教練抬起頭，繼續說：「……這也意味著，本來的隊形和特技員都會改變。因為這個禮拜六就要表演，我已經事先和學長姐們討論過哪些人要重新分配。」

十五位學長姐站在教練的身後，有的握拳為我們這些學妹打氣、鼓勵，要我們別擔心，有的則露出一種「祝你們好運」的笑容，讓人不寒而慄。

要是大家都重新分配了職位，不就表示這段日子的努力全白費了？

「冼覺苡。」教練倏地喚了我的名字。在場的每雙眼睛也紛紛看向我。

我不會是其中之一……吧？我咬了咬下唇，心臟感覺就快跳出體外。

「妳本來的位置是前保對吧？」

我一愣，緩緩地點頭。「該不會……」

教練揚起了唇角，「沒錯，學長姐們都推薦妳當上層人員。」

「蛤？上層人員？」我雙目瞠大，愣了半晌才說：「不行啦，我不適合。」

「妳的身材合適，整個人也青春活力，而且笑容挺好看的。妳不只適合當上層人員，還應該站在最中間的位置。」站在教練身旁的珊珊社長微笑道，而她所說的，其實就是她目前的位置。

「妳一直都很努力，我們都有看到喔！所以更應該也讓觀眾看看！」珊珊社長對我眨了眨眼，「這個禮拜六就讓妳以新職位上場吧。」

我一驚，立即拒絕：「我從來沒進行過上層人員的訓練，真的不行！」我雖不懼高，但要做到上層人員的動作和特技，需要長時間的練習，不是隨隨便便就能上陣，再說，現在也只剩三天的時間練習。

珊珊社長的食指點了點下巴，對我挑眉道：「上星期的社課前，我們看到妳站到上層去囉，而且還挺穩的。或許因為妳也是田徑選手的關係吧？妳平衡感很好，也懂得控制腳力，所以才會那麼順利。相信妳再多花點時間訓練，很快就可以成為空中飛人了。」

聞聲，我的身體明顯變得僵硬。我偷偷覷了覷幾個同年級的隊友，她們也頓時被石化般，一動也不動。這下慘了。

上星期的社團活動前，我和幾個同年級的隊友預先抵達訓練場地。看著她們開始鋪起翻滾墊，我想到每次只能在地面看著上層學姐站在半空、並在空中飛躍，心底突然就湧起了想體會上層的感覺。於是我告訴了其他隊友這個想法，我們一向交情不錯，她們應該願意滿足我這個小心願。

「可是……沒有教練允許，我們不能這樣。」她們一開始是拒絕的，旁邊沒有教練在場，我們的確不該擅自進行危險動作，況且我沒有任何的經驗。

然而，就算這樣，我還是想要嘗試。

「我只是想站在上層看看而已。」我雙手合十，故作可憐道：「而且妳們本來就是底層人員，妳們一定能把我抓穩的。拜託啦，我一直都是前保，這輩子都不可能有機會上去了。」

她們面面相覷，表情看起來有些猶豫。

「拜託，就這一次。我會小心的，而且也不會告訴任何人。妳們放心吧！」我向她們保證。

她們思考片刻後，嘆了口氣，點頭答應了。

「僅此一次，下不為例啊！」婉鈴說。

「快點吧，我擔心教練和學長姐他們要來了。」曼雯也道。

「為了安全起見，等下妳要注意聽我們的口號。」小婷嚴肅地說。

「謝謝妳們！妳們最好了！」

我們站上墊子，我回想學姐們的動作，抬頭看著眼前露出手托動作的隊友。她們擔心我會緊張，也給了我喘氣的時間，並給予適當的指導。

準備好後，我向她們點了點頭。

「準備，一、二、三、上！」

雖然心如擂鼓，可我完全不敢多想，雙手立即壓向隊友的肩膀使力，雙腳也踏上隊友的手。兩個底層人員把我用力往上推，我整個身體漸漸往上空移動，直到最高點，我不敢亂動，一直保持著緊繃的狀態。

奇怪的是，我明明沒進行過相關練習，但此刻的我卻一點也不害怕，胸口還有滿滿的興奮感。

「體驗好了嗎？」下方傳來曼雯的笑問。

「再一下下。」

「趕快啦。」小婷無奈地笑。

「唉喲，好了啦。」雖然她們看不見我的表情，但我還是扁起了嘴。

「妳下來要小心，相信我們，直接往後倒就好。」

在上頭聽見隊友們胸有成竹的聲音，我點了點頭。就算她們沒有這麼說，看她們辛苦練習這麼久，我對她們也有十足的信任。

「就是現在！」

我整個人往後一倒，很快就被好幾隻手托住後背和腿部，最後，她們動作輕柔地把我放下。

我抬頭望向空中，方才站在上層的感覺記憶猶新，讓我心裡澎湃不已。

沒想到這麼一試，我就喜歡上那種感覺了。

「覺苡，我覺得妳挺穩的，而且最重要的是一點都不害怕，這樣其實很適合做上層人員。」方才托著我上去的曼雯道，小婷也跟著點頭表示認同。

我笑了笑，「但我是前保，應該不會有這個機會。」

當時我心裡有些難過，知道自己喜歡什麼，卻做不了任何改變，啦啦隊訓練的動力霍地就少了一大半。然而，我根本沒想到才過一個星期，卻突然獲得成為上層人員的機會。

這個五月，盡發生些我意想不到的事。

「雖然說讓妳成為上層人員，但這禮拜六的表演還不會有危險的動作。接下來的社團活動，我會再慢慢指導妳那些高階特技。這幾天妳只要練習『延伸』就好。」教練對我解釋道，她停頓了一會兒，又說：「不過，我也不能隨便就把妳換來上層人員，還是需要得到妳的同意。妳怎麼想？」

我猶豫著。

「延伸」就是那天要求底層人員把我頂上去的動作。儘管那時候非常順利，然而我清楚知道我只是比較幸運，如果沒有訓練已久的底層人員幫忙，恐怕很難成功。而一個完美的表演，上層人員也需要付出很多努力和訓練，與底層人員相互配合，才能確保萬無一失。

這個禮拜六就要表演了，我能在短短的三天時間裡，做到萬無一失嗎？

不但如此，我還面臨一個問題。

想到要在那麼多人面前表演特技，我的頭皮開始發麻，心裡惴惴不安。以往參與過的校內表演中，我一直都扮演著前保、那個毫不顯眼的位置，根本不會被多少人注意到。

如果擔任上層人員，大家的注意力自然集中過來，那壓力感光想就把我壓得透不過氣來。

然而，自從偷偷嘗試過上層人員的動作，我就愛上了站在半空中的感覺，也希望有機會飛在空中。如果我現在拒絕，教練必定會尋找另一個替代者，我就再也沒有這個機會了。

這是唯一飛上空的機會，我不想就這麼錯過。我攥緊了拳頭，深吸口氣。

「好，我接受。」這句話也脫口而出。

教練和珊珊社長都滿意地點點頭，並說了幾句鼓勵的話。

「妳擔心自己缺乏練習，沒辦法做好對吧？放心，我們有非常靠得住的底層人員在，妳只需要操心怎樣在上空露出好看的笑容。」珊珊社長最後這麼安慰我。

我的心臟既亢奮又不安地加速跳動。既然已經答應，那我一定會努力做好。

教練重新分配好大家的職位後，她突然道：「那接下來就是懲罰時間了。」

我一愣，隨即會意是怎麼一回事。

五分鐘後，我和幾個隊友被懲罰跑操場——不只幫助我到上層的隊友，還有知情但未勸阻的隊友，也都受到同樣的懲罰。

我非常愧疚，在罰跑時忍不住朝她們鞠躬道歉：「對不起，因為我的固執，讓妳們一起受罰了。」

隊友們相視一會兒，都笑了笑。

「沒關係啦，要不是這件事，學姐們都不知道妳有這天賦。」曼雯笑說。

「為了我們競技啦啦隊的未來著想，這懲罰還是值得的。」婉鈴也點頭道。

我心裡一陣感動，上前抱住她們，「妳們真的是最棒的隊友啦！」

「欸欸欸，妳身上都是汗啦。」小婷一臉嫌棄地說。

我咧嘴一笑，只好跳開：「放心，我不會辜負妳們的，我會努力成為很棒的空中飛人。」我現在可是幹勁滿滿。

記得前期的我總是被教練責罵，直到現在竟然能被大家如此信任，那時候所受的苦，也都值了。

而要不是當年段章俊對我說過那些話，我或許會一直止步不前，根本不會成為此刻的自己。他的那些話語，支撐著我到現在，讓我成為了更好的人。

✣

這幾天放學後，啦啦隊員們都留在學校加緊練習，直到天黑才回家。就算是上課時間，我也會在腦袋中模擬整個表演的過程。

我的生活一下就變得繁忙起來，讓我一度忘記脫單二選一的事。

禮拜六的文娛晚宴一眨眼就到了。這是靛夏除了創校週年的晚宴外，數一數二的重要活動。因靛夏是私立高中，所以每年都會舉辦這樣的文娛晚宴，並邀請各界人士一同參與其中，藉此來籌募建校基金，以持續改良學校設施。

文娛晚宴也算是社團的小型成果發表會，是各社團大展身手、拉攏學生入社的好機會。如果幸運，社團還有機會得到外界的贊助資金。

我只上過兩次臺表演，且是在教師節這種沒外人的場合上，所以在得知自己得在文娛晚宴上表演，甚至以上層人員的職位出場後，我的一顆心就一直懸在半空中，遲遲沒回到本來的位置。

因為晚宴舞臺不大，教練只安排讓十人上場。下午五點，我們十個全擠在舞臺後面的休息室化妝做準備。

「糟了！我忘了帶安全褲來！怎麼辦？」婉鈴忽然焦慮地從更衣室探出頭。

「不會吧？」曼雯傻眼，「竟然忘了這麼重要的東西？」

啦啦隊的隊服上半身是黑色的短背心，胸前印著金色字體「Cheers!」，下半身則是剛好能遮住臀部的黑色散裙。因為裙子非常短，所以安全褲是每次表演的必備衣物。忘記帶彩球都不打緊，就是不能忘了安全褲。

「那怎麼辦？」小婷一臉驚慌失措，「不可能要妳……直接這樣上陣吧？」

「怎麼可能啦！妳想要我給大家看光光嗎？」婉鈴一副快哭出來的表情。

沒有學長姐坐鎮，本來已經夠不安了，因為這個小插曲，隊友們更是慌亂不已。教練今天剛好也因為家有喜事，所以沒在現場。大家面面相覷，心裡非常緊張。

我綁好了馬尾，無奈道：「婉鈴，妳真的很誇張。」說著，我不疾不徐地走向背包，把裡頭的黑色安全褲遞給了她。

不只是婉鈴，其他隊友也都滿臉驚異。

「妳……妳怎麼還有安全褲？」婉鈴的雙眼睜得大大，臉色還是十分蒼白，「難道……妳現在沒有穿？」

我噗哧一笑，「有穿啦。我表演都會準備兩件安全褲，以防其中一件發生狀況……像是突然裂開之類的。」我對她眨了下眼，「怎樣？很感激我吧？」

「妳真是太棒了！」婉鈴抓著我的手大力搖晃，旋即進入更衣室。

其他隊友都像望救世主般看著我。見問題解決，她們都鬆了一口氣，方才緊繃的氣氛似乎也漸漸舒緩。

「幸好！」「多虧妳帶了兩件安全褲。」

「不過覺苡，妳也想太多了吧？」曼雯抱胸，一臉似笑非笑。

「安全褲怎麼會好端端裂開？」小婷也忍不住揶揄。

「我屁股大不行嗎？」我開玩笑道。

她們笑笑，還配合地看了我的臀部。「嗯，的確挺大的。」

「靠北，妳們說三小啦？嘴真的好賤。」我笑著朝她們瞪了眼。

她們驀然一怔。半晌後，曼雯忽然喚道：「……覺苡。」

我莫名其妙地看著站在鏡子前的她們，「怎麼了嗎？」

「原來妳會說髒話喔？」小婷問道。

我愣住。糟了，我從來沒在她們面前說過粗口，除了要在她們面前維持形象，也因為擔心會發生像之前那樣不愉快的事……但我方才還是不小心脫口而出了。

我手握拳頭掩著嘴，咳了幾聲，假裝什麼事也沒發生地整理起衣物，故作輕鬆道：「偶、偶爾啦。」

她們沒再說話，我還是感覺到周遭的氣氛霎時改變，原先那輕鬆愉快的氛圍，已經完全消逝。這讓我心裡泛起一股不適感，且漸漸變強烈，好不自在。

那塵封在心底的回憶，倏地一幕幕地在我眼前播放……清晰得恍如它是昨天才發生的事一樣。

我閉上雙眼，慢慢地深吸一口氣。

耳邊終於響起了那一道令人心安的低沉嗓音。

「總會有人不介意妳真實的一面，真心地接受妳。」

「下次如果再遇到這種情況，那就立刻解決，把問題攤開來說吧，不然拖得越久，事情或許會變得更難解決，妳也會更痛苦。」

我把氣重重地吐了出來，緩緩地睜開眼睛。

婉鈴這時從更衣室走出來，沒察覺圍繞在化妝間的怪異氣氛，直接走了過來：「覺苡，真的太謝謝妳了啦──」她笑著打破令人窒息的沉寂。

我抿抿唇，勉強彎起嘴角道：「這沒什麼。」

「婉鈴，快過來，我來幫妳的頭髮紮上色帶。」某個隊友對她招了招手。

婉鈴準備過去，突然轉向我道：「覺苡，妳怎麼還沒紮色帶和化妝？」

「色帶我等下會綁上，化妝就……不必啦。」我立即笑說，視線也轉向鏡中照出的自己，臉色不差，但素顏還是比其他隊友上妝後的模樣樸素太多。

「我們在臺上表演肯定要化妝，不然會不太尊重場合喔。」婉鈴知道我不會化妝，於是轉頭看向其他隊友，「小婷、曼雯，妳們幫覺苡上妝吧。」

「啊？」被點名的兩個女生眼神閃過一絲尷尬，但還是點了點頭。曼雯看向我，面無表情地用下巴指了指她旁邊的椅子，道：「那妳坐在這裡吧。」

我頓了一下，還是走過去了。看著鏡子裡的她們一人在我馬尾上紮色帶，一人則在我的臉上擦著不知名化妝品，我想起了方才心裡的那道聲音，深吸一口氣直接問道：「妳們是不是討厭我了？」

小婷和曼雯手上動作猛地停下，表情皆是詫異，似乎沒料到我會這麼問。

而我注視著鏡中的她們，心彷彿被萬針刺入。

「妳在說什麼？」小婷不自然地別過視線。

坐在一旁的婉鈴不知道剛才發生過什麼，有些困惑地問：「覺苡，妳在說什麼啊？她們怎麼可能討厭妳？」

我沒有回答，而是繼續猜測：「是因為我說粗口嗎？」。從方才那倏地出現的不自然氣氛裡，我已隱隱約約地感覺到，「妳們沒辦法接受……我說粗口？」

化妝室並不大，不只是小婷和曼雯兩人，相信其他隊友也能清楚聽見我的話。

空氣猛地一滯，接著逐漸凝結。漫長的靜默解釋了一切。果然，就跟當年一樣。

「因為妳們的態度滿明顯的，所以忍不住就問了。」我淺淺一笑，試圖讓語氣輕鬆起來：「我可以理解。或許我是妳們不想接近的那種人，但我希望這不會影響我們之後的合作和表演。」

＊

司儀東拉西扯地介紹完競技啦啦隊，終於把我們給請上臺。

「……接下來，讓我們歡迎本校的競技啦啦隊為我們表演！」

聽著外頭吵雜的聲響，我深吸一口氣並掛上笑容，才拉開簾幕小跑步到舞臺中央。拿著彩球的雙手，也同時高舉不停地搖晃。

臺下就像夜空般黑暗，少數從手機螢幕釋放的光就像上頭的星星，點綴在漆黑之中。

我們十個人站好了位置，臺下的吵雜聲漸漸止息。

音樂在三秒後響起。隨著輕快歡樂的音樂，我們擺動著彩球和身體，臉上的笑容絲毫不減。在心裡默默數拍子，很快的，終於要來到最緊張的時刻。

我把彩球放在地上，眼見隊友做出手托的動作，她們雖然面帶笑容，卻跟我沒有絲毫眼神接觸。我腦袋一片空白，回過神來時整個人已被她們托起。

儘管不覺得自己能跟甜美沾上邊，我還是努力地在上空露出我大大的笑臉，對臺下招了招手。臺下也登時響起了熱烈的掌聲。

聽著音樂的拍子，我整個人往後倒去。底層人員和後保把我接住。

照理說她們接著會迅速微微蹲下，讓我能輕易把雙腳重新踩回在地面。然而這時，托著我左腿部的其中一個隊友卻沒這麼做。我的左腳離地面過遠，沒辦法順勢落到地面。

然而時間不等人，音樂也在走著，我連一秒的思考時間都沒有，只能迅速反應，往下半身使力，讓兩隻腳同時踩在地上。

我差點因為重心不穩跌倒。儘管內心一陣緊張，但我仍臨危不亂地繼續接下來的動作。

那是在短時間內發生的事，所以臺下的人應該看不出有任何不妥。

表演結束後，我們回到後臺。隊友們紛紛鬆了口氣，興高采烈地整理背包，接著又拿起手機拍照。

雖然表演算是挺成功的，但我心裡卻高興不起來，只能坐在一旁不發一語，看著她們開心交談著，完完全全把我當成透明人。

不知道過了多久，我忍不住站起，徐徐走向小婷。

「小婷，妳剛才是怎麼了？」小婷就是方才失誤的隊友。那種情況下的失誤一直以來都是微乎其微，我想知道到底是怎麼一回事。

小婷皺眉看著我，反問道：「妳現在是想怪我嗎？」

其他隊友倏地一愣，講話聲也戛然而止。

「小婷，沒事，我們都知道妳是無心的。」曼雯拍了拍她的肩膀。

「覺苡，我們剛才都有發現到小婷的小失誤，她是無意的，妳就不要怪她啦。」婉鈴笑著勸說。

「對啊，妳該不會那麼小氣吧？」曼雯反問。

「至少妳沒跌倒，還順利地完成表演。還要再追究嗎？」

「觀眾也不可能發現，大家都覺得我們表演得好，妳不要難為小婷了。」

聽著隊友們妳一言我一句的，我胸口上的鬱悶感也漸漸變得強烈。

明明幾個小時前，我們還能有說有笑的，怎麼現在對我說話卻句句帶刺？

我想起了曾經聽過的一句話：「一個人，可以在幾分鐘內喜歡上另一個人，也可以在幾分鐘內討厭一個人。」我對此深信不疑，卻沒想到我竟然體會到後者。

因為我在她們面前說髒話，就被討厭了？

她們也像當年的她們一樣，認為我是太妹？說髒話就是壞人了？

人與人的感情，為什麼總是如此脆弱？不管之前還是現在，都沒有改變。

「我沒有要怪妳，只是想知道妳怎麼了。」我說。認識小婷也有段日子，我也知道她表演時十分敬業，不相信她會因為討厭我而故意犯錯，所以我只是想知道是什麼讓她突然分心。

見小婷不回答，我又正色道：「不過，妳下次可能要小心一些，畢竟教練也說過，競技啦啦隊是一項很危險的運動。今天犯的是小失誤沒關係，如果是大失誤，隨時能奪走一個人的性命。」

小婷一臉不悅地瞥了我一眼，「這不用妳說，我也知道！」

「小婷妳不用說了，我們知道妳是無意的。」曼雯搶先幫她說話，又看了我一眼，「冼覺苡，妳為什麼要這麼對小婷？」

我怎麼對她？我做了什麼？我不就只是提醒她而已嗎？

只要有個人對妳有偏見，妳說什麼她都覺得不對。我早該知道這道理……

「我沒想跟妳們吵架，也沒有針對小婷。我只是提醒她要注意安全。」就算知道說什麼都起不了多大的作用，我還是奮力解釋。

「我剛才一時失了神，所以才會發生失誤。」小婷抱著胸斜視我，「信不信隨便妳。」

「覺苡，大家都知道小婷為人，她只是太緊張才會這樣，絕對不是故意的。」婉鈴也幫她說話。

「對啊，妳到底在想什麼？怎麼能誤會小婷？」曼雯不滿地問。

「我真的沒有要怪她。」我一再重複同樣的話，然而她們好像根本聽不見。

面對著字字針對自己的話語，我覺得沒法再待下去，於是抓起了椅子上的背包，轉身離開後臺。

方才的每句話再次於我的耳畔響起，緊接著，高一那年的痛苦回憶也如浪潮般席捲而來……我的視線逐漸變得模糊，強忍著不讓淚水掉下，我趕緊衝出禮堂。

直到停下腳步，我才發現自己來到了學校的開放式停車場。

我蹲在兩車之間的空隙，雙手抱著膝蓋，又是一陣哽咽。

比起高一那年發生的事，這根本沒什麼大不了，我憑什麼哭？

「妳在這裡做什麼？」一把男聲霎時劃破了寧靜的夜。

我愣了愣。深深吸了口氣，站起轉過身一看——

停車場角落的聚光燈光線落在來者的身上，那人身上穿著黑中帶紅的漢服，看起來風度翩翩。我的視線移到他那清俊臉孔上時，不禁看出了神，身體頓時杵在原地沒辦法移動。

我這才想起他的國樂社表演排在我們後面。本來打算表演一結束，就趕緊衝到臺下觀賞，然而沒想到計劃被意外給打亂，讓我一時忘記這件事。

因為我們和國樂社分別被安排在有段距離的兩處化妝間準備，所以我也沒機會在回後臺時碰上他。那他現在會在這裡，是不是表示他的表演已經結束了？

他的眼神帶著淺淺笑意，沒有我往日見到的冷然，讓我的心為之一顫。

「段……段章俊。」我不禁叫出他的名字。

他聞言輕輕一笑，似乎不覺得驚訝：「妳果然知道我的名字。」他的笑容在夜色中那麼刺眼迷人，讓我一度忘了眨眼。

我的心撲通撲通地跳，聲音之大讓我擔心他會聽見，巴不得馬上離開。

等等，他剛才說……果然知道？

「我剛才偷偷去前面看妳們表演，很好看。妳在臺上很有自信，也很漂亮。」段章俊微微笑道，他那低沉的聲調帶著些許的柔和。

我一怔，心中的小鹿頓時碰撞個不停，滾滾的血液也迅速往我臉上直衝。

他們的表演就在我們之後，催場人員應該早就安排好他們在後臺預備，不讓他們離開，他竟然還偷偷跑去前面看我們的表演？

為什麼？我依然不敢相信自己耳朵，雙頰也如滾水般發燙。我想說話，然而乾裂的喉嚨卻遲遲發不出任何聲音。

段章俊見我一直沉默不語，他沒有一絲尷尬，反而問：「妳怎麼不說話？」

深吸一口氣，我知道自己再不說話，就會錯過與他交談的機會。於是我咳了一聲，雙眼從他的臉上移開，才道：「我……只是有點難以置信。」

「難以置信？」他的語氣有些不解，卻有一絲的玩味，「為什麼？」

「因為你是段章俊，所以……」明明我不是個惜字如金的人，可是遇上他，很多話都說不出來了。

那個我只能遠遠看著的人，今天竟然主動找我搭話！

過去我們雖然有過短暫交談，但也不是這種面對面的情況。

我也記得不久前，他站在馮浩身後時，那道根本沒對上我的冷漠眼神。我以為我們不會再有交集。

「呵。」他笑了聲。萬萬沒想到的是，他接下來說的話，更讓我震驚：「可是這不是我們第一次說話啊。」

我瞠目結舌。半晌後，我才顫抖著問：「不是第一次？你……怎麼知道？」

難道……他知道那時在保健室跟他說話的人……是我？

心臟劇烈跳動。我滿心期待地看著他。然而，他單笑不語，接著抬頭望向夜空中的明月。我隨著他的目光看去，月亮被烏雲遮蓋了一半，透出淡淡的光。

明明今晚的月亮不是特別漂亮，然而我們倆卻被它吸引住了。

我心裡的小鹿，從方才見到他的那一刻起直到現在，都沒有停止碰撞過。

這就是喜歡吧。跟喜歡的人站在一起，哪怕只是安靜地待著，都會覺得非常緊張。而緊張之中，伴隨著的是過去發生種種都不曾體會過的喜悅。

「妳剛才是不是發生什麼不開心的事？」段章俊忽然問道。

我訝異地轉頭，望著他那輪廓近乎完美得無可挑剔的側臉，我的心漏了一大拍。「你怎麼知道？」

「我剛表演結束就直接離開，結果看到妳頂著苦瓜臉從隔壁化妝間走出來。怎麼了嗎？」

所以，他是跟著我來到這裡的？為什麼？

心裡出現種種疑問，我卻沒有問出口，只是說：「我是發生了一些事……」

他轉過頭來看我，「嗯？」他應了一聲，等著我的下文。

或許是再次聽見這讓我朝思暮想、又令我心安的嗓音，接下來，我不知不覺把心裡話一一吐出。

「過了那麼久，我又再次遇到沒辦法接受我缺點的人。」我苦苦一笑，但也不想詳談，「我早該習慣的，只是最近沒怎麼遇見，所以差點忘了這樣會被討厭。」

沉寂了片刻，我又說：「我真的很希望她們能接受這樣的我……我不想要她們討厭我……」

段章俊靜默良久，周遭也安靜得彷彿只剩下我那快速跳動的心跳聲。

我突然後悔自己的坦承。他的確關心我的遭遇，但此時的我就像是反拋了道難題要他解決，而那個難題就是他該怎麼安慰我。

這與我的本意毫不相干，其實我並不是要得到他的安慰，只是想讓他知道我心裡在想什麼。這樣一來，或許我們的關係就會更拉近些……

思緒混亂的頃刻之間，我的頭上忽然傳來了一股暖意。

我抬眸，段章俊正笑著撫摸我的頭，耳畔也傳來他的嗓音。

「總會有人不介意妳真實的一面，真心地接受妳。」

明明這句話一直在我的心上環繞著，然而再次聽見時，還是讓我禁不住熱淚盈眶。

「如果妳真的很在意，就要把想法說出來，告訴她們，其實妳很希望她們接受不完美的妳。如果還是沒有改變，那或許她們並不適合當妳的朋友。妳也不需要為了她們讓自己這麼難過，這一點都不值得。」

「困擾著妳的事拖得越久，妳肯定會更痛苦。趕快去解決吧。」最後，他這麼說。

第三章　過往回憶

我入學當年，靛夏才剛建立不久。會選擇來這裡就讀，單純是因為離家很近，僅僅十五分鐘的腳程。我一直相信只要自己想做什麼，就一定能做好，所以只要好好認真讀書，去哪間學校都一樣。

然而，在靛夏遇見的人事物，卻顛覆了我的想法。原來有些事，不僅僅是認真與努力，就可以做到——還會有許許多多的外來因素，會無聲地靠近，並影響你一直堅信著的事情。

國二的我加入田徑社，很快被選為田徑賽的代表，還獲得不少獎項。因為社團生活一帆風順，我開始有了「面對喜歡的事物能很快上手」的錯覺，甚至認為自己在運動方面，有不俗的天賦。

因此，上高中後，我進入了喜歡的競技啦啦隊社，並自認憑著天賦，一定能很快驚豔教練與隊友。

但事情沒有我想像中的順利。啦啦隊教練在訓練時不苟言笑，只要一出小差錯，抑或達不到標準，她就會大聲責備，不留情面。

「競技啦啦隊大部分的特技動作非常危險，因此每個特技員的職務都很重要，我希望你們能認真看待每次的訓練。訓練得多，做這些動作的安全性也會提高。」教練曾這麼說。

也因為這樣，她特別嚴厲。明明還沒開始學習競技啦啦隊的動作，但在加入啦啦隊的前兩週，我已經被她罵得狗血淋頭，有時拉筋動作不對，甚至不小心發了呆，都會馬上被斥責。

「冼覺苡，都說不是這樣！妳不明白怎麼都不問？」

「冼覺苡，專心點！發什麼呆？」

「冼覺苡，與妳同時進來的隊友都已經做得很好了，為什麼妳還是跟剛來時沒差別？」

國中田徑教練對我讚賞有加，相較之下，我沒法適應這種高壓情況下的學習。我的進度愈來愈緩慢，比起同期入隊的隊友，我很快變成扯後腿的那個人。

因為教練要同期們共進退，好幾次，大家因為我的關係被迫停在同個動作，只能不斷重複，直到我能做好為止。

我從來沒想過這種事情會發生在自己身上。我非常沮喪，自卑感也像蔓藤般迅速蔓延至全身，本來有的自信心也漸漸被磨滅。

儘管難堪，但礙於自尊心，我依然無法放下身段好好請教別人。而對我這個害群之馬，同年級隊友們雖然沒有任何抱怨，然而我們間卻彷彿有道隱形牆，直接把我給隔絕在她們的世界之外。

從高空中跌入谷底的挫折感，讓我一度想退出競技啦啦隊。

而在同一時間，我與班上同學的人際關係也受到了考驗。

剛進靛夏那年，我沒有任何國中朋友陪伴。自以為友善的性格，能很快交到朋友，也自以為班上同學能像國中時一樣，無條件接受最真實的自己。

全都是自以為。

開學沒幾天，我很快跟班上的三個女同學——妮希、萱麗和芮萍打成一片。她們就和國中朋友一樣，會在下課時與我聊天打鬧、一起唸書，午餐時間也會和我一起到學校餐廳，或是準備便當與我一起分享。

我自認已經成為她們的好朋友，漸漸地把最真實的自己、甚至是整顆心擺到她們的面前……卻被她們毫不猶豫、狠狠地摔破。

還記得那天是下課時間，她們直接把趴在桌上的我拉出教室。

「偷偷告訴妳們，剛才三班的林凱向我告白。」妮希臉色凝重道。

「啊？妳拒絕他了吧？」萱麗問道。

「當然拒絕了，我都不喜歡他。」妮希又說。

「那妳幹嘛愁眉苦臉的？」我好奇地問。

「妳們知道他有多過分嗎？被我拒絕後，竟然到處說我玩弄他的感情。我跟他明明只是朋友，又哪來的玩弄啊？」

「啊？他也太沒品了吧？」芮萍也說。

「太過分了啦，難道妳要讓他這樣中傷妳嗎？」萱麗問。

「我也不知道，但真的很不甘心。」妮希扁起了嘴，一臉委屈。

見好友委屈的模樣，我心中燃起烈火，「他媽的這個林凱自己才是玩弄別人的感情吧？竟然還這麼說妳？我去找他評評理！」我不久前才看到他跟另一個女生在學生餐廳打鬧，明明他本身才是花心男，還說別人玩弄他感情？

好友們聞聲，不由一愣。

過了半晌，妮希才緩緩開口：「覺、覺苡，妳想幹什麼啊？」

「我要去罵他啦，靠咧，我現在真的好生氣！」我不忿地說。

妮希與其他兩人的臉色變得有些難看。她接著道：「啊……不要啦，我只是要抱怨一下，妳不用這麼生氣。」

我皺眉，「可是看見好朋友被欺負，妳要我怎麼忍氣吞聲？」

妮希怔了怔，表情有些怪異地看了看身邊的兩個朋友。

「可妮希不喜歡這樣解決問題啊，什麼都直接找人評理，這不是粗人才會做的嗎？」芮萍直言道。

那時候的我以為她們只是想大事化小，所以才阻止我，卻殊不知，那是她們想要遠離我的開始。

接下來的幾天，我像往常一樣找她們聊天，雖然她們還是會回應，然而我卻感覺我們之間有什麼已經改變了。

「妮希，那個林凱還有亂說妳的壞話嗎？」我有些擔心地問妮希。

「應該沒有了吧，如果有，我也不能做什麼。」她幽幽地說。

「如果再聽見他這麼說，我一定去找他理論！」我生氣道。

妮希眉心縮起，「拜託不要，我不喜歡這樣。」

「冼覺苡，拜託妳不要這麼衝動好嗎？」萱麗看不下去，也插了進來。

「妮希被欺負妳們不生氣嗎？而且還是被這種他媽自以為是的臭男生欺負，如果妳們一直不出聲，他不是會越來越過分嗎？」我胸口煩悶，不解道。

芮萍蹙著眉，突然上下打量我說：「我們又不是流氓，不會做這種事。」

她的視線讓我感到不舒服，我也不明白為什麼每次提及此話題，她們的反應就變得偏激。我不想跟她們發生口角或不愉快，只好噤聲。

隔天下課，我打開便當盒，看見裡頭的滷蛋，我立即就端起便當盒到妮希座位前。「妮希，我今天的便當有妳喜歡的滷蛋，給妳吧。」

「不必了，妳自己吃就好。」妮希面無表情地說。

我一愣，笑容也僵在嘴邊。

若是以前，她的雙眼會閃著興奮光芒，直接把她的便當盒遞到我面前。為什麼她的態度不一樣了？當時，我依然不知道發生了什麼事。

某次中午，我看見她們三人起身離開教室，我立即站起追上她們，在後頭問：「妳們要去哪裡？怎麼不叫我？」

「我們去餐廳。妳今天……好像帶便當來吧？」萱麗說道。

我點點頭。「那我拿便當跟妳們一起去餐廳。」我轉身正想回到教室。

「不必，妳自己在班上吃吧，我們先走了。」妮希的聲音帶著一絲涼意，讓我感到有些不安。

「我……」我回過頭，來不及說些什麼，她們的身影已經消失在樓梯口。

失落感排山倒海地在我心裡翻攪，這時候我才開始意識到，最近她們的種種作為，都是在避開我、遠離我。心裡早因為競技啦啦隊的事而被傷害得千瘡百孔，如今被朋友疏遠，更是狠狠地在傷口上鑿了一個大洞。

後來的日子，我無心上課、一度心不在焉，因此常常被老師點名答題。這個時候，我只能站在座位低頭不語，任由責罵聲不斷在耳邊縈繞。

我不想拿熱臉貼冷屁股，所以也不再主動找妮希她們攀談。沒有我，她們依然開心地聊著笑著，彷彿她們的小團體裡就只有她們三人，從來不存在著我。意識到這點，我的心再次被狠狠掐住。

某次下課，我上完廁所回班，卻在踏進門的那瞬，聽見一道洪亮嗓音。

「怎麼冼覺苡最近都沒跟妳們一起啦？」是班上某個男同學。

我立即躲在門後，雙手摀住嘴。我不知道自己為什麼會有這樣的反應，明明什麼也沒做錯，我為什麼要鬼鬼祟祟地躲在這裡？

「還有為什麼？因為她不是我們的朋友啊，幹嘛跟我們一起？」是妮希。

她的話頓時化作利刃往我心上一劃。儘管早就猜到了，卻沒想到親耳聽見這樣的話語，我還是沒法承受。

「為什麼？之前看妳們不是挺好的？」另一把男聲問。

「你們有所不知。」芮萍道。

「什麼？什麼？我們錯過什麼了嗎？」班上響起許多好奇的聲音。

「她根本就是一個太妹。」是萱麗的聲音，「講話粗俗，動不動就飆髒話，還說要去找人吵架。」

「而且妳看她這幾天上課一直被老師罰站，根本就不注重品行學業，搞不好之後會變成一個讓老師頭疼的學生。我們跟她做朋友的話，大家會不會以為我們也是那樣的人啊？還是遠離點比較好。」妮希又說。

「對啊，這種人怎麼能當朋友？我們才不想被誤認成流氓。」芮萍附和。

「天啊，她真的是這樣的人喔？完全看不出來耶。」班上一些女同學驚呼。

「人不可貌相，她一定是故意在我們面前裝乖寶寶，結果跟我們稍微熟一點了，就露出馬腳啦。」芮萍說。

「嗯……我也不敢接近這種流氓，想想就覺得很可怕。」另個女同學說。

「那如果她願意改呢？」有個男同學問，「妳們還是不願意跟她交朋友？」

「要她不做流氓？算了吧，本性哪有這麼容易改？」萱麗說。

「就算改了，但她骨子裡就是那樣啊！」妮希說。

我的眼淚如傾盆大雨般迅速落下。原來……這些就是她們遠離我的原因。我不想再聽下去，拔腿就往反方向跑去。

「碰！」我突然撞到一個人，幸好沒有跌倒。而被我撞的那人因為衝力退了一步，我微微抬眸，只見國文老師有些驚訝地盯著我。

「冼覺苡，妳還好嗎？妳——」

我不等他把話說完，立即道：「老師，我……不舒服，想去保健室。」

國文老師一怔，才點了點頭。「好，妳去吧，好好休息。」

上課鐘聲也在這時候響起。我無處可去，也擔心老師會回頭來保健室查看，於是只好往保健室走去。

剛拉開保健室門，阿姨一見到我，劈頭問：「同學，妳不舒服嗎？」

我微微頷首，「我……生理期，肚子有點痛。」我撒了個謊，但阿姨似乎相信了，她讓我寫下名字後，就讓我躺在床上，並拿了熱敷袋給我。

「敷在妳的下腹，好好休息。我待會兒需要暫時離開去找校長，如果等下有人過來，就麻煩妳讓他等一等了。」保健室阿姨溫柔一笑。

她離開後，我躺在床上盯著室內的白色天花板。寧靜無比的周遭，頓時讓方才不停在耳邊盤旋的聲音變得更加響亮。

「太妹」「講話粗俗」「根本就不注重品行學業」「遠離點比較好」……

我的心如刀割，忍不住坐起身，抱著膝蓋大哭。

哭了一陣子，我擦掉臉上的淚水，右邊的簾布後卻在這時傳來了一把低啞的聲音——「妳還好嗎？」

我嚇了一大跳。沒想到保健室裡除了我，竟然還有人。

這小空間一直都寂靜無聲，旁邊也拉上了深藍色不透光簾布，所以我才產生這裡沒人的錯覺。

「妳怎麼不說話？妳還在吧？」低沉嗓音再次響起。

我一愣，這下已經可以確定，那是一把男聲。我幽幽地說：「抱歉，我不知道這裡還有人。」

一陣靜默。

既然有人，那也不適合久留。我挪動臀部讓雙腳著地，準備穿鞋離開。

「妳要走了？」彷彿是聽到我的動靜，他的聲音又傳來了。

「嗯。」我穿上鞋子，緩緩地站起來。

「妳先等一下。」他突然道。

我感到納悶，但還是不自覺問道：「怎麼了嗎？」

「跟我聊一下吧。」

我沉默了片刻，「為什麼？」

「我的心情正好也不太好。」他的聲音有些啞啞的，顯然剛睡醒。

他說了這一句話後，我心想著「關我屁事」，然而雙腳卻鬼使神差地杵在原地。

或許因為自己實在不想回班，或許此刻的自己很想找個人談一談，又或許，我想知道有沒有人比我過得更糟吧，於是最後，我整個人重新坐回床上。

「為什麼不好？」我問道。

他輕輕一笑，才緩緩道：「我被父母逼得很緊，他們常常讓我透不過氣。」

我又是一怔，沒料到他這麼直接就把煩惱說出來。

「是對你的學業成績要求很高？」

「嗯。」

其實這並不意外。我班的同學就有不少是因為父母給予的壓力，所以無時無刻都在讀書，午休都不睡覺，老師們也勸不聽，只好放任他們。

「他們本來也極力反對我進靛夏，還幫我選了幾間我一點都不喜歡的高中，最後我答應他們我每次段考都會考到全班第一名，他們才准許。換句話說，只要我哪一次失敗了，他們就會幫我轉校。」

「我本來挺有信心，畢竟靛夏是新學校，學生人數並不多。誰知道進來後，發現好多人都為了參加脫單二選一而努力讀書。」他頓了頓，「老師偶爾會給隨堂小測驗，他們的成績都比我好多了。」

「明明還沒開始段考，但我已經感覺到一股壓力了。」

「你……為什麼會想來靛夏？」我好奇地問。

他輕輕一笑，也沒隱瞞：「因為脫單二選一活動好像滿有趣的，老師們也不會插手學生談戀愛。」

我一怔，「你想要談戀愛？」

「其實沒有特別想談，只是覺得被管多了，所以想要點自由吧。如果在這裡遇到了喜歡的對象，至少我們還能光明正大地談戀愛。」他笑道，「不過，沒遇到喜歡的人，我是不會隨便參加活動的。」

「那妳呢？」他突然問，「妳又為什麼會想來靛夏？」

我把原因告訴他，他反射性地說了「好單純的理由」後，又問：「那妳要不要告訴我，妳在為什麼事情煩惱？」

我靜默著，他又說：「妳大可以放心，我只能從聲音判斷妳是女生，其他都不清楚。我可以保證不會找出妳是誰。我相信妳也不知道我是誰吧？」

「……不知道。」

「所以我才會放心告訴妳我的事。妳現在也可以放心說了吧？」

我猶豫了一下，「嗯，那就這樣約定好了。」

「好。」

接下來的十分鐘，我一字不漏地把最近困擾的事情告訴他，不管是競技啦啦隊的事，又或者是妮希她們說的話。我沒透漏自己是什麼社團，只說我以前明明很有信心能做好很多事，卻在最近才發現自己很沒用，什麼都做不好。聊到妮希她們時，我也沒清楚說出她們討厭我的理由，只說了她們沒辦法接受我某些言行舉止。

「感覺以前的妳跟我挺像的。」聽完我說的話，他竟然笑說。

「……怎麼說？」

「很有自信啊，結果發現後自己並沒有那麼好後，就不堪一擊了。」他自嘲著，但既然他說我們很像，那也是在嘲笑我吧？

儘管如此，我並沒有生氣，心情反而沒有這麼苦悶了。

「雖然我不知道妳是誰，但我不覺得妳有剛剛說的這麼差。每個人都有他的價值，妳也一樣啊！我就不相信妳什麼事都做不好。」

他緊接著又道：「我是希望妳不要放棄，畢竟那是自己很喜歡的社團。我想我們的問題就是對自己太有信心，所以遭遇一點挫折，才會那麼難過，並變得如此負面。」

「我們或許只是需要時間吧。我是相信只要努力，就一定能得到回報。」他繼續說。

我曾經也一直相信，只要努力就能獲得回報。但一次又一次地遭受教練的責備，我確實再也無法保持樂觀。我真的……該堅持下去嗎？

「就算我壓力很大，還是不想就這樣放棄。我不想到了這個年紀，還要讓父母主宰我的升學。」

他停頓，接著慎重且緩慢地又道：「我們一起堅持下去吧，世上沒有什麼是不可能的。有努力，就有希望。」

明明就是一個陌生人的發言，然而他的話卻似乎在無形中撫平了我心中的傷口，更讓那顆本來想放棄競技啦啦隊的心，重燃一絲的希望。

總覺得，他一定能成功。那既然他能成功，那我也……一定行吧。

「好。」我說。

「聽見妳說好，我突然就充滿能量了。」他笑道，「謝謝妳。我們一起努力吧。」

我下意識搖搖頭，儘管他看不到，「不，是要我謝謝你。知道有個人跟我有差不多的遭遇，並要與我一起努力，我感覺更有動力了。」

他笑出聲，「同感。」

我不禁莞爾。

安靜了片刻，他再次開口：「至於妳跟妳朋友的事……」

「妳說過國中的同學都能接受那樣的妳，對吧？」

回到這個話題，我的心再度隱隱作痛。

「我覺得，總會有人不介意妳真實的一面，真心地接受妳。妳現在這班朋友沒辦法接受，那也不需強求。學校很大，妳還可以認識其他朋友。我告訴妳喔，也有不少人說我性格很跩，老是瞧不起人。」

「可我根本就沒瞧不起人啊，雖然我偶爾是挺跩的。」他又笑了，低沉的嗓音異常悅耳，「所以那些不接受我個性的人，就不會跟我做朋友；而那些願意包容我、接受我性格的人，也就成為了我的朋友。」

他頓了頓，問道：「妳明白我的意思吧？」

「我知道你說什麼，可是……」我咬了咬下唇，「我們已經是好朋友了，為什麼……她們就不能接受我的缺點？而且我並沒有她們說的那麼糟啊！就算、就算真的有多不好，我也可以為了她們改變！但她們連機會都不想給我，直接判我死刑了。」想到她們方才的話，我的鼻頭再次感到酸澀。

「這件事困擾我好多天了，再加上社團的事，我根本無心上課。我……真的很痛苦。」我的眼底浮現氤氳，卻只能一直咬著下唇要自己別再哭。

「困擾妳很久了啊……」他頓了頓，「下次如果再遇到這種情況，那就立刻解決，把問題攤開來說吧，不然拖得越久，事情或許會變得更難解決，妳也會更痛苦。像這一次，妳一直不知道她們為什麼突然討厭妳，胡思亂想了好多天，直到妳偷聽那些話後才恍然大悟。這幾天，妳一定非常難受。」

「不過，我覺得這些朋友既然因為性格上的缺點而放棄與妳之間的友誼，那其實根本不值得妳把她們當好朋友。我覺得友情跟愛情挺像的，能無條件接受妳的，才值得妳掏心掏肺。」

頓了一下，他又說：「她們真的不值得。」

我把眼眶上的眼淚擦掉，「那……我會遇到值得的人嗎？」

「肯定啊！妳國中時不就遇到了？接下來肯定也會遇到。」他的語氣堅定，「相信我吧，一定會有人能接受最真實的妳。」

聽了他的這句話，我的心頭一暖。我需要的，或許就只是這樣的一句話。

總會有人，能接受最真實的自己。

是啊，我為什麼還要去介意不接受我缺點的人？既然之前的朋友都能接受那樣的我，那我在靛夏，也一定能遇到這樣的人。

我沉默很久，接著伸手拍拍臉頰，吸了吸鼻子道：「好，我會耐心地等。」

那天，我們有一搭，沒一搭地這樣隔著簾布聊天，沒有人想要直接拉開隔開我們的障礙、面對著彼此說話。或許是因為簾布的存在無形中也給了我們安全感，讓我們能自在地說出心裡話吧。

我沒信心如果見到簾布後面的人，我是否還願意告訴他這麼多。

我想，他也一樣。

一直到阿姨回來後，我才離開保健室。回教室的路上，我覺得身上一陣輕，彷彿所有掛在身上或心上的負擔，都開始慢慢地消失了。

回班見到妮希她們，雖然內心還是有些難過，但我不再為此感到糾結，也能專心地聽課，並且回答老師在課堂上抽問的問題。

我非常感激那個男生。是他伸手把困在泥濘中的我拉起來。儘管只是短暫地交談四十分鐘，但要是沒有這四十分鐘，我或許早已崩潰。

思及此，我忍不住好奇他的身分。我想知道，能這麼溫暖地對待一個陌生人的男生，到底是誰。

雖然他不希望我們找出彼此的身分，然而這天放學後，我的雙腳還是不由自主地往保健室走去。

拉開門，沒見到保健室阿姨，但她桌上的紀錄簿馬上吸引了我的注意力——那是用來記錄哪些同學在何時來到保健室休息的小簿子。

拿起了紀錄簿，在心如擂鼓當中，我不禁吞了吞唾液。

反正沒人會知道我曾經翻開過，那個男生也不會發現我得知他的身分……我不需要緊張。

這樣說服自己後，我翻開了紀錄簿。

找到了自己的名字，我的視線上移到我之前的名字。

——段章俊。

那是我見過後，從此忘不了的名字。

人就是既犯賤又貪心，得知段章俊的名字後，我又開始好奇他長什麼樣子。

雖然這樣做會打破我們之間的約定，如果他知道了，一定會很後悔那天跟我說了那麼多心裡話，甚至，他會討厭我這個人。

然而，我實在藏不住心裡的好奇，況且，我總覺得不會被他發現——這是做賊般的心態。小偷在犯案之前，會緊張、躊躇不前，然而一次成功後，他不會再害怕第二次，甚至覺得接下來都會成功。

我決定先尋找他的班級。記得他說過，每次考試都必須是班上第一名，這已經是個很大的線索了。

第一次段考結束，我站在榜單前準備尋找他的名字，殊不知還沒看，就聽見身邊的同學提起了他。

「段章俊好強，不只長得好看，還是全年級第一名！」

我抬頭一看，馬上發現了段章俊的名字——在我們高一榜上名列第一。

他父母只要求他拿到全班第一名……可是，他竟然還得到全年級第一？

我的心海瞬間波濤洶湧，情緒激動不已。

被他鼓勵之後，我雖然沒有放棄競技啦啦隊，但表現也沒有預期的好。此刻看到他努力獲得的成果，我心裡的那團火頓時就被點燃。

明明說好要一起努力，我怎麼還是離出發點那麼近呢？

「那不是段章俊嗎？他走過來了！」我旁邊的女生突然壓低了聲量，對她身邊的友人道。

「真的耶！」

聞聲，我的心臟不受控制地怦怦跳，視線也隨著她們的目光往左邊瞧去。

雖然段章俊的身邊站著幾個男生朋友，但他身上的氣場非凡，加上周遭聚集在他身上的視線，我馬上得知哪一個是他。

他像夜空中的明月般，在黯淡無光的星星點綴下特別閃亮——雖然這形容有點對不起他的朋友，但對我而言，他就是這樣的存在。

圍著榜單的女生為他開啟了一條路，目光一刻都沒有從他身上離開。而他絲毫沒有訝異，老神在在地走去，似乎對這種情況早已習以為常。

第一次看見他，我也像其他女生一樣，不禁盯著他，沒辦法移開目光。我從沒想過，那時在保健室裡跟我說話的陌生人，竟然長得那麼好看。

雖然被許多女生直勾勾看著，他卻目中無人般，沒有絲毫緊張或不安，身上反而散發出冷酷自傲的氣息……這樣的他，我沒辦法與那天的他重疊起來。

現在的他看起來非常有自信，根本不像有著家裡壓力的煩惱。

他看過榜單，欲離開之際，雙眼正好與我的對上，不過很快就把目光移走。畢竟我們本來就是陌生人。而我因為做賊心虛，也裝沒事地轉身離去。

後來，我常常在班上聽見大家提起他，也不自覺地，開始在校園裡尋找他的蹤影。偶爾看見他迎面而來，儘管只是擦身而過，我的心跳總快得不像話。

漸漸地，我期待能更常見到他，甚至開始妄想，如果我們都知道彼此，那該有多好。這樣我就能名正言順地走在他旁邊，儘管只是以朋友的身分。

到了這個時候，我才終於意識到自己已經喜歡上他了。

得知段章俊獲得全年級第一，讓我產生很大的動力。因為自己的步伐緩慢，我開始提前及延長競技啦啦隊的訓練時間，比別人付出多一倍努力。

「珊珊學姐，不好意思，我剛才有個動作還不熟悉……」撇下了面子，我一次又一次地向學姐們請教自己還不熟練的動作。

高二的珊珊學姐微笑，「來吧，我教妳。」

珊珊學姐當時不只是專業的上層人員，更對各個特技員的動作都非常了解，聽說她從國中就開始接觸競技啦啦隊。那段期間幫我最多的人，就是她。而她也在高二下旬，不負眾望地當上社長。

「我本來以為妳的自尊心很強，不敢隨便前來指導。現在看妳終於肯開口請教，我很開心。」珊珊學姐笑說，「學長姐們人都非常好喔，以後妳遇到困難絕對不要害怕來請教。」

教練、學長姐們和同年級的隊友都看到了我的轉變。他們不斷地鼓勵我，有時候還會留下來陪我一起練習，也適當地給予指導。

我跟其他隊友的感情也在這樣的情況下，變得越來越好。首先漸漸與我熟稔起來的隊友，是小婷、曼雯和婉鈴三人，我後來才知道她們和多數的隊友，都是來自同間國中，並承諾好一起考入靛夏、加入競技啦啦隊社。我想這也是為什麼一開始我難以融入她們的原因之一。

我的生活變得忙碌起來，也因此，我變得沒那麼在意妮希她們的事了。

班上的其他同學也因為妮希她們說的話，開始疏遠我。雖然起初我有些難過，但每當想起段章俊的話，心裡就好像沒有這麼難受了。

我總會遇見能接受我一切缺點的朋友。我這麼相信著。

然後，我升上了高二。幸運的是，新班級都是陌生的同學。

因為高一的經歷，於是我在交朋友時，更加小心翼翼，深怕不小心重蹈覆轍，再次被大家疏遠。同時，我也擔心他們聽過我的謠言，而不敢接近我。

然而，我還是交到了第一個朋友——凱芹。

記得第一次跟她說話時，她竟然說：「其實我本來想找妳說話，沒想到妳先開口了。」我不知道她是否耳聞過我的傳言，但她會想要主動跟我說話，那就表示想跟我交朋友吧？

剛好凱芹跟班上多數同學高一同班，所以多虧她，我漸漸地融入了班上，與大家打成一片。但我不管面對凱芹，還是其他同學，都有所保留，時時警惕自己說話要小心，不要表現出粗俗的一面，以免引起他們的反感。

高一那年發生的事，我不想再體會。

某天下課，有幾個同年級的同學經過我們班級，我們一開始沒特別留意，直到聽見那些話語。

「二班的人都好自以為是喔！」有個男生天不怕地不怕地直接喊道。

「對啊，還要不要臉？」這一次是女聲。

班上同學紛紛停下手邊動作，有默契地轉頭望向教室外。

「你們在說什麼？」班上的幾個男同學不高興地走到教室門口。

見狀，感覺有什麼大事就要發生了。

「不是嗎？」說罷，外面的男生接著大聲地一一數落我們的「罪行」：

先是班上的幾個男同學對感情很不認真，跟別班女生交往沒多久就要分手；再來是某些同學在社團活動時不懂得尊重他人，自認清高、自以為了不起等等。

我跟班上同學交情還算不錯，所以這些事也有所耳聞。

男同學對感情很不認真？明明是女生太機車，一點小事就生氣、吃醋，所以男生才提分手。而那些女生會吃醋的原因，是他們跟班上的女同學太要好。

其實我們全班同學的感情都很好，相處方式我個人是覺得沒有超過。

至於社團活動，我聽說過籃球社和棋藝社的事。是該社的社員不知哪根筋不對，或是不服我們班的同學，所以老是要求單挑。我班同學覺得沒意義，果斷拒絕了。沒想到最後會演變成這樣。

老實說，我們班平白無故遭受這種委屈，我有點坐不住了。

「還有那個張凱芹，自以為籃球打得好，明明就是怕輸，所以才一直拒絕跟男生單挑嘛！」其中一個留著刺猬頭的男同學突然道。

凱芹是籃球隊的隊員，我有點意外竟然有男隊員想找她單挑。本來我可以忍著怒氣不爆發，然而在聽見凱芹的名字後，再也無法忍受。

我大步走到門口，對那位刺猬頭男生憤然道：「你有種再說一次！」

班上同學第一次看見我如此生氣，就連凱芹也目瞪口呆，遲了半晌才走前來拉住我說：「覺苡，我沒事，不要理他們。」

刺猬頭明顯被我的氣勢給嚇一跳，卻愛面子地說：「再說一次有什麼問題？張凱芹自以為籃球打得好，明明就是怕輸，才拒絕跟男生單挑！」

心中的火焰已經蔓延至頭頂，我直接吼道：「媽的你給我閉嘴！她是根本不稀罕跟你們這些臭男生打球，少自以為是了！」

刺猬頭用鼻子哼了一笑，「洗覺苡，妳果然就是太妹嘛。傳聞說妳三句不離粗口，總是被老師警告和處罰，甚至會偷偷在廁所抽菸。啊，還有人看到妳在校外打架。怎麼會有一個女孩子這麼粗魯？」

聞言，我的氣勢倏地弱了下來。我這才意識到自己又衝動了，不自覺就把髒話說出口。而且我沒想過的是，謠言竟然渲染成這樣。

刺猬頭趁勢追擊，繼續說著那些有關我、真實與非真實的傳聞，我轉頭看班上同學愣愣地望著我，心臟頓時被覆上了一層冰。

腦袋飄過了當年妮希她們疏遠我的畫面，還有她們私底下說的話……我的雙手不住顫抖，喉嚨也變得乾裂，發不出一點聲音。

「你夠了喔？說完了嗎？」凱芹的聲音突然從我身側傳來。

我怔怔然地轉頭看她，只見她抱著胸，眼神冷漠，殺氣騰騰。

「你說我，我可以忍受，但你竟然還說覺苡？如果你覺得說了沒怎樣，那就繼續吧。」

凱芹的身高有一百七十五公分，刺猬頭雖然跟她差不遠，然而不知為何，他突然像少了幾十公分一樣，變成了柔弱的小矮人。

我根本沒料到凱芹會幫我說話，只能傻傻地愣在原地。

「做男生做到像你們這樣，真是可悲。」班上的男同學終於再次開口說話，「數落女生，你們還配當男生嗎？」

「不管你們要怎麼說我們，但說到凱芹和覺苡，我們就沒辦法當沒事。」

男同學們邁開步伐過來，驀然擋在我和凱芹的前面，形成一道高牆。

讓我們非常有安全感的一道牆。

我經歷過被討厭、被大家說閒話，卻沒有任何人站出來幫我。我從沒想過自己會被這樣保護，心頭的暖意很快就化作了淚水，漸漸地蓄滿在眼眶中。

班上一個男同學首先伸手抓住刺猬頭的衣襟，使得他周遭的朋友一陣暴動。

然而在開戰之際，遠處卻傳來了教官的聲音。「你們在做什麼？」

大家驀地一愣，暴動戛然而止。

教官詢問我們發生了什麼事，然而誰也不願意開口，他只好把差點打起來的兩位同學帶到辦公室。剩餘的人，都給了口頭上的警告。

外面的那班人自動散了，不過班上每個同學的臉上都是明顯的憂心忡忡。

「顏庭宇怎麼辦啊……」

「都是我的錯。」凱芹無奈地嘆一口氣。

班上的同學聞言，立即反駁她：

「關妳什麼事了？不是妳的錯啊！明明就是那班人的錯！」「是他們先開口說妳！」「對啊！妳不要責怪自己啦！」

「不對，不是凱芹，是我害的。」我幽幽道。我是聽見刺猬頭說凱芹，才衝動前去跟他理論。如果不是我，就不會發生接下來的事。

同學們沉靜了片刻，下一秒，班上的四處也響起了聲音。

「妳又做錯什麼？」「妳幫朋友出頭，有何錯了？」「這麼有義氣，誰敢說妳錯了？」

我怔住。他們的話到底哪來的魔力，一瞬間再度使我心裡的感動溢了出來。

一直安靜不語的班長突然徐徐站起，走向講臺。他清了清喉嚨，一臉認真道：「我想說……關於剛才的事，班上的任何人都沒有錯，他們很明顯是來找碴的。他們特別提到的幾位同學，根本就不是那樣的人，我相信你們也非常清楚。至於顏庭宇，我相信就算再給他一次機會，他依然會這麼做。所以，我希望大家都不要再責怪自己。」

他頓了頓，接著道：「都怪我們太優秀，才遭別人嫉妒啊……」

明明是很嚴肅傷感的氣氛，被他這麼一說，不少同學就被逗笑了。

班長又托著下巴，繼續說：「找碴的那些人還滿勇敢的。他們肯定不知道，只要跟班上任何一個人作對，就表示跟我們全班四十人作對。」語至此，他突然壞笑，「如果顏庭宇真的被嚴厲懲罰，他們的『好日子』也就近了。」

「沒錯！」幾個男同學立即道。

凱芹突然在這時走到我前面，接著抓住了我的手。我不由一愣。

她開口：「剛才真的很謝謝妳，沒想到妳有這麼帥氣的一面！」

我周圍的同學也點頭認同道：「對啊，超帥的！」

「而且氣勢超強，那男生很明顯被嚇到了。」「沒想到妳罵人這麼帥！」

明明都是稱讚的言論，然而我心裡的不安促使我不自覺地咬了咬下唇。

掃視了凱芹和周遭同學，我深吸一口氣，緩緩問道：「你們……不覺得我很粗俗嗎？剛才那個男生說的傳聞……」

話一說出口，看他們睜大雙眼，我頓時後悔了。他們恐怕是介意吧……

「抱歉，我——」

凱芹皺了下眉，倏地打斷我：「妳幹嘛道歉？為什麼一副自己做錯事的樣子？妳做錯什麼了嗎？」

「你們……能接受像我這樣的人嗎？」我不回答，反而小心翼翼地問。

凱芹露出恍然的表情，很快就說：「妳說的是關於妳打架、抽菸的傳聞？我從去年就聽說了，但那又怎樣？就算妳是個婊子，我也會把妳當好朋友。」

我愣愣地看著她。我沒想過她竟然早聽說過我的傳聞，卻還是願意跟我當朋友……

「對啊，明明要遇到像妳這麼有義氣的朋友多難得，誰還介意這些事？」

「而且妳長得挺秀氣的，飆起髒話讓我覺得有些反差萌，挺好的！」

「是很酷。」有的女同學附和。

這下輪到我瞠目結舌了。「挺、挺好？很酷？」我好久才恢復說話能力。

「就很可愛啊！」有個男同學笑說。

「欸欸欸！」凱芹擋在我的面前，「你不要打覺苡的歪主意。」

「你們……真的不介意嗎？」對於他們說的話，我依然感到難以置信，「如果我是太妹，你們……也不介意跟我當朋友？」

凱芹轉頭看我，彷彿我問了一道白痴的問題。「我是有件事很介意。」她停頓一會才說，「我很介意妳一直問我們這個問題，然後我不想回答了。」

我安靜地凝視著她。

「認識妳後，我不覺得妳是傳聞中的那種太妹，頂多只是說髒話吧？」凱芹嘆氣，「謠言真的很可怕。明明妳就不是這樣的人，卻被說成那樣。」

我深吸一口氣，才道：「沒關係，只要你們不介意，別人怎麼說都沒關係。」

凱芹再次與我對上眼的那一刻，我們很有默契地一起笑了。

「總會有人不介意妳真實的一面，真心地接受妳。」

我的腦袋霎時冒出了這一句話。

說的，就是我眼前的這班人吧。

第四章　脫單之日

顏庭宇和刺猬頭明明被逮個正著，卻不需要被記過。教官只給予口頭警告，並要他們週末回學校進行兩小時的愛校服務。

我很好奇他們怎麼說服教官的。也太幸運了吧。

班上的同學更好奇，直接把顏庭宇圍成一圈開始逼供。

「所以說，話術很重要啊。」顏庭宇什麼也不說，只是笑了笑。

這句話沒解答到什麼，班上的同學還是不肯放過他，反應更加劇烈。

看著顏庭宇被掐著脖子，雙手雙腳還被大家用手箝制住，他大喊救命。在旁邊看著這一切的我不禁失笑。

——我真的好喜歡這一班。

直到現在，同學們總是會揶揄我、跟我開玩笑，雖然我嘴上嫌棄、說他們很煩，有時還飆粗口大罵，然而其實，我特別喜歡這樣自在的相處。

與段章俊在文娛晚宴碰面後，當晚準備就寢前，我忍不住伸手捏了自己的手臂。感受到痛楚後，我才相信我們真的說上話了。

默默暗戀的人，突然找自己搭話，這情節也只會出現在電視劇中吧。

週日一整天待在家，我的腦袋不斷回播與他共處的情景，每個細節都記得清清楚楚，特別是他抬頭望月的那張側臉，也已深刻地烙印在我的心。

而我也始終在意著他說的一句話——

「可是這不是我們第一次說話了啊。」

他為什麼會這麼說？

雖然我曾經模擬，甚至幻想過不少次我們認識後的互動情景，但終究是奢望，我的腦袋還是非常清晰，除了保健室的那一次，我們從來沒說過話。

那麼，這不就表示……他知道那天在保健室聊天的人，其實就是我嗎？

如果……他真的知道我是誰，那麼我在脫單二選一時選擇了他，他會不會……也有可能接受我？

因為我實在太在意這事，所以那天晚上道別之前，還是忍不住向他求證那句話的意思。

結果，也只獲得「就是字面上的意思」的回答。

如果是班上同學，我鐵定會翻白眼道：「你在說什麼幹話？有答等於沒答。」

然而此刻的對象是自己喜歡的人，我也只能害羞地微笑，跟他說再見。

結果報應就來了。整天下來，我的胸口猶如一群螞蟻在上頭般，心癢難撓。

我應該繼續追問下去才是！看著鏡中的自己，我忍不住想伸手搧自己一巴掌。

終於，時間來到禮拜一，明天就是本月的十四日了。

「冼覺苡。」我在座位上發呆，滿腦子想著段章俊，卻忽然被一把聲音打斷。

我微微抬眸，面前站著好幾個班上男生。「幹嘛？」

他們的表情有些古怪，好像有點害怕，又有些欲言又止。

醞釀許久，其中一個同學才問：「妳……沒有生氣吧？」

我感到不解，「生氣什麼？」

「就班導離開那天啊，我們……」幾個大男生扭扭捏捏地看來看去。

我皺著眉，試圖在腦海裡搜尋那天的記憶。

「喔，是因為我沒哭，所以你們故意鬧我，說我是男生的事嗎？」我板起臉，裝起諷刺的語氣，「我以為你們說過就忘了啊。」

他們滿臉慌張，不知應當如何是好。我本來打算鬧一鬧他們，誰知道才過了數秒就破功，直接爆笑出來。

他們怔怔然，不知道我的轉變是怎麼一回事。

「你們真的那麼怕喔？我知道你們只是開玩笑。我那天的心情很糟，所以才會那樣。」看著他們依然緊縮眉頭，我又笑說：「真的啦，我不在意。」

他們打量我的笑臉片刻，隨即才鬆了一口氣。

「害我們還擔心了好幾天！」這次說話的是顏庭宇，他也是平時很愛鬧我的男生之一。

「對啊！嚇死我們了！」

佩璇聽見我們說話也走了過來，笑說：「覺苡我告訴妳，他們真的超擔心的，這幾天一直問我和凱芹該怎麼辦。」

「不過凱芹最近的心情好像不太好，我們也不太敢打擾她。」

「嗯，不過我相信她很快就沒事。」我瞄向凱芹的座位，她還未到學校。

「佩璇，妳男朋友來找妳了！」

聞聲，大家轉頭望向教室外的蕭文揚。他對上佩璇的視線後，綻放出笑容，對她招了招手。佩璇朝他甜甜一笑，便丟下我們，蹦蹦跳跳地出去了。

「好甜蜜啊……」顏庭宇一臉羡慕，接著就伸手抱起身邊的男同學，嘟起嘴道：「我們也要！」

見狀，我們忍不住大笑。

「欸話說，你們也太膽小了吧？以為我生氣的話，幹嘛擔心那麼多天？趕快來求證不就不用煩惱這麼久了？」我笑說。

他們尷尬地呵呵笑，沒有回答我的問題。

我想，大部分的人都有愛逃避的天性吧。遇到難以解決、非常煩惱的事情，總是不願意直接面對、設法解決，心裡某處也天真地希望：也許等時間過了，問題就會自動解決。

但是，一直不願意正面面對問題的我們，才是最痛苦的。

要不是段章俊，我或許都不會發覺這個真理。

他說，遇到了問題，能越快解決越好。拖得太久，痛苦的是自己。

我一直惦記著他的話，所以很快就下定決心，這天一定要找隊友們談一談，把文娛晚宴當晚被針對的事說清楚。

而與此同時，我也檢討著自己，怎麼會這麼玻璃心，被說了幾句就直接離開？

這麼想著，我起身往小婷的班級走去。小婷是三類組，她的教室在三樓。

「不好意思，可以幫我叫沈小婷出來嗎？」我揚起了嘴角，朝教室內對上眼的一個女同學問道。

沒等太久，小婷就頂著一張臭臉徐徐走出來。

她抱著胸，直接道：「找我什麼事？該不會又想追究表演的事吧？想不到妳這個人還挺小氣的。」

我搖搖頭：「我沒有要追究。」

「那妳來這裡幹什麼？」她的語氣充滿不屑。

我抿了下唇，沒打算拐彎抹角浪費時間，「我知道多數的人，應該沒辦法接受女生說髒話。」女生，公認最不該說髒話的性別。社會總有這種刻板印象，毫無道理。

我頓了頓，又說：「但我還是希望妳們能接受這樣的我。我只是說髒話，並沒有惡意。而且，我是真心……把妳們當朋友的。」聲音不自覺愈漸柔弱。

小婷蹙起眉端詳著我，接著不耐煩地問：「妳說完了？」

我默默地點頭。

小婷欲轉過身回班，明顯沒有絲毫動搖，她又忽然想起什麼，回過頭。

「抱歉，我沒辦法跟妳當朋友。」語畢，她逕自走進了教室。

那天她和其他隊友態度驟變，想必是不喜歡與把髒話運用自如的人當朋友，又或是覺得這樣的我是一個太妹。

其實我心裡還存有一線希望，畢竟我加入競技啦啦隊後，跟她的交情也不算差，也許好好溝通後，她可以接受我的缺點，並繼續跟我當朋友。

然而，事實並非如此。她的反應，就如當年的妮希她們一樣。

段章俊說過，不接受自己的人，不值得我為她掏心掏肺，浪費時間。可是……難道就要因為這樣，放棄這段友誼嗎？我心裡百般不願意。

我不想再體會一次失去朋友的痛苦。但是，如果我繼續堅持，就算最後遍體鱗傷，或許也得不到想要的結果。她們沒辦法接受我，更不可能會同情我。

段章俊的建議，是在保護我不受傷害，我應該相信他才是。

還沒整理好思緒，我的肩膀驀地被人輕輕一拍。

我轉過頭，發現馮浩正微笑著看我。

我微微一愣。怎麼這麼巧？最近老是遇見他。

今天的他跟平時不太一樣。他的制服襯衫被熨得平整，看不出一點皺褶，整個人看起來更乾淨俐落。

「你怎麼會在這裡？」我問道。

「……妳還好嗎？」馮浩看著我的臉許久，沒有回答，反而語帶關心地問。

「很好啊。」我勉強彎起嘴角道，並快速地轉了話題：「你今天的襯衫燙得很平整，整個人看起來更乾淨清爽了。」

他一怔，眉頭縮起，「我之前看起來很糟嗎？」

我搖頭，「也不是，就……你的襯衫每次都有皺褶啊。現在燙平才好看。」

他的雙眉更往內縮，「其實我一直都有好好燙制服，可能就這麼不剛好，碰見妳的時候都皺了。」

他極力解釋的表情既嚴肅又認真，感覺非常在意我的觀點。而我其實只是隨口說說，真沒想到他這麼在意形象。

我被他這副模樣給逗笑，「好啦，我知道了。」

明明前一分鐘我的心裡還很難過，沒想到此刻卻能自然地笑了。

「妳現在有時間嗎？」馮浩猶豫了很久，才問出這個問題。

「怎、怎麼了嗎？」

馮浩微微一笑，「我們換個地方說話吧。」

我愣了一下，接著點點頭。沒有拒絕的理由，而且我正好也有事找他。

跟隨著他的步伐，我發現我們正往這棟樓的天臺走去。

這裡除了擺設的一些盆景，沒有任何遮蔽物，乍看一片空曠。如果翹課來到這裡，完全沒有可躲藏處，只要教官一上來就會馬上逮個正著。

平時我不太常上來天臺，並非因為翹課，而是自己怕熱又懼冷。

夏天時，學校天臺便是一個毫無懸念，最接近太陽的位置，尤其過了十點鐘，那熱情火辣程度我完全沒辦法承受。

雖說田徑訓練也是在無遮陽處進行，但那是無可避免。如果可以選擇，我當然不會主動曝曬在太陽下。

到了冬天，位於高處的天臺寒風強勁，氣溫比學校其他地方來得低。即使只是一道微風拂過，我就有種身處冰天雪地，快被凍死的感覺。

因此，我上來天臺的次數屈指可數。不過，此時天邊剛升起的太陽，將半邊天空塗上柔和的橙色。太陽這時候的狀態我最喜歡。

「怎麼了？你想說什麼？」我問，同時瞥了馮浩一眼。

馮浩轉過身來、正對我的表情十分正經，讓我不自覺直起了後背，也正臉看向他。像是要講什麼重要的事，讓我不得不認真起來。

他猛然雙手合十高舉到額，「先跟妳道歉，我剛才不小心聽見妳們的對話。」

我愣了愣。「你聽見我跟小婷的對話了？」

見他緩緩點頭，我一手扶著額，嘆了口氣。真的想找個洞鑽進去……

當時儘管只說了幾句話，但我方才說話時的聲音柔弱，讓人感覺非常低聲下氣，和平時的我相差甚遠，沒想到竟然被他看到我這樣的一面。

「妳其實不需要覺得不好意思，我覺得這樣的妳很棒。」馮浩溫柔的語調忽然傳來，突如其來的稱讚讓我有些震驚。

我莫名其妙地抬眸看他：「很棒？」

他微微一笑，「是啊，我覺得能為了朋友、為了彼此友情而放下身段說話，不就表示妳是個重情重義的人嗎？」

我依然愣著不動，他又淺笑道：「而且妳都知道她不喜歡妳，但還是願意再次溝通，把自己的想法說出來，我覺得妳真的做得很好。就算結果不盡人意，但至少妳努力了。」

不知道為什麼，聽了他的話，我的胸口感覺有個什麼快湧了出來。我轉過身深深吸氣，想藉由氧氣把心上的那一處給封印住。

本來傳到眼睛的燥熱，終於慢慢散去。

「妳……怎麼了嗎？」馮浩有些慌亂的聲音從我後面傳來。

我回過身，對他笑了笑，希望這個笑容看起來能自然一些。

「沒事，只是聽你說這些話，覺得有點感動。」我忽然想起我們之前的對話，不禁輕輕一笑，「欸，馮浩，你還記得我說過你是直男嗎？」

他眉頭輕皺，模樣顯然是不太願意承認。「……嗯。」

「好啦，今天覺得你不是了。」我又笑說，「感覺你也挺了解女生的，我剛才明明說沒事，可是你竟然知道我很不開心，所以安慰我。」

我望向已經轉換成淺藍色的天空，緩緩開口：「謝謝你。雖然失去朋友真的很難過，但聽了你說的話，我的心情也沒這麼糟了。」

「真的嗎？」他看起來有些高興，語氣愉悅，「那就好。不過我要申明，剛剛都是真心話，不是為了安慰妳才說的。」

「知道啦。」

「不過我還有話想說。」

我轉過頭，看向一手插進了口袋的他，「什麼？」

「我覺得妳既然這麼在乎妳們的友情，那就不要這麼快放手。」他說。

「可是，如果不放手，那最後受最多苦的，不也是我自己嗎？」我垂下了眸，「明知道她不能接受我的缺點、不把我當朋友了，我也沒必要再為她感到痛心及糾結。所以現在放下，是最好的。」

馮浩的眉頭皺起。「我不這麼認為，我覺得這只是逃避的做法。」

他說我在逃避？我突然有些生氣，想要反駁，但他卻再次開口道：「她不能接受妳缺點的原因是什麼？妳就不好奇嗎？」

我別過了眼道：「不就因為我說髒話嗎？而且，她都說不想跟我當朋友了，我也沒必要再糾結原因。」想著段章俊的話，我有些口是心非地道：「我不需要這樣的朋友。這世上總會有接受我的——」

他直接打斷我：「遇到問題，的確該馬上解決，但解決方式不是逃避。」

我有些不悅地反問：「我哪有逃避？」

馮浩抿起嘴，沉默不語。氣氛頓時降到了冰點。

他別過臉，過了半晌才幽幽地問：「妳不好奇她到底在想些什麼嗎？為什麼不問清楚？就只因為說髒話，她就討厭妳，妳不覺得很奇怪嗎？」

「你他媽的幹嘛一直在糾結她在想什麼？我都說不想知道了！」我瞪著他，真的快被他給氣死。

他愣了愣，把臉湊到我的面前來。「妳先不要生氣，我只是想幫妳。」

他的語氣軟軟的，眼裡盡是憂心的碎光。我的內心頓時浮現了一絲的愧疚感。

他的確只是想幫我，我到底在發什麼脾氣？我腦子真的有問題。

我嘆了口氣，整個人也瞬間冷靜下來。「……抱歉。」

仔細想過他方才的話後，我才幽幽地說：「她可能真的單純不喜歡會說粗口的朋友，又或者認為我是太妹吧。就是會抽菸翹課、打架、放學後總是不回家，四處溜達到不良場所的那種人。畢竟許多人都對說髒話的女生有這種刻板印象。」

馮浩縮了縮眉。「但妳不是。」他語氣很肯定，「雖然妳會說髒話，可是妳跟太妹完全沒有沾上一點邊。」

我苦苦地笑了笑，「小婷認識我的時間，比你認識我還長。你看到的一切，我相信她也看到了。她或許覺得我一直都在隱瞞本性吧。」

馮浩若有所思了會兒，突然兩手抓住我的肩膀，慎重地說：「那就花點時間證明給她看，妳不是她想像中的太妹。」

我微微一怔。他在說什麼？證明？

「如果證明了，她還是不願意跟妳當朋友，妳再放手也不遲。要是她只是不喜歡妳說髒話，妳那麼在意她，為什麼不能為她作出一些改變呢？」

「所以我才要妳去搞清楚，她不想跟妳交朋友的理由是什麼。如果原因這麼單純，那妳可以試著改變，反正又不是什麼壞事。這樣一來，妳們不就還是朋友嗎？」

他一口氣說了很多，語音落下後還露齒笑了笑。這笑容猶如此刻的太陽般和煦，讓我覺得非常溫暖。我本來悶緊的胸口，在聽完他這席話後，變得不再那麼難受，也安心多了。

就算段章俊說這樣的朋友並不值得我付出，但其實，我內心深處並不願意這樣放棄得來不易的友情。所以當我得知有人這麼支持我挽回它時，我的心才會如此豁然。

「覺苡，總之不管妳在想什麼，妳還是要好好面對，別再逃避了。」最後，馮浩這麼說。

今天的最後兩堂課是社團時間，我來到平時訓練的場地前，開始坐立不安，不停來回踱步。這一整天下來，不停在心裡默背的字句就快要派上場了。

遠處傳來了輕快腳步聲，正是小婷、曼雯和婉鈴有說有笑地走近這裡。她們三人並不同班，應該是路上碰巧遇見的。

她們抵達訓練場地，僅瞄了我一眼，又繼續聊天，只有婉鈴對我露出淡淡微笑。她的態度友善些，但跟晚宴前的態度還是有很大反差。

感覺曼雯和小婷對我的厭惡感比其他隊友來得強烈，我幾乎可以確定她們倆會是問題的根源。而婉鈴和其他同年級隊友都是她們國中結識的好友，她們會不會是因為小婷和曼雯，才避開我呢？

我突然想起了馮浩。如果不是他，我可能不會仔細思考她們為什麼突然遠離我。

當天一起表演的隊友一個接一個集合後，我撐起了笑容，走到她們面前。

「嗨，不好意思，我想跟妳們聊一聊——」

小婷臉色立即大變，斜視著我道：「我們早上已經把話說清楚了。妳還想說什麼？」

我抿了一下嘴，才說：「我想知道，說粗口對妳們來說意味著什麼？」

不只小婷，其他隊友也紛紛皺起眉頭。

沉默在我們間持續蔓延。曼雯抱著胸，緩緩走到我面前，面無表情問道：「這重要嗎？」

「當然重要，因為我想知道，妳們是不是以為我是太妹，所以才討厭我，還是單純討厭會說髒話的女生。」

我原以為她們會需要一些時間來思考怎麼回應，殊不知小婷完全不需要停頓，直接反問：「會說粗口的女生，不就是太妹嗎？」

問題的緣由，的確就如我設想的一樣。

我點了點頭，正經道：「如果妳們因為這樣而不想接近我，我可以理解。但是我希望妳不要有偏見，覺得說髒話的人就一定是流氓。」頓了頓，「我不是你們想的那種人。」

這些話，本來是該向妮希她們說的。

然而當時，我已經被深深傷害，所以根本沒想過繼續跟她們當朋友。即使心裡很在乎，卻還是逼迫自己放下這段友誼，任由內心的感情隨著時間慢慢消逝。

如果當時，我能把這些話告訴她們，現在又會是怎樣的結果？

我不曉得。但此刻我很清楚一件事：已經不能再重蹈覆轍了。

「我們好歹也相處了一年多，妳們真的覺得我是那樣的人嗎？」我又問道，目光輪流落在她們每一個人的臉上，「我知道……或許妳們覺得除了社團時間，跟我沒有其他私下互動，所以我很有可能把不良的本性、嗜好都隱藏，不讓妳們發現。」

「如果我是妳們，我可能還會想說『這個人也太假了吧？看不出來她是這樣的人耶，要不是她那天飆了粗口，都不會發現她原來是個太妹』，對吧？」我停頓了下，苦笑道：「但如果我不是妳們想的那樣呢？那妳們不就誤會我了？」

見她們沒人開口說話，只是面面相覷，我生硬地彎起嘴角，繼續說：「所以，希望妳們能給我一些時間，讓我證明，我不是那樣的人。如果連這個機會都不給我，那對我也不公平。我一定會證明給妳們看的。」我的立場非常堅定。

小婷望著我，語氣冰冷：「那如果我說，我們只是單純討厭妳說粗口呢？」

「那我會改。」如馮浩說的，為了朋友，改掉這個缺點又怎樣？擁有完全接受自己缺點的朋友固然好，然而她們這幫朋友，我也不想就這樣失去。只要作出點改變，就能維持友誼，這點犧牲是值得的。

我頓了頓，又老實道：「不過要改的話，我可能需要一些時間……」畢竟要改掉習慣，並不容易。

她們沉寂許久。最後是曼雯皺起眉，盯著我開口：「妳為什麼要這樣？」

「因為我不想就這樣失去妳們。」

她們妳看我，我看妳的，再次陷入沉默，不過我發現本來數十張針對我的厭惡臉孔，已經被微微震驚的表情給替代了。

「妳們站在這裡做什麼？早到不是要熱身嗎？」

教練的聲音忽地傳來，嚇得我們直起背。我和隊友們馬上各就各位，圍成圓形，而小婷站在圓心，這次輪到她帶領大家熱身。

「對了，文娛晚宴的那天，我雖然不在現場，但我讓妳們的學姐幫忙錄影了。表演大致上還不錯，但小婷似乎犯了點錯誤。」教練突然板起臉說。

小婷霎時一愣，臉色有些蒼白地說：「對不起，我……那天不小心分心了。」

教練面色變得更加難看，「分心？妳知道自己是在競技啦啦隊的表演吧？」說著，她轉頭看我們，「不管妳們是什麼職位，只要一分心，就可能造成意外，我不是告訴過妳們了嗎？」

教練的厲聲責備讓我們只敢低下頭，誰都不敢正眼看她。

教練嘆了一口氣，接著道：「算了，我不想耽誤練習，等下結束後妳留下來。」

「我知道了。」小婷的聲音有些微弱。

我們繼續熱身，期間我忍不住端詳小婷的表情。她一開始因為教練的斥責顯得有點失落，但做了幾個動作後，她的表情似乎不再那麼難看了。

她會感到失落，心裡難道也在責怪自己嗎？

「冼覺苡，不要發呆。」小婷突然道。

隊友們紛紛看向我。我一愣，趕緊道歉：「……喔，不好意思。」

雖然方才與她們的對話忽然打住，也未得到她們的回應，不過她們看我的眼神，已經略有不同。

這天晚上完成作業後，我拿起手機打開臉書滑了滑，想藉此放鬆。這時，我被某個貼文給奪走了注意力，那是跟我同國中的男同學發出的。

他曾找過我聊天，但我覺得他有些油腔滑調，便沒跟他多談。

『明天是玫瑰情人節，我明天會把它送給我最喜歡的女生。』

貼文搭配一張照片，是朵放在白色桌面上的紅玫瑰。

我不喜歡看這種肉麻的貼文，忍不住翻了下白眼。

霎時，貼文內的「玫瑰情人節」五字再次滑過腦袋，我張大嘴巴，立即查看起今天日期。十三號！

我大力地拍了一下額頭。明天就是脫單二選一了！我竟然把這件事給忘了！

我早上出門前明明是記得的，卻在跟馮浩聊過後，把一切都忘得一乾二淨。

我嘆了一口氣，伸手按了按太陽穴。

我本來打算要找馮浩談明天的事，結果是談了，卻跟脫單二選一毫無關聯。雖然認識馮浩已有段時間，可私底下卻不曾聯絡過彼此。不只手機號碼，他的LINE、臉書和IG，我都沒有。他為人低調，就連我班也沒同學認識他。

我試著在臉書搜尋他的名字，結果出現好多個馮浩，可竟然沒有一個是我認識的那位。接著又找了好幾個同校同學臉書的好友列表，然而才看了三個人，我忍不住趴在桌上，把手機鎖屏。

好累……我放棄。

這天睡前，我開始胡思亂想。腦袋不自覺模擬明天活動的流程。想像著自己站到臺中央，兩個男生站在我的一左一右，會長也接著詢問我的選擇……

本來平靜放鬆的心，突然就化作一頭大牛狠狠地碰撞著我的胸口。我也漸漸失去了疲憊感，變得毫無睡意。看來，今晚難熬了。

隔天早上，我不意外地頂著黑眼圈上學。不知聽誰說過，每個人重要的日子都不是在最好的狀態下度過，而我顯然也不是例外。

一抵達學校，我筆直地往高二一班的方向走去。

上了樓梯，我漸漸走近高二一班的窗邊。之前偶爾經過時，我都會裝作不經意地掃過段章俊的座位，不管是目光或步伐，都不曾停留過。我不想讓任何人知道我對他有意思，也因為我害怕看見她們……那些曾無情傷害過我的好朋友。

然而這天，因為必須見馮浩，我無可奈何，只能咬著下唇，停在教室的外面。

距離特別朝會還有十五分鐘，一班已經有半數以上的同學到齊，都在座位安靜溫習，或者是做習題，跟我們班的情況不太一樣。我們班的同學不是趴在桌上睡覺，就是跟其他人聊天。

明明我是來找馮浩的，然而眼神卻先飄向了段章俊的座位。座位是空的。這讓我鬆了口氣，心臟跳動的速度也舒緩不少。

——我很想見到他，但絕對不是在這種情況之下。

我定睛看了看裡面的同學，沒掃到馮浩的蹤影，倒是無意間發現了芮萍。我下意識藏到門後，深怕被她發現。

要是我直接離開，之後該怎樣跟馮浩碰面？我徬徨不已，思緒攪在一塊。

這時，樓梯間傳來了熟悉，卻久未聽見的聲音——是妮希和萱麗。

我毫不猶豫往反方向跑去。

高一發生了那件事後，即使我們都在同個班上，卻不曾正面對視過。升上高二，我也不常在校園碰見她們，只要遠遠看到她們，我就立即掉頭離開。

我沒有勇氣直接面對她們。儘管我知道，自己並沒有做錯什麼。

我拖著緩慢及沉重的步伐回到班上。班上同學一見到我，異常地興奮，紛紛走前來圍住我。他們的心情與我完全相反，讓我一度反應不來。

「覺苡，妳去了哪裡啊？」

「覺苡，妳等下真的打算選擇段章俊嗎？」

「覺苡，妳做好準備了嗎？」

「我們好期待啊！希望能看到妳得到想要的男人！」某個女同學忽然說。

我們傻眼地望著她。她嘿嘿嘿地傻笑，就像個花痴一樣。我不禁笑出來。

「給妳說得……好情色。」男生們突然說，接著嗨了起來，不停歡呼著。真的好屁孩。

凱芹和佩璇也在這個時候走了過來。

「加油！」佩璇給我一個鼓勵的微笑，「不要那麼緊張，我們都在臺下。」

凱芹的氣色一天比一天好，平時相處時也常常掛著笑容。她此刻的嘴角彎起更好看的弧度，並勾著我的頸部說：「覺苡，如果真的沒辦法在今天脫單也不要難過，我一直都在。」

我心裡一陣感動。本來凌亂不堪的思緒、及難受到快要窒息的感覺，在這時候也完完全全退散。

然後，時間來到七點三十分。脫單二選一的特別朝會終於要開始了。

早上涼風習習，樹葉被吹得左右擺動，凝在葉子上的點點露珠，也隨之緩緩流下。

學生會長把我請上臺，此時此刻的我，站在臺上正中央。

臺下同學無不全神貫注地望著我。

臺上視野過於遼闊清晰，我甚至能看清後方竊竊私語的幾位同學。

我已經不知道該如何形容我此刻的心跳，那飛速跳動的聲響，竟然大得完全覆蓋了四周的聲音。我甚至開始覺得呼吸困難。

我很快注意到臺下的班上同學，他們遠遠地對我招手，笑容滿面。我的胃頓時翻滾了幾下，有點想吐。看到他們，我反而更緊張了。

「冼覺苡同學，妳準備好了嗎？」學生會長在我旁邊，掛起了招牌笑臉。

我緩緩地拿起麥克風，目光頓時落到了臺下——馮浩的身上。

他長得很高，所以站在班級的最後面。他也注意到我的視線，我們頓時對上眼。然而實在離得太遠，我看不清他此刻的表情。

我吞了吞唾液，偷偷吸了一口氣，把目光移到他前面的段章俊。

段章俊正望著左邊，沒看臺上的我。

我有些失望，但還是好奇地順著他的視線看去。

穿著整齊白襯衫的黃一良老師就站在那裡。他帶著期待的表情環顧四周，最後才把目光移到我的身上。我愣了愣。

班導怎麼會在這裡？這個朝會不是沒有老師會來嗎？還有他剛才的表情，怎麼有點奇怪……

「冼覺苡同學？」

肩膀被輕輕一碰，我從思緒中抽離，會長正一臉狐疑地等待我的回答。

「抱歉，我剛在想事情。」我不好意思地笑說。

會長點了點頭，「沒事沒事，我明白的，妳一定很緊張嘛。」他接著又把身子轉向臺下，「大家也很緊張對吧？」

「對——」大部分都是我班上的同學在喊。

我尷尬地笑笑，握著麥克風的雙手不自覺地使力。

「那我們也不浪費時間啦。」會長的語調輕鬆愉快，但無法消除我心裡的緊張。「嘿，這次我們先讓冼覺苡同學把她想選擇的對象請上臺，好不好？」

會長眨了眨眼，臺下頓時一陣暴動。

我怔怔然。平時明明是先讓報名參加的同學上臺，這次怎麼換了？

「好——」我們班上同學興奮大喊，「冼覺苡！冼覺苡！冼覺苡！」

聽自己名字被一次次地喊著，我扶著額頭，臉上熱得不得了。

「看來臺下的觀眾都好興奮啊！」當會長視線對上我時，我的身體頓時變得僵硬。果然，下一秒他便問道：「冼覺苡同學，請問妳的人選是？」

聲音戛然而止，空氣似乎也停止了流動。大家都全神貫注地看過來。

我握緊麥克風，手微微發抖著，「我……」

目光移向了段章俊，然後是馮浩。他們兩人似乎都聚精會神地望著我。

我最後閉上雙眼，把心一橫。「我選高二一班的……馮浩。」

現場靜默好幾秒鐘，當我緩緩睜開眼之際，歡呼聲頓時炸開全場。

我不敢再望向段章俊，連踩著步伐前來的馮浩，我也沒膽對上他的視線。難以忽視的愧疚感，筆直地朝我襲來。

「喔喔喔，馮浩同學上臺啦。請問馮浩同學此刻有什麼感想呢？」

這個會長他媽的在問什麼啊？是想逼死我嗎？

「很開心。」我還沒來得及思考什麼，馮浩的聲音就傳了過來。

我忍不住覷了身側的他一眼。他的臉上掛著淺淺笑容，眼睛望著臺下，偶爾看向發問的會長，言行舉止行雲如水，看來上臺對他來說只是小事。

他應該會記得等下要拒絕我吧……

會長又八卦地問了他好幾個問題，接著突然就露出了詭異的笑。「那大家好奇誰報名參加這次的活動嗎？」

「這個人……大家應該都很熟悉喔。」

「誰啊？」「熟悉？校園紅人嗎？」「趕快揭曉啦！」

我班同學的聲音紛紛傳來，他們真的比我還要著急。

是誰都不重要，反正打從我選了馮浩上臺，故事的結局就只有一個……

「嘿，好啦，就是我們學校的校草，同樣是高二一班的——段章俊！」

段……段章俊？我沒聽錯吧？

臺下歡呼聲不斷，我不禁看向我班的同學，女生們甚至興奮地尖叫起來。

「冼覺苡！妳太幸運了啦！」「妳到底為什麼可以這麼幸運！」

我還來不及反應，眼角餘光便瞄到有個人影正慢慢朝舞臺前來。

「段章俊！」「你、你怎麼會報名！」許許多多的女聲接二連三響起。

我憋著呼吸，把視線移向那個人影。段章俊正好突破人群，拾級走上臺。

他俊秀的臉在掃過我時露出淡淡的微笑。微風輕輕吹開他的瀏海，那張乾淨好看的臉蛋顯露無遺，我的視線再也沒辦法移開。

段章俊就站在我的右手邊。真的是他！

我的心海波濤洶湧，腦袋則一片空白。

會長叫的是第一個報名參加活動的男生吧？段章俊……居然報名了？

「看來段章俊同學的參與不只讓觀眾訝異，就連冼覺苡同學本人也驚訝得嘴巴張這麼大呢。」會長的聲音霎時響起，頓時嚇了我一跳。

臺下的同學見狀，紛紛笑出聲來，特別是我班的同學，直接捧腹大笑。

我瞥了一眼段章俊，他的唇角微微勾起，這表情登時讓我止不住心跳。

「那段章俊同學，先自我介紹一下吧。」

段章俊接過了麥克風，緩緩道：「大家好，我是高二一班的段章俊。」

此話一出，尖叫聲再次從我班那裡響起。段章俊望了過去，表情還是淡定，似乎方才發生的只是芝麻綠豆般的小事。

他是學校的校草，面對這樣的誇張反應早就屢見不慣了吧。

「段章俊同學，因為我實在太好奇——不，相信大家也很好奇。」會長露出了狐狸般的微笑，「之前的脫單二選一，不少女生都把你選上臺吧？但你都拒絕了。現在竟然主動報名參加，難道……你早就喜歡冼覺苡同學了？」

哇靠。這個問題也太直接了吧？

我頂著滾滾發燙的臉，轉頭瞪著會長。

會長沒發現我的目光，期待萬分地盯著段章俊，等待他嘴裡吐出的答案。

儘管我心裡一直咒罵著會長，但我怎麼可能不好奇喜歡的人怎麼想？

從看見段章俊走上臺的剎那，我就覺得自己彷彿置身在夢境之中。這一切太超乎現實，但臉上的滾燙和心跳碰撞的感覺，卻是如此的真實。

段章俊拿起麥克風，淡淡地說：「嗯。」

一個「嗯」字，就讓近乎全校的同學都發出了驚呼的叫喊。

而我再次愣在原地，耳畔隨之傳來會長的揶揄，說我瞠目結舌的樣子非常好笑。

段章俊微微轉頭覷了我一眼，嘴唇彎起了好看的弧度。我覺得整顆腦袋熱得快要原地爆炸。

「好好好，大家請冷靜下來。」會長雖這麼說，但他其實也非常嗨，「不如我們也問一問馮浩同學的想法吧？」

我忍不住在心裡吶喊：會長完全沒按照正常程序進行！之前都沒這樣！

而臺下觀眾聽見馮浩的名字，再次歡呼了起來。

「馮浩同學，看到段章俊同學的出現，你有什麼想法呢？」

臺下頓時一片沉靜，與方才吵雜的情形有著天淵之別。

馮浩輕輕一笑，淡淡地說：「完全意想不到。」

會長點點頭，接著笑著走向我。

「那麼冼覺苡同學，一個是自己選擇的人，另一個則是校草。」他停頓，面向前方後，才問：「請問妳的選擇是什麼？」

不管是臺下同學、站在一旁的班導，又或者是臺上的馮浩和段章俊，他們的眼神頓時化成一股無形的壓迫感，不斷地往我身上壓。

我會參加這個活動，主要是想壯膽向段章俊告白。後來因為退縮，我要求馮浩幫忙在臺上拒絕我。然而，在文娛晚宴見過段章俊之後，早就做好的決定，卻突然動搖了。

段章俊很有可能知道，當時在保健室的人就是我。否則他不會說，那不是我們第一次說話。況且他還溫柔地摸了我的頭，這完全不像是對第一次見面、不認識的人做出的舉動。

他在大家面前，一直都是滿懷自信、百折不摧的模樣，這也是他最想讓大家看見的樣子。而我，聽見了他內心的脆弱，知道了他一直以來的不安。

我們很像。一直沒在大家面前露出這一面，是我們最相像的一點。

既然我們這麼相像，那我一直把他放在心上，他是否也是如此？

他晚宴那天會主動關心我，這是不是意味著，他也有那麼一點的在意、甚至是喜歡我？

我彷彿看見了這場單戀的小希望。於是，我決定把這些事都告訴馮浩，打算再次改變自己的選擇。

卻沒想到，一切都沒想像中般順利進行。一直到活動前，我都沒能見到馮浩。

我只好按照原本的計劃走，畢竟我們早就說好了。要是我自作主張更改選擇，換作我是馮浩，一定會非常生氣，覺得自己沒利用價值就被踢開。我不希望馮浩這麼想，因為他是我想好好珍惜的朋友。

所以，我還是把馮浩選上臺來，讓他拒絕我。

大不了努力參加下一次的脫單二選一，再把段章俊選上臺——我是這麼想的。

然而，脫單現場的此刻發展，實在是始料未及。

段章俊，我喜歡的人，竟然報名參加了我的脫單二選一！他會參加，不就表示他喜歡我、也想跟我交往嗎？

我喜出望外，怦怦跳動的心臟不時提速，然而看向馮浩時，內心卻又泛起五味雜陳的感覺。

如果我選擇了段章俊，那就跟說好的不一樣。我到底該怎麼辦才好？

就在腦袋陷入一片混亂之際，馮浩突然拿起了麥克風說：「抱歉，我有話想說。」

我愣愣地望著他。

「喔？馮浩同學竟然還有話想說！」會長激動得彷彿這是他的主場秀。

我感到錯愕，都到了這個時候，他還想說什麼？

馮浩忽然轉頭凝視我，陽光灑在他有些柔和的墨眸上。而他啟齒，說出的話語一字一句，非常清晰地從擴音器中傳出。

「我已經有喜歡的人，所以不可能會接受妳。」

全場登時陷入沉寂。不只是我，就連會長也傻眼地看著他。

「喔喔喔——」觀眾接著發出了如雷的歡呼聲，顯然對這時的轉折感到興奮。

馮浩他到底在做什麼？他竟然在我選擇前就拒絕了……這樣可是違規啊。

他不可能不知道這規定，畢竟已經看過無數次脫單二選一的場面，也聽過會長說出的警告之言，他為什麼還要這麼說？

我注視著他，期望能從他眼神中看出什麼，但他卻徐徐地別開了視線。

他的側臉依然是一副淡定神情，絲毫沒有不安或緊張。

會長咳了一聲，倏地就換上一副嚴肅的表情。「馮浩同學。」

全場再次一片沉靜。

會長接著問：「你知道自己在做什麼嗎？」

會長平時滿臉笑容，一直以來都用輕鬆搞笑的語氣主持。這還是他第一次在眾人前露出張冷漠臉，就連說出口的話，也夾帶著一絲寒意。

馮浩沒有回答，會長又問：「你知道這樣不符合規則嗎？」

馮浩的臉部表情沒有變動，會長了然於心的樣子，接著說：「馮浩同學，很抱歉告訴你，因為你違規，你今後不能再參與脫單二選一的活動了。」

在會長說出這些話後，臺下的溫度彷彿降到了冰點。

觀眾只能小聲地議論，不敢再像之前那樣大喊大叫，甚或是歡呼。

「那就先請你下臺了。」會長板著臉道。

一切發生得過於突然，我本已雜亂的思緒更是攪在一起，直到再次聽見會長的聲音，我的大腦才猛地清醒。

「抱歉。」馮浩把麥克風交還給會長。

「馮……」我欲叫住馮浩，他卻瞥了我一眼，什麼話也沒說。下一秒，他的唇角輕輕上揚，眼神還透露出些許的釋懷。

我呆呆看著他離去的背影，惆悵感也由心底漸漸湧了上來。

「抱歉，這是此活動辦了這麼多次以來，第一次發生不愉快的事。」會長轉向我，「希望冼覺苡同學不要放在心上。」

他吸了一口氣，又吐出來，「既然現在少了個人選，那冼覺苡同學，妳再選一個人上來吧。」他已恢復輕快的語調，彷彿方才根本沒發生什麼事。

我則望向回到臺下的馮浩，他注意到我的視線，輕輕搖了搖頭。

本來大概可以猜到他的用意，直到現在，我才完全明瞭。

媽的，馮浩你幹嘛要做這麼催淚的事情？忍不住在心裡罵他，但我內心的感激，其實更多。

既然他都為了我做到這份上，那我也不會辜負他的犧牲。

「會長，一定要二選一嗎？」我拿起麥克風，直接問道。

我看了段章俊一眼。段章俊一手插著口袋，饒富興味地瞅著我。

這下我已經沒顧慮，坦蕩蕩地問道：「如果我想直接選段章俊同學呢？」

場內的所有人不由一怔。「喔喔喔——」

觀眾在頃刻間歡呼起來，聲響之大感覺快炸裂整個舞臺，方才短暫的尷尬，也全消失不見。

「冼覺苡，妳好棒！」班上的女同學向我喊道。

會長眼帶笑意，看起來並不驚訝，「可是這跟規定……」

得知段章俊的心意，我心裡的擔憂已經退去。「就算多選一個人上來，我還是會選擇段章俊。結果都一樣。」

「對啊！結果都一樣嘛！」臺下的同學們也幫我說話。

會長輕皺著眉，過了不久，他若有所思地點頭。「的確。」

聞言，我勾起了唇角，忍著不讓內心喜悅流露太多，「所以……」

「妳先等等，不要著急。」會長笑著安撫我，停頓了一會兒，才說：「我還是要照慣例問一下。冼覺苡同學，請問妳的選……」

「段章俊。」我不等他把話說完，劈頭就說。

在一旁的段章俊不禁笑了出來。緊接著，他慢慢走到我的身邊，伸出大掌包覆住我的小手。這讓我愣住，完全不敢移動。

他手心的溫度傳到了我的手掌，彷彿化作沸水般直衝我的雙頰。場內的歡呼聲也聽不見了，耳邊只剩下我凌亂的心跳聲。

「恭喜你們，祝你們幸福喔！」

這個月的脫單二選一，在會長的祝福下，終於落下帷幕。

而我和段章俊的故事，也在這一刻，拉開了序幕。

第五章　挽回關係

「冼覺苡！」下課鐘聲才剛響起，佩璇就笑嘻嘻地飛撲向我。

在特別朝會結束後，我回到班上立刻受到同學們的盤問。他們問我是如何在無聲中擄獲校草的心，有的還問說故意選馮浩上臺是不是戰略，我一概微笑不語，被問得煩了，就叫他們閉嘴，總之不管怎樣，我都不打算跟他們分享任何關於脫單二選一的事。他們見我口風那麼緊，於是只好放棄追問。

看著掛在我身上壞笑的佩璇，不用思考也知道她不願死心，還想繼續追問。

「怪不得妳說要選擇段章俊，原來你們早就暗生情愫！竟然都沒告訴我們！」佩璇站好身子指著我說，彷彿我做了什麼錯事一樣。

「並不是妳想的那樣好嗎？」我翻了個白眼。

「不然是怎樣？我們都沒看過你們走在一起，感覺你們不像認識啊！」

佩璇顯然在套我的話，我才沒這麼容易上當。

「冼覺苡，妳男朋友來找妳囉！」某個女同學突然喊道。

大家的視線立刻轉到教室門口的段章俊。

看見他的出現，我滿臉驚喜，準備離開前又聽見班上男同學的聲音。

「真希望他不會被妳嚇跑啊。」「可能再過一段日子就後悔了。」

他們小聲說著，大笑出來，我忍著不罵他們的衝動，微笑說：「呵呵，你們不要詛咒我喔。」

「Oh my god，這還是我認識的冼覺苡嗎？」佩璇驚呼。

我瞪了她一眼，就轉身朝段章俊走去。

「佩璇，妳別這樣啦……」我走到段章俊的面前時，隱約聽見凱芹的聲音。

「妳跟妳班上同學的感情似乎很好。」段章俊笑著說。

我微微抬眸，近距離對上段章俊的俊秀笑臉，感覺心頭小鹿再次開始亂撞。

「你、你怎麼會來？」我漾起笑容問道。

他輕輕一笑，「如果我不來找妳，妳才會奇怪吧。」

這不是我們第一次交談，卻是第一次，能如此清晰地把他的模樣和表情映在眼底的情況下說話。

特別朝會結束已經過了好幾個小時，我依然覺得難以置信。

他此時此刻，是以男朋友的身分站在我的面前。他那雙明亮的眸子中，倒映的是我的身影；嘴上的笑容，也是為我而綻放……這些幻想中的情節，竟然都在現實中發生了。

「怎麼愣著不說話？」他問，又笑道：「不會真的嚇到了吧？」

「呃……我今天的確是被嚇傻了。」我很老實地說。

他笑著伸手揉了揉我半長不短的瀏海。

明明我們說話的次數不多，為什麼他對我的言行舉止卻能這麼的自然？而又為什麼只有我一個人，心跳的速率依然如此地快？

「走吧。」他突然道。

「去、去哪裡？」

他玩味一笑，「妳應該有很多問題想問我？」

我大力點頭，「確實有很多想問。」

「所以我們去一個沒有其他人在的地方吧。」他瞥了眼教室裡的同學。

我回頭，只見班上同學迅速地移開視線，裝作在做其他事情。

我在心裡翻了一個白眼，偷偷地笑了笑。

接著，我跟著段章俊的腳步走下樓梯，來到教學樓後面的一塊空地。

這塊空地上只有一棵高大的千年老樹，厚實的根部在地上凸出，地下還散落著泛黃的樹葉，而本該灑下的陽光，則被樹上濃密的枝葉給遮去。

這棵大樹聽說本該在建校時就被砍伐，也不知道為什麼會被留下來。

段章俊走到其中一處凸起的根部前，拿出手帕把上面的泥土輕輕擦掉，接著坐了上去。

「站著做什麼？坐下啊。」他笑說，然後輕輕拍了拍他旁邊的空位。

那空位其實很小，就夾在大樹的樹身和段章俊中間。如果我坐下去，我的側身會緊貼著段章俊的身體……

「幹嘛？」見我還在猶豫，他又問道。

「如果我坐下，那會……跟你靠得有點近。」我老實地說出來，然而雙頰卻熱得不像話。

他笑了笑，這個笑容看起來有點壞壞的。「怎麼了？妳害羞？」

「呃……」

他突然伸出手，雙眼帶著笑意。「過來吧。」

「……」我的心臟怦怦跳，雖然緊張，但手還是不自覺地伸了過去。

他笑著一把抓住，輕輕把我拉到他身邊坐下。

他沒有放開我的手，我們交疊的雙手，就這麼擱在他的腿上。我的手臂靠著他的，不管是他腿上還是手臂上傳來的體溫，都讓我臉上驀然一熱。

這……真的太靠近了。我不禁縮起了身子。

「妳好像很怕我。」他的聲音從身側響起。

我拼命搖頭，轉頭對上他柔情的雙眼。

班上的男生常說我像個男的，他們只是還沒看過我快炸裂的少女心。

面對著喜歡的人，我實在沒辦法直視他，不只心臟劇烈地跳動，我甚至有種周圍的空氣都被抽光的感覺，難以呼吸。

試著把頭別去一邊，我才能勉強說話：「我只是……有點不習慣。」這樣的幸福來得太突然，感覺就像假的。

「妳記得文娛晚宴那天問我的問題嗎？」段章俊突然問。

我忍不住瞧了他一眼，又看著我們交握的雙手，點了點頭。

他勾起一邊唇角，「我知道那時在保健室的女生是誰。」

我微微睜大雙眼，「你真的知道那時跟你說話的人是我？那你怎麼都不告訴我？」

「如果我告訴妳，早上就不會看到妳那麼有趣的表情啊。」他挑了挑眉，俊臉再次勾起使壞的笑容，「欸，不過妳怎麼知道我在說什麼保健室啊？」

他放開牽著我的手，上半身微微往後傾，興致盎然地看我。

我一愣，立即咳了幾聲。我衰了，竟然直接掉入他的陷阱。

當年我們可是說好不能找出對方是誰。而我剛才說的話，不就承認自己打破了約定嗎？

「你不也是沒遵守約定……」我喃喃道。

「妳說什麼？」他似乎沒聽清楚，上半身湊了過來，我下意識往另一邊退去，但後背一下就貼在樹身上。

「沒什麼。」他那慢慢接近的臉龐，讓我的心如擂鼓，忙伸手壓向他的胸膛，不讓他再往前。

段章俊察覺我的反應，只是笑了開來，接著問：「妳這是在拒絕我嗎？」

「拒絕、拒絕你什麼？」我差點咬到了舌頭。

他聳了下肩，重新坐好，笑道：「好啦，不鬧妳。」

我鬆了一口氣，還是忍不住追問：「你怎麼會知道是我？」

「因為我也跟妳一樣，好奇跟我說話的人是誰啊。」他理所當然地說，「不過我比妳慢了一步，我是看見妳離開保健室後，才走進去的。」

「啊？你那天放學後也去了保健室嗎？」我很驚訝，「那你怎麼知道我是去偷看你的名字？而不是因為身體不舒服，才去找保健室阿姨？」

「我看到保健室阿姨離開後，妳才進去的。如果她不在，那妳應該馬上就出來吧，可是妳還在裡面待了一下才出去。如果妳想等她回來，也說不通，因為妳沒等到她回來就走了。」

「可能我只是等不及了啊。」

他徐徐點頭，「的確有可能。當時我不知道妳是誰，也不知道妳進去做什麼，所以沒特別放在心上。」

「但我看了紀錄簿上的名字後，花了幾天的時間找出妳是誰，才因此得知那天看到的人就是妳。」

「其實我們聊天的時候，我就猜到妳的身體沒有不舒服，只是因為班上的事才會逃出來。所以放學後，妳根本沒其他理由再去保健室了。」他咧嘴一笑，「那麼妳會去那裡的理由，只剩下一個。」

他的推理非常有理，我直接投降，「好，你厲害。」

他自信一笑，「妳才知道？」

「……你都是這麼厚臉皮的嗎？」

他故意裝得很詫異，「我以為我們很像啊！妳怎麼也說自己厚臉皮了？」

我內心充滿無奈，然而盯著笑容燦爛的他，還是忍不住輕輕一笑。

以前總覺得他遙不可及，甚至很冷酷。每每見到他都是一副冰冷、不可一世的模樣。我現在才知道，他竟然有這麼愛捉弄人的一面。

我忽然想到什麼，「你剛才說，你看見阿姨離開保健室，接著見到我走進去，又看著我出來？」

「對啊。」

我抓到重點了，「那你為什麼要在旁邊偷看那麼久？」

「因為我在猶豫要不要進去。感覺進去就打破了我們的約定。」他笑說。

「可是你還是進去了。」我白了他一眼。

他伸手輕輕敲了我的頭，「妳不也一樣？」

我不禁莞爾。真該謝謝我們當年不遵守約定，現在才能這樣坐在一起說話。

如果我不知道當年那個人是他，肯定不會在脫單二選一選擇他；而如果他不曉得當年的那個人是我，他或許到現在都不曉得有洗覺苡這個人。

當年在保健室的短暫相處，我以為我們的緣分就只是如此。

然而我萬萬沒想到，他也和我一樣，一直知道對方是誰。我們這兩條本不會相交的平行線，也慢慢地愈來愈靠近，直到現在，終於碰到了彼此。

這樣的感覺，真的很妙。

「等等下課，我想去找馮浩談一談。」

在段章俊把我送回班上門口時，我擔心他誤會，忍不住解釋：「其實我選馮浩上臺，是有原因的……」然而話到這裡，我卻不知道該怎麼說下去了。

若真要說，他就會知道我一直偷偷注意、暗戀他的事。雖然我沒特別想隱瞞，然而要把這些話對當事人說出口，我還沒有這麼大的勇氣。

段章俊見我欲言又止，他點了點頭，微笑看著我：「好，我知道了。」

「你……會不開心嗎？」我試探性地問。

我第一次談戀愛沒經驗，但告訴男朋友要去找另個男生，還是我在臺上選擇的那個人，光想就很不ＯＫ。不曉得段章俊會不會介意，但馮浩在脫單二選一的活動上幫了我這麼大的忙，不管怎樣，我該向他好好道謝。

「我不會不開心，妳放心去吧。」他笑道。

「你對我那麼有信心？」明明希望他別介意，可是聽他理所當然回答的語氣後，我竟然矛盾地覺得有些失望。對喜歡的人，不是應該吃點醋嗎？

他撇嘴一笑，「我不是對妳有信心，是對我有信心。」他湊到我的耳邊，輕聲道：「我可是知道妳常常偷偷看我喔。」

他的氣息落在我的耳邊，讓我感到一陣搔癢，熱血迅速往臉上衝去，讓我臉紅心跳地退開，「你、你怎麼會知道？你明明看都不看我一眼！」

「妳沒聽過一句話嗎？我會知道妳在看我，是因為我也在看妳啊。只是我好像比較厲害，都沒讓妳發現過。」他笑了笑，「好了，快進去吧，我要先回班了。」

我的臉再次熱了起來。心裡還有好多話想說，也很想知道他到底是什麼時候喜歡上我的。然而鐘聲就快響了，我也只能依依不捨地與他招手道別。

段章俊走了幾步，突然回過頭道：「對了，我幫妳告訴馮浩，要他等下直接來找妳吧。」

「好，麻煩你了。」我對他笑了笑，「掰掰。」

我才剛轉過身，就感覺到許多對令我感到不自在的視線，緊接著下一秒，由佩璇帶頭的幾個同學掛著曖昧的笑容走向我。

「你們想幹嘛？」我皺著眉。

「大家，你們有看過覺苡那麼溫柔地跟一個人道別嗎？」佩璇故意露出非常誇張的震驚模樣，「沒有吧？」

他們聞聲，忍不住笑出聲來。「還真的沒有——」

「妳對蕭文揚學長不也那樣？」我惱羞成怒地對佩璇說。

凱芹走前來，看了我一眼，又望向佩璇，「妳們根本就沒兩樣啊。」

「欸！」我和佩璇異口同聲地怪叫，我瞪著凱芹，她嘴角的笑容微微上揚。

下節課的老師正好走進來，大家連忙各自回到自己的座位去。

凱芹最近的心情好像挺好的，應該沒有什麼困擾她的事了。

班上的同學接受了最真實的我，跟我的感情也愈變愈好。

而在啦啦隊，教練和學長姐們也看到我的努力，並相信我的實力，所以把我換成了上層人員。

至於小婷她們，至少願意讓我證明自己，這已經成功了一半。

始於暗戀、以為不會得到好結果的愛情，最終也開花結果了。

一切的一切，看似那麼順利。現在的我，覺得這樣的幸福，好不真實。

下課鐘聲響起，凱芹走向我：「段章俊應該不會來找妳了吧？」

「是不會，不過我跟馮浩約好了。怎麼？妳有話想說？」

凱芹看了眼教室外，隨即把她的椅子拉過來，用只有我倆聽見的音量說：「說到馮浩，妳早上為什麼會把他選上臺？妳之前不就已經決定要選段章俊嗎？」

「喔，這個……」我也壓低聲量，把曾經想放棄的念頭告訴她。凱芹是我最要好的朋友，只要是她問的事，我都會告訴她。

「原來妳之前有過這樣的煩惱，怎麼都不說？」她語氣有些責怪，但眼神卻透露出一絲擔憂。

「妳不也一樣嘛，我們彼此彼此。」我笑說。

她蹙緊了眉，表情看似不認同，但我說的是事實，所以她也無話可說。

「那我們來約定一下好了。」想了想，我又說。

「約定什麼？」

「如果下次真的有非常困擾的煩惱，就說出來讓對方一起分憂吧。」

凱芹一愣，很快地微笑點頭。「不要怕讓對方擔心。」她加上這句。

我點頭，「好。」

「冼覺苡，外找！」班上某個男同學忽然喊。

我抬頭看向教室門口。馮浩雙手插著口袋站在那裡，對我點了點頭。

「那我先出去囉。」我指了指外面，準備站起來。

凱芹頷了頷首，把椅子搬回自己座位後，忍不住小聲提醒：「妳現在有男朋友，就不能再跟馮浩走那麼近了。況且他還是妳剛才選上臺的人。」

「我知道，不過段章俊好像不太在意。」

「不只是段章俊，妳看看四周。」

經凱芹這麼說，我才意識到馮浩來找我的舉動，已經引起了班上同學的關注。他們看似各自做著手上的事，然而偷偷覷著我的眼神卻寫滿了八卦。

「班上同學都相信妳，當然沒什麼，但不認識妳的人可能會閒言閒語。」凱芹輕輕拍了拍我的手臂，「總之，自己還是要注意一些。」

感受到好友的關心，我其實很開心，「嗯，知道了。」

剛踏出教室，馮浩開口問道：「妳找我？」

我點點頭，想起凱芹方才的提醒，便說：「我們換個地方說話。」

我們走到靠近導師室的涼亭，也就是之前我教他解數學題的地方。這裡離教學樓和福利社有段距離，平時不會有太多學生經過此處，是個說話不怕別人聽見的好地方。

我們坐在圓桌前，馮浩再次開口：「是想說早上的事？」

「嘿啊，你怎麼可以……」

語音未落，他就輕輕一笑，打斷我：「不是說好了，我會拒絕妳嗎？」

「對，我要你拒絕我沒錯，可是你怎麼可以在我還沒選擇前就拒絕我啊？你應該知道這樣是違規吧？」我愈說愈激動。沒提起還好，一提起我反而想罵他了，「你這蠢蛋，到底在想什麼？」

「蠢、蠢蛋？」他一臉震驚，似乎嚇得不輕。

他這副模樣，讓我禁不住笑了出來。「你每次都這樣，我都生氣不起來耶。」

「妳真的生氣了？」他看起來有點慌，伸手搔了搔後腦杓，解釋道：「我看出妳想選我，是因為跟我約好了對吧？但我不想妳就這樣錯過和段章俊在一起的機會。」

看他這副模樣，我只能嘆一口氣，「可是這樣一來，你再也沒機會參加脫單二選一了。」

「我不在意。」他立即說。

我皺眉，「不在意？那如果你遇到喜歡的女生，不會想參加，然後上臺告白嗎？」

他搖頭，「不會。我會選擇單獨向她告白，而不是在大庭廣眾之下。」他一臉正經，斬釘截鐵道。

「為什麼？」我問。

「我覺得告白，甚至戀愛，都是兩個人的事，沒必要特別讓大家知道。」他淡淡地說。

我愣了愣。我以為多數人只要一談戀愛，就會迫不及待讓別人知道。

但他會這麼想，我也沒太意外。他本來就是個低調的人，即使有張俊俏臉，還是資優班的學生、田徑隊的重點隊員，卻沒有得到太多女生關注。

不過，我覺得有麝自然香，大家只是暫時還沒看到他。或許有一天，他會像段章俊這樣，成為校園的紅人也不一定。

「我一點都不在意能不能參加脫單二選一。」見我不出聲，他又說。

「那你為什麼會來靛夏？」我知道不少同學都是聽聞脫單二選一的活動，才會選擇來靛夏。段章俊也算是因為這個原因，才來這裡就學。

「因為它離我家很近。」這回答讓我一怔，忍不住笑出聲來。

他不解。「怎麼了嗎？」

「跟我一樣。」我笑說，「你的想法跟我一樣。靛夏也離我家很近。」

聞言，他不禁莞爾，「我也沒想到靛夏之後會這麼有名。」

「對對對，我也沒想過！話說，我是進來靛夏後，才知道脫單二選一的戀愛活動，不過從沒想過要參加。是有了喜歡的人後，才突然改變主意。」

我們相視一笑。過了半晌，馮浩淡淡開口：「不管怎樣，能看到妳跟喜歡的人在一起，我很開心。」

從他此刻的表情，我知道他是真心誠意這麼想的。

「謝謝你。」我也誠懇地說，「如果不是你，我可能都沒辦法這麼順利跟他在一起了。」

他皺了下眉，表情顯露出不認同，「打從看到他上臺，我就知道你們注定會在一起了。」他停頓，「不就是因為喜歡妳，才會報名參加妳的脫單二選一嗎？既然你們都互相喜歡，在一起是自然的。我只是順水推舟。」

此話一出，我的腦袋也飄過了段章俊只對我綻放的笑臉。回過神時，我的嘴角已經輕輕揚起。

「馮浩。」見他狐疑地看過來，我繼續說：「我真的覺得你挺會說話的。我本來還有點慚愧，感覺自己——」

「那就謝謝了。」他笑著打斷我的話，「其他的都不必說。」

我的視線與他的對上，接著雙雙笑了。

能有這樣的朋友，我是何等幸運。

段章俊每天下課時間都會來找我。不管他來了多少次，我見到他時的心情總是雀躍不已，甚至常在上課時分心盯著教室前方的時鐘，默默倒數著見到他的時刻。

明明在暗戀時沒這麼誇張，然而交往後，我對他的思念卻變得如此強烈。

學校的每一個人都知道我們在交往，但每次走在校園裡時，還是有同學對著我們竊竊私語。我覺得不太自在，但告訴段章俊後，他卻笑著要我別在意，習慣就好，因為只要跟他走在一起，就一定會聚來大家好奇的目光。

「你真的好自以為是耶。」跟他相處時間一多，我開始會揶揄他了。

「我說的是事實，不是自以為是。」他得意地笑了笑。

我無奈地看他。但他也沒說錯，我也反駁不了。

「欸，剛才那兩個是段章俊和冼覺苡吧？」

「說到冼覺苡，她那天不是在文娛晚宴上表演嗎？」

「對啊，怎麼了嗎？」

驀地，後頭傳來了議論聲，是三個女同學的聲音。她們完全沒打算壓低聲量，正大方地在背地聊起了我，還有競技啦啦隊的事。

「那天我有個朋友在後臺經過她們的化妝間，聽見裡面傳出吵架聲，好像是冼覺苡被針對了。」

「啊？為什麼針對她？該不會是妒忌她吧？」

「也太可憐了。沒想到競技啦啦隊裡面這麼陰險……」

「怎麼了？」見我停下了腳步，段章俊奇怪地問我。

「你有聽見她們剛才說什麼嗎？」

沒等段章俊回答，我迅速掉頭，很快來到那三個女生面前。她們乍見到我時明顯一愣，面面相覷。

我直接開口：「不好意思，妳們說的話被我聽見了。」

她們的眼神閃過一絲的驚嚇，像是沒料到竟然被當事人聽見。

拜託，妳們是不知道自己的音量多高嗎？

「我只是想解釋，我沒有被針對，只是發生了一點小誤會。雖然還沒解決，但我相信很快就沒事了。希望妳們不要這樣說我的隊友，她們一點都不陰險，而且人也很好。」我微笑。

我其實沒想過要幫小婷她們說話，但撇開近期不合的事，她們的確是好隊友。曾經的我不斷拖她們後腿，她們一句怨言都不吭，社團時間結束後，還願意留下來陪我一起練習。

所以說，如果沒有她們，就沒有我，這話一點都不誇張。我們一直是共同體，一直都努力呈現出最好的表演，因此我深信，小婷就算討厭我，也不可能會故意犯下錯誤。

那三個女同學聞聲，都尷尬地點了點頭。

「不過我也很謝謝妳們這麼關注我們。」我又笑道。

「覺苡？」

「有人在叫我了，那我先走了。」我再次對她們露出笑容，跟她們道別。

「妳跟她們說了什麼啊？」回到段章俊的身旁，他忍不住問道。

「沒什麼啦，只是要她們不要誤會一些事。」

段章俊點點頭，沒再多問。

我們抵達交往第一天來過的那塊空地，坐在同樣的樹根上。接近五月底的天氣開始變得有點炎熱，然而有大樹的影子籠罩，加上偶爾輕輕拂過的微風，這裡還是挺涼快的。

段章俊像之前一樣，用手帕小心擦拭過樹根，才慢慢坐上去。

「怎樣？又在害羞嗎？」他雙手交叉放在胸前，又是露出那副玩味的模樣看著我。

「才沒有。」我立即說，接著上前坐下。雖然嘴巴說沒有，然而當手臂碰到他時，我的臉頰還是迅速泛熱了。

但已經比剛交往的那幾天好多了。那時的我只要與他近距離對上眼，心臟就會不受控地加快。單單看見他的微笑，我的臉龐就如滾水般燙手。

此時，段章俊自然地牽起我的手——自從交往第一天，他沒有再主動做出這個舉動。這讓我心臟再次怦怦作響，只敢低下頭，不想讓他看見我既開心卻又害羞的模樣。

「怎麼一直頭低低的？」他笑著問道，語氣有些耐人尋味。

總覺得他早看穿我心裡的想法，只是都不戳破，為的是想看我的窘樣。他就愛這樣使壞。

為了轉移注意力，我轉了個話題：「欸，段章俊，我、我從之前就很好奇了，你們班同學每次段考，名次都在榜單前面，可是怎麼好像只有幾個同學參加脫單二選一？」

「喔，他們多數人就跟我一樣，沒遇上喜歡的人，都不會隨便參加。」

「所以他們是只要想參加，就一定能成為『幸運之人』？真好。」我打從心底羨慕。

「妳不也一樣嗎？」他笑著問。

「哪有？為了參加脫單二選一，我可是努力了半年好嗎？」

我激動地反駁，誰知下一秒，段章俊的嘴角流露出意味深長的弧度。

「原來妳努力了那麼久啊。」他點點頭，眉頭皺了一下，「那麼想談戀愛？跟馮浩？」

我這才想起，自己還沒向他解釋為什麼當天會選馮浩上臺。因為他沒問，我也已經沉浸於戀愛之中，所以早就把這件事置之腦後。

不過，他很清楚我之前會偷偷看他，那應該知道我喜歡他吧？不然之前我說要去找馮浩談一談，他怎麼一點都不介意？

「妳明明喜歡我，怎麼會選馮浩？」他又問。

他蹙緊眉頭，此刻盯著我的表情不像從前般瀟灑。感受到他的在意，我無法掩飾心裡的喜悅，燦笑著問：「你終於會吃醋囉？」

他白了我一眼，「並沒有。」

「沒有啊？那我就不解釋了。」

他瞇起雙眼，上半身突然湊向我，雙手抵在我後方的樹身上，與上次狀況不太一樣的是，我這次真的有種被……樹咚的感覺。

段章俊的臉十分靠近，甚至能清楚看見他的完美膚質，連粉刺都沒有。直到我意識到他的嘴唇就快貼上來時，才終於有了反應。

「好好好，我說我說，你冷靜一點，你再靠近我……真的會窒息。」我伸手推開了他，心跳不斷提速，臉頰滾燙。

他滿意地笑，把雙手縮回去，終於回到原來的位置。

「你真的很過分欸。」我佯裝不滿道。

「啊？現在是誰過分了？」他一臉無辜。

我別過頭，手下意識地摸起臉頰。還是那麼燙……

「好啦，我說。」我整理著思緒，「就……其實我一開始就想選你上臺，但遇見你和馮浩的那天，因為你一臉冷漠，看都不看我一眼，我突然恢復理智，覺得我硬選你上臺，也只會被你拒絕，我又為什麼要自討苦吃？」

「雖然這麼想，不過我其實很猶豫。畢竟努力了那麼久，就是為了參加脫單二選一，然後跟你告白啊……」我停頓，目光望著隨風搖擺的枝葉，「後來，我下定決心不再堅持，但活動還是得進行。我不想選其他人上臺，才找馮浩幫忙。我們約好選他上臺後，他再拒絕我。整件事情的經過就是這樣。」

段章俊一手托著下巴，挑眉問我：「妳當初也太容易放棄了吧？」

「是誰每天見著就是板著臉，樣子跩到不行，完全不理會人啊？」

段章俊噗哧一笑，「我在別人面前就是這副模樣，在保健室時不是告訴過妳了嗎？」

「但你早就知道我是誰，為什麼還對我這麼冷漠？連看我一眼都不願意。」我瞪著他抗議。

「還問我為什麼？妳那天哭得這麼慘，肯定覺得不好意思，也不會希望我認出妳吧？還有，我沒有不看妳，是我每次看妳的時候，妳都沒發覺。」他語帶笑意，耐心地解釋。

「後來發現妳的目光越來越灼熱了，我就更肯定妳是喜歡我的，所以才報名參加妳的脫單二選一。」

被他這麼一說，我的臉又紅了，甚至想找洞給鑽了。「你你你閉嘴啦，哪有灼熱？」我忍不住反駁。

「就是我和馮浩在導師室外面遇見妳的那天啊，妳不是一直情不自禁地盯著我看嗎？」他笑道。

聞言，我彆扭地把頭別開，不料段章俊直接站起，走到我面前蹲下。我再把頭轉向另一處，他依然面帶笑意、非常有耐心地隨著我移動，肯定是想看清楚我亟欲藏起的尷尬表情。

「吼喲，你別鬧了啦！」我紅著臉道。

他大笑了幾聲，最後還是坐回我身旁：「妳真的太有趣了。」

我假裝聽不見他的話，直接轉話題：「我還有一個問題。」

「什麼問題？」

「你是什麼時候喜歡我的？」

殊不知問題一出，他的頭便歪向一邊，陷入了漫長思索。

「這是要想那麼久的問題喔？」我問道。

「我知道妳是『幸運之人』後，就想參加活動。我至今都沒想過這個問題，所以也不知道答案。」他聳肩。

我皺了下眉，「不知道答案？」他的回答直接往我心上送出一擊，讓我一瞬間就跌下了谷底。雖然並不期待能聽到讓自己驚喜的話，但這個答案還是不免讓我感到有些失望。

見狀，他伸手捏住了我的下巴，微微一笑說：「妳這是什麼表情？最重要不是我們在一起了嗎？什麼時候喜歡重要嗎？」

「……也是啦。」我點了點頭，但心底還是有股難以言喻的鬱悶。

他牽起了我的手，突然道：「雖然我們相處的時間不長，但我覺得妳跟其他女生真的很不一樣。」

我好奇問道：「怎麼不一樣？」

「嗯……就比較有魅力吧。」

我聞聲一怔。他竟然能輕輕鬆鬆把這麼令人害羞的話說出來！

「臉紅了。」他又笑道。

我又彆扭地別過頭去，嘴角則不自覺地上揚了。

明明方才心裡有點難受，怎麼才給了點甜頭，我就心花怒放了？

他爽朗的笑聲鑽進我的耳畔，他手心傳來的溫度，也格外地踏實。

我想我這輩子，會一直眷戀這樣的感覺。

期末考的日子漸近，高三的學長姐們也即將畢業。

競技啦啦隊在一個月前，已接獲在畢業典禮上表演的任務；而我和馮浩也會參加七月舉辦的田徑市賽，因此接下來即將升上高三的我，除了需要應付期末考及準備表演，還有田徑隊的訓練三管齊下，這讓我不禁擔心身體會不會負荷不了。

我的每一天都過得非常忙碌，週一和三練習啦啦隊，二和四是田徑隊訓練，剩下時間才是準備期末考。我心裡明白，接下來的這一個月會非常辛苦，但卻不願放棄任何一項，於是只能咬緊牙關，好好地撐過去。

近來的下課時間，班上不再像往常般鬧哄哄。大家很有默契地坐在位子上溫習解題，不浪費任何一分一秒。

我和段章俊的熱戀期，只維持了短短的兩個星期。他為了溫習課業，不再頻繁來班上找我。偶爾見面，多半也是一起溫習的行程，不然就只有短短的幾分鐘相聚。

可即使如此，我也沒有怨言。

我很清楚，成績對他來說非常重要，身為他的女朋友，就應該默默地支持他、跟他一起努力。

這天田徑訓練開始前，我坐在角落背著英語單字，馮浩徐徐地走了過來。

「覺苡，方便說話嗎？」他小心翼翼地問，生怕打擾到我。

我點頭，伸了個懶腰，「我也有點累了，正好可以休息一下。」

他坐到我的身邊，「妳最近好像很忙，但也別忘了多休息。」他的語氣透露出關心。

「嗯，沒事，我還頂得住啦。」我笑道，「你找我有什麼事嗎？」

「沒什麼，只是想問問妳跟那個朋友怎麼樣了。」

「那個朋友？你說小婷嗎？」我眨了眨眼，才緩緩道：「說到這件事，其實我之前沒告訴過你，我跟其他人也有一點摩擦……」我把那天在後臺的事情和後續都告訴他。

「她們對我的了解不深，所以最近幾次訓練，我都會花點時間告訴她們我在班上，甚至是家裡的事。不過單憑我的片面之詞，她們總不可能完全相信吧？」

「所以接下來，我會麻煩凱芹和班上同學，讓他們出面證明我的為人。再行不通，我可能就要帶她們回我家，見見我的父母了。」我表面上開著玩笑，但心裡可是認真的。

馮浩專注地聽我說話，偶爾皺起眉頭，似乎有話要說，可都沒有開口。直到我說完了，他才若有所思地點頭，微笑道：「只要她們願意聽妳解釋，那已經成功了至少一半。相信再過不久，她們一定能了解妳的為人，繼續跟妳做朋友。有過矛盾還能和好的朋友，感情也會變得更好，到時候，妳們一定會更加珍惜這段友情。」

聽見馮浩的話，我的內心一熱，整個人也像注入滿滿的能量——他總是能夠說出溫暖的話語，讓我每次在與他交談後，感到莫名的安心。

我點了點頭，淺笑道：「嗯，我相信再過不久，她們一定能重新接受我。」

✣

凱芹並不知道我跟隊友們的摩擦，所以帶她去見小婷她們之前，我花了一整段下課時間，把高一時妮希她們遠離我的原因，以及最近與隊友發生的事，一五一十地向她說明。

「原來妳之前發生過這樣的事。怪不得妳那時這麼在意我們聽了傳言後的反應。」凱芹心疼地摸摸我的頭。「如果我那時就認識妳，一定會狠狠罵死她們。」

我不禁笑了笑。「沒關係啦，也幸好我高二這年遇見妳了……啊，好肉麻啊！別逼我說這些話啦。」我撫了撫手臂上的疙瘩。

凱芹沒形象地大笑，揶揄起我：「啊妳跟段章俊這樣就不肉麻啦？」

我的臉頓時燒了起來，「我們、我們才不這麼說話！」

「喔，你們、你們才不這麼說話。」凱芹笑著模仿我。

「欸——」換作是之前的我，可能髒話也飆出來了，但為了小婷她們，同時也為了自己，我漸漸想主動改掉這個壞習慣。這個當下，我為自己能忍住不說髒話而在心裡鼓掌。

「所以今天放學後妳願不願意幫我？」我眼珠子一轉，馬上轉開了話題。

她拍了拍我的肩膀，笑說：「別擔心，雖然妳的性格挺適合當太妹，但我會讓她們知道妳不是。」

「欸！什麼性格挺適合？」又忍一次。

她再次哈哈大笑，見我瞪著她，她換回正經表情道：「不過老實說，就算妳是太妹，我一樣會把妳當成最好的朋友。而且太妹很帥啊，我走在妳旁邊也特別有風。」

前半段讓我感動得有點鼻酸，但後半句一出，我登時噗哧一笑，什麼感動都消失得無影無蹤了。

「怎麼聽起來妳特別希望我當太妹？」我故意鎖緊眉頭看她。

她笑得露出了潔白的牙齒。好一個天真無邪的笑容。

放學後，我帶著凱芹走向平時訓練的場地，也就是學校禮堂。

抵達外頭，大門虛掩著，我正想拉開時，一道清亮且有些熟悉的女聲驟然傳到我的耳畔，讓我停下了動作。

「……我經過妳班的時候，看到他去找妳。」那道女聲充斥著不屑。

我的肩膀驀然一抖。她的音色彷彿早深植我的腦袋，我瞬間就認出來了。禮堂空間相當寬敞，但聲音卻清晰地傳出來，顯然她的位置離門口很近。

「所以妳來這裡有什麼目的？」比起方才那把女聲，另個聲音的語氣好多了。

「我想知道你們是什麼關係。」第一道女聲冷冷道。

「我們沒有任何關係。」

「那他為什麼要去找妳？」

「妳的語氣這麼不好，我根本沒必要告訴妳。」

我一怔，腦袋中終於刻畫出這嗓音主人的模樣。是小婷。

「怎麼了？不進去嗎？」在我身邊的凱芹突然問。

我被嚇著，緊張地把食指放在唇上，要凱芹小聲點，才低聲道：「那個……我聽見妮希的聲音。」

凱芹感到訝異，配合我低聲問：「妳高一的那個朋友妮希嗎？」見我點頭，她再問：「她怎麼會在這裡？」

我聳聳肩，心思紊亂。我也不明白妮希為什麼會出現在這裡，且從她方才和小婷聊天的內容推測，她們似乎並不相識。

「妳又沒做錯什麼，幹嘛現在好像犯人似的？」凱芹皺眉。

「我也不知道，但我還不想正面碰見她。」我幽幽道。

「我不記得他認識妳。」妮希的聲音再次響起。

我和凱芹很有默契地住嘴不再說話，只是豎起耳朵專心聆聽禮堂內的交談聲。

「我是不認識他。」小婷說。

「那他為什麼要找妳？」

我不知道妮希是這麼個窮追不捨的人，她似乎非常在意她口中的那個人找小婷說話。難道那個人，是妮希的男朋友？

「我沒必要告訴妳這麼多。」小婷又說。

「是因為冼覺苡嗎？」孰料，妮希說出我的名字。我不由一愣，轉頭望了凱芹一眼，心臟怦怦跳。凱芹皺緊眉頭，也是一臉疑惑。

「我們的訓練快開始了，麻煩妳離開。」小婷只是這麼說。但其實還有整整半小時才開始訓練。

「喔，看來我猜得沒錯。」妮希隨即道，「他會突然找妳，就是因為冼覺苡。」

我低頭思忖。妮希說的「他」，到底是誰？她會如此在意，想必是個對她來說，非常重要的人。而這個人，跟我似乎有些關係。

跟我有關係的人……難道她說的是段章俊？

妮希是段章俊的同班同學，他們彼此認識不足為奇，但為什麼她會這麼在意他？

「隨便妳怎麼猜，請妳現在就離開吧。」小婷下了逐客令。

「等一下。」妮希的語氣變得有些溫和，態度放軟，「我只是想知道原因，並沒有要為難妳。」

「這不關妳的事，我有權利不告訴妳。」然而，小婷依然非常冷漠。

「冼覺苡是不是說過我的壞話，所以妳才不願意告訴我？」妮希的語氣急躁了起來。

小婷冷哼一聲，「妳好像有點太自以為是了。不好意思讓妳失望了，她從來就沒提過妳。」

「妳們都被她騙了！竟然還把她當朋友！妳們沒聽過她之前的傳聞嗎？她是太妹，是女流氓，妳們竟然還願意跟她當朋友？」妮希非常生氣，我甚至可以想像她猙獰的模樣。

把一切盡收耳底，我的雙手微微發抖，只能緊緊交握著十指。小婷她們待我的態度好不容易有些改變，卻突然來了個妮希落井下石，這下前功盡棄了……

這時，站在身後的凱芹輕輕拍了我的後背，力度相當輕柔，顯然在安撫我。我心底一暖，回過頭，卻看見她忍著怒氣的表情。

「我為什麼要相信妳說的話？妳覺得我會相信一個，一見面態度就如此差的人？」小婷停頓一會兒，「怎麼聽，都像妳在中傷她多一點。」

我萬萬沒料到，小婷竟然無需思索就吐出這些話，還來不及思考什麼，又聽她道：「我想她之前的傳聞，都是妳散播出去的吧。」

「我沒有散播，那本來就是事實。」妮希的語氣理直氣壯。

「那如何證明她是流氓？她當妳面跟別人打架？還是妳看過她跟流氓走在一起？」小婷追問道。

「她能因為小事就說要去罵對方，這不是流氓是什麼？」妮希反問。

「所以妳根本沒看見吧？因為小事要去罵對方，我覺得這遠遠比沒禮貌、又只會中傷人的妳好多了。」小婷笑了笑，又道：「看到妳，我突然意識到一件事。」

「什麼事？」

「就是我之前有多可惡。原來我那時候就是像妳那麼討人厭啊。」

「……妳這話是什麼意思？」妮希問。

「都怪我之前有過那個經歷，才會變成像妳這樣。」小婷沒回答，逕自說：「看來妳很希望洗覺苡被討厭。那真是對不起了，我不會讓妳得逞的。」

「妳！」快速的腳步聲愈來愈靠近。我愣了愣，立即把凱芹拉到旁邊去。

大門在下一刻被大力推開。我微微探頭，只見妮希憤然的背影迅速遠去。

見到她離開，我的小腿倏地一軟，幸好及時靠在牆上，才沒跌倒。

「妳怎麼了？還好嗎？」凱芹一臉關切。

「嗯，沒事……」我點頭。

「可是妳的嘴唇很蒼白。」凱芹扶著我，輕輕一嘆，「妳啊，到底什麼時候才敢面對她們？」

「我也不知道。」會有這一天嗎？我深吸一口氣，撐起笑容：「那……我們進去吧。」

走進禮堂，小婷、曼雯，還有好幾個隊友正在張羅墊子，她們抬眸望了一眼我和凱芹，繼續手上的工作。

我瞅著小婷，她板著一張臉，心情看起來很不好。她對妮希說的話，瞬間在我腦海裡盤旋。

「都怪我之前有過那個經歷，才會變成像妳這樣。」

這話是什麼意思？她之前，到底經歷過了什麼？

思緒在她們鋪好墊子後中斷，我彎起嘴角道：「嗨，這位是我班上的好朋友，張凱芹。我——」

「妳的好朋友能幫妳證明什麼？她肯定袒護妳吧？」我的話還沒說完，就被小婷打斷了。

我微微一愣。的確，她會懷疑也不是沒道理的。

凱芹皺了皺眉，忍不住說：「妳先聽完我說的，再決定要不要相信也不遲啊。」

小婷和曼雯對看一眼，下一秒，曼雯抱著胸走上前：「好吧，妳說。」

凱芹微微勾起唇角。她接著清了清喉嚨，開始說起我的事。

「……她在上課時非常專心，雖然不算是討老師喜歡的學生，但至少高二這幾個月來，她都沒有讓老師頭疼過。況且，她一直忙於社團和田徑訓練，已經夠累了，哪有時間出入不良場所？」

「另外，我也從來沒在她身上聞過菸味，她根本不會抽菸。還有，妳們也很清楚她是本月的『幸運之人』吧？有多少太妹會這麼看重課業？如果還不相信，那下一次訓練，我會再找班上其他同學過來。」

「妳們千萬不要聽信那些謠言，她這個人除了說髒話，做不出什麼壞事的，她就特別孬啊。不過她最近也沒怎麼說髒話了。對了，需要的話，我們也可以讓班導來，老師的話就更可信吧。」

本來想讓凱芹幫忙說幾句就好，誰知她愈講愈起勁，毫不停歇地說了快十分鐘才停止。

「妳說太久了啦。」我小聲地在她耳邊嘟囔，「而且說什麼我特別孬？真是過分。」

「忍不住嘛。」她吐了吐舌頭。

再五分鐘訓練就開始了，小婷她們安靜地聽了很久，雖然沒有表現出不耐煩，但我依然憂心忡忡。時間一分一秒地過，貌似經過一炷香的時間，小婷才開口。

「好，我知道了。」語氣沒有任何起伏，讓我聽了更加緊張。

凱芹知道要留點時間讓我們好好溝通，於是接著說：「那沒有我的事了，我先走一步。」

目送她離去，我回頭端詳小婷等人，但還是看不清她們眼裡的情緒。

正想開口詢問，曼雯先拋來一問：「妳跟一班的馮浩很要好？」

我愣了愣，「馮浩？」為什麼突然提起他？

是好奇我為什麼會在脫單二選一時把他選上臺嗎？「我們——」

「他今天下課來我班上找我。」在一旁雙手抱胸的小婷突然道。

「原來你們認識喔？」沒聽過馮浩提起這件事，所以我有些意外，「我跟他都是田徑隊的成員，常常一起訓練，交情是挺好的。」

小婷眉心微蹙，曼雯則露出「妳是笨蛋嗎？」的表情睨了我一眼。我感到有些莫名其妙。

小婷嘆了口氣，緩緩道：「我不認識他。他是為了妳，才來找我的。」

「下課……找妳？為了我？」我訝異地瞠大雙眼。這……難道就是妮希剛提起的那件事？

原來她方才說的那個人，不是段章俊，而是馮浩。

我驀然回想起昨日與馮浩的交談。他會找小婷，是因為想幫我說話嗎？

「馮浩跟妳說了什麼？」我問。

小婷微微轉身，側對著我，模樣有些不耐煩：「就跟妳那位叫張凱芹的朋友說的差不多。」

我望了望其他隊友，她們也一臉了然，似乎都知道此事。

「還有張美芳老師臨走前的事。」小婷停頓後接著說，表情有些變化，而我聞言身體一僵。

張老師離開學校前，我在涼亭內等她，想跟她作最後的道別。而馮浩那天因為請教我數學，所以也待在涼亭，聽見了我和張老師的對話。

他該不會把聽見的一切都告訴小婷吧？

見我瞠目結舌，小婷的表情有些出乎意料，「怎麼？妳真的不知道他來找我？」

「不知道。」我幽幽道。他也沒告訴我。

「『寫出讓老師感動的紙條，還因為老師的離開而難過，這樣的一個人，妳還覺得她是壞人嗎？』」小婷淡淡地說，「我特別記得他的這句話。」

我怔了怔，臉頰驀地開始發熱。馮浩竟然這麼說……

雖然默默責怪馮浩自做主張，然而同時間，我也感受到一股暖流從心底悄悄湧起，漸漸流淌至身體各處。

小婷突然清了清喉嚨，眼珠子有些不自在地左右移動，「其實我們幾個在國三時遇過像妳這樣，會說髒話的女生。她非常叛逆，總是觸犯校規。」

「可是我們不在意她是別人口中的壞學生，只要她對我們付出真心，我們就把她當成好朋友。」曼雯也接著道，「只是後來，我們的父母知道她的作為後，擔心我們學壞，所以嚴厲警告我們不准跟她來往。但我們依然不理會。」

「後來有一天，我、小婷和她一出校門，突然被一些像是流氓的男生攔截，其中有些人還叼著菸，眼神凶神惡煞，看起來不懷好意。」曼雯回憶起往事，輕皺眉頭：「他們是來找她的。前一天，她在網咖被其中的某人搭訕，但她覺得討厭，除了罵那人粗口，還口無遮攔說了許多難聽的話。」

「搭訕的男生非常生氣，想教訓她，但被她逃走了。他們不知用什麼途徑得知她的學校，隔天直接在校門口堵人。」

聽著這段過往，我不禁揑了把冷汗，但沒有插嘴，繼續認真聆聽。

「他們把我們都一起抓住。幸運的是，那個朋友只被甩了一巴掌，學校的教官就帶著幾個男老師趕來了。」曼雯停頓，「我們沒有受傷，但都嚇壞了，所以學校也聯絡了我們父母。」

在一旁的婉鈴也說：「這件事當時滿轟動的，也因為我們都是同班同學，所以很清楚這件事。那位同學後來被停課一週，還記了一個大過。」

曼雯接著道：「我和小婷被父母嚴厲警告不准再靠近她，他們甚至還強迫學校要她退學，不讓我們有機會跟她接觸。我們沒法抵抗，也只能跟父母保證不會再接近她，才終於息事寧人。」

「可沒想到那位同學發現我們遠離她之後，或許是心裡不甘，她竟然計劃陷害我們。」

我倒抽口氣，「她做了什麼？」

「她誣陷我們企圖傷人，要教官搜查我們的書包。」曼雯無奈一笑，「我們的書包裡被搜出鐵鎚和鐵鉗子。那個時候，我竟然看見她露出了得逞的笑容。」

「……什麼？」我的雙眼睜大。

「我們百口莫辯，教官也感到難以置信，但證據確鑿，也只能聯絡父母前來。」曼雯說。

「我們知道她在搞鬼，所以後來直接與她當面對質。」一直不語的小婷接著道，「沒想到她很乾脆地承認是她，還說好朋友就該有難同當，她希望我們都是老師眼中的壞學生。」

「幸好那時婉鈴看見我們三人一起走出教室，擔心會發生什麼事，所以讓其他同學去找教官，她則偷偷跟過來，用手機向同學報告我們的所在處。」曼雯說，「所以她陷害我們的所有話，都被婉鈴和教官聽得一清二楚。」

小婷嗤笑，「國中生就有這麼可怕的想法，而我們竟然一直都沒發現她這樣的一面。很可笑吧。」

「雖然事情已經水落石出，然而從此之後，我們都變了。」小婷自嘲道，「我以前不喜歡大家對說粗口、舉止粗魯的女生有刻板印象，覺得她一定是壞學生，而不願意接近她。沒想到，我也變成這樣的人。」

「後來，只要我和曼雯遇到類似的人，就會反射性遠離。」小婷突然凝視我，眼神透露出她的認真，「所以妳那天自然地說出髒話後，我們下意識想起了那位同學，才會突然討厭妳。」

婉鈴點點頭，跟著解釋：「被傷害最深的人是曼雯和小婷，但我們很清楚整件事，大家都是朋友，所以我們自然選擇站在她們那邊。只要她們想遠離妳，我們也會跟上。」

「只要一有人說粗口，我們就會想起那件事。」曼雯笑道，「我們根本沒辦法跟這樣的人再當朋友。」

「那天表演之後，我們有想過對妳是不是太苛刻，畢竟認識妳這麼久，妳實在不像那樣的人，但我們還是沒辦法馬上接受這樣的妳。」曼雯又說，「直到妳說會向我們證明，並說了很多關於妳的事，讓我們了解妳，還有……那天的表演，我們沒想到妳不但沒有責怪小婷，還很相信她不是故意的。」

曼雯停頓，接著道：「妳記得有三個女生說妳被針對的那天嗎？那個時候，我和小婷就在附近，所以正好聽見妳對她們說的話。」

我震驚不已，不禁轉頭看向小婷。她微微皺眉，表情有些彆扭。

這也是她們這幾天，對我的態度漸漸好轉的原因之一吧。

「小婷這幾天也在默默觀察妳，後來發現我們之前真的太先入為主了。妳跟我們那位國中同學真的完全不一樣。加上好幾個人幫妳說話，我們也不得不相信了，對吧？」曼雯看向彆扭的小婷。

小婷擰著眉，不自然地回道：「我沒有觀察她好嗎？」

曼雯笑笑，「總之，現在我們相信妳不是太妹了。我們之後也不會在妳說粗口的時候表現出厭惡，妳儘管放心吧。」

我靜默一會兒，開口：「既然妳們不喜歡，那我就改掉這個壞習慣吧。」

小婷聞言明顯一愣，問道：「之前妳就這麼說過，但……妳真的願意為了我們改變嗎？」

我微笑道：「其實我之前也因為同樣的事被排擠過。」

但這似乎是我第一次那麼迫切地想要改變。

我想起段章俊的話。能有一個人接受你的各種缺點固然好，但改善自己的缺點，讓自己變得更好，這並沒有什麼不好。

馮浩的話，也接著迴盪在我的耳畔。為了朋友改變缺點非常值得，我也心甘情願。以前認為自己沒辦法做的事，今日卻能毫不猶豫去做。這就是成長吧。

「這樣的改變沒什麼不好。」我笑說。

見她們的神情沒有原來的緊繃，嘴角還浮現了淺笑，我更加確定：這一次，我做出了最正確的決定。

「不過話說回來，我覺得自己最近挺不錯的，都沒怎麼說髒話……嗯，最多只在心裡說而已。我真的會努力改掉這個壞習慣！」我一臉認真。

小婷和曼雯原本皺著眉頭，下一刻紛紛笑出聲來。笑聲彷彿有股魔力，觸動了某個開關，讓在場所有人都跟著笑了。

小婷嘴巴一噘，側過身道：「就算妳不小心說出來，我們也不會怪妳。我們才沒這麼小氣。」

……請問是誰氣我這麼久啊？我當然沒膽說出這話。看此刻氣氛回歸從前般歡暢，我不禁莞爾。

「我……還有一個問題。」見她們困惑地瞅著我，我接著問：「妳們之前沒聽過我那些……不太好的傳聞嗎？怎麼那時反而願意跟我做朋友？」

「我們一直以來都不隨便相信傳聞，它離真相總有十萬八千里。況且那些傳聞，都是我們認識妳後才聽見的。直到妳真的說了粗口，讓我們想起國中的事，才想要遠離妳。」曼雯解釋。

「不過，再也不會了。」小婷最後說道。見我朝她望去，她有些不自在地別過頭，「除非是妳不想跟我們交朋友，不然我們不會再那樣了。」

我想也不想，立即就撲上去抱住她和曼雯。

「好噁心，走開啦——」小婷嫌棄地嚷道，然而她的嘴角，卻悄悄地上揚了。

第六章　重歸舊好

隨著期末考愈來愈近，我跟段章俊見面與相處的時間，更是大大減少。即使回到家，段章俊依然說他得唸書，所以我們也不常聯絡，只會在睡前互道晚安。

雖然都在預料之內，但我心裡仍悶悶不樂。同時準備表演、田徑訓練和期末考的自己都想騰出一點時間和他交流，哪怕只是每天短短的五分鐘。難道他不這麼想嗎？

「這幾天放學後我都會在圖書館唸書，所以抽不出時間見妳了。」這天放學，來找我的段章俊看起來有些疲憊。他摸了摸我的頭，柔聲道：「我會盡量下課來找妳。」

看著他清俊的臉變得有些憔悴，我頓時覺得心疼。「沒關係，我雖然很想見你，但……你還是先好好準備考試吧。」我撐起笑容。

儘管心裡很不願意，我還是努力當個一百分女友，不想影響他的學習。

「好，等期末考結束，我一定多花時間陪妳。」他笑著牽起我的手，「妳也好好加油。」

我微笑點頭，「還有，你要記得休息，別一直沒日沒夜地讀書。」

「知道了。」他又露出慚愧的表情，「真抱歉，明明剛交往不久，但見面次數卻這麼少。」

望著他這副模樣，我忽然覺得一直想要經常見面的自己，真的好糟糕。

他沒辦法陪我，我不應該為此難過。既然現在是他衝刺的時間點，我該體諒他，不能覺得委屈。

「不用道歉，我們是學生，讀書考試是我們的本分，況且你還有考全班第一名的壓力。」我微笑著，心底很清楚，此刻臉上的笑容已經沒有一絲牽強，「所以我理解的。」

「唉，我突然有點後悔在保健室告訴妳這些事，感覺有點沒面子啊。」他笑了笑。

我搖晃著彼此交握的雙手，回他一笑。

偶爾能這樣見面相處，我該覺得滿足了。

✣

那天的對話後，已經整整五天沒見到段章俊了。心裡即使非常想念，但憶起他精疲力盡的模樣，我的心裡已不再那麼鬱悶。

我、凱芹和佩璇偶爾會在下課時一起讀書，或是討論解題。不過這天下課，佩璇被老師找去，而凱芹忽然把我從位子上拽起。

「我想去圖書館讀書。」見我輕輕蹙起眉頭，凱芹接著補充：「我只是想換個地方讀書啦，不然每天都待在班上這小小的空間，都快懲死了。」

於是，沒有抗議的我就這樣被她拖到圖書館。

我們一路上與不少同學擦身而過。他們不是手捧筆記本，就是單字表，邊走邊猛讀，讓我心生佩服。靛夏的學生真的好愛唸書。

「是洗覺苡！」「真的！近看好漂亮！」

「完全是人生勝利組啊，不但是競技啦啦隊的招牌、田徑隊的選手，功課還那麼好！」

「現在還有一個天菜男友……」「果然是我的偶像。」

我被這些討論聲吸引，轉頭一瞧，是四個高一的學妹。見我視線望了過去，她們霎時紅了雙頰，迅速垂下了頭，不過還是有意無意地抬眸偷看。

我與其中一個學妹對上眼，朝她微微一笑。她的雙眼微微瞠大，有些害羞地勾勾唇角。

我繼續往前走，才沒幾步，又隱隱約約聽見討論聲，這次的語氣明顯亢奮。

「她剛才對我笑了！」「真的？沒想到她竟然那麼友善！」「好想變成像她那樣啊……」

凱芹看了我一眼，突然噗哧一笑：「妳怎麼一臉呆滯？不會不知道吧？」

我眨了眨眼，回神道：「我錯過了什麼嗎？」

凱芹難以置信地望著我，「不會吧？妳真的不懂？」

我翻了個白眼，把手掌伸到她的臉頰旁邊。「妳再不說我可能會控制不了我的手。」

她立即把我的手推開，「可以有點耐心嗎？」

「誰讓妳吊我胃口——」

凱芹嘖了一聲，才說：「妳是不是太久沒在校園走動了？不知道自己現在很紅嗎？」

「蛤？很紅？我？」我指著自己，再三確認問道。

「約莫在文娛晚宴的表演之後吧，我偶爾會聽見高一學妹們提起妳。後來妳跟段章俊交往，不只她們，整個旋夏都開始討論妳了。」

我想起之前和段章俊走在校園，不時看見許多同學對著我們竊竊私語……好像真的有這麼一回事。

「我是有聽過，但他們不是只當成八卦隨便說說而已嗎？」怎麼會把我……當偶像？「是因為段章俊才會這樣吧？」

她白了我一眼，「都說了，在你們交往之前，他們就開始討論妳了。妳們那天的表演很棒啊，妳是真不知道？」

教練和學長姐後來的確說過我們的表演不錯，但「不錯」就代表還有進步空間。況且表演當天因為小婷她們的事，讓我受了些打擊，根本沒仔細回想自己表現如何。

不過，我當時已經盡了全力，所以能從凱芹口中聽到讚美，喜悅還是悄悄地爬上了心房。

「妳和段章俊交往後，啦啦隊那天的表演影片也跟著出現在學校的粉絲專頁。影片在這幾天一直被轉發，下面留言都在說某個上層人員很正，那個上層人員就是妳啊。」

「我？很正？這些人是眼光有問題還是怎樣？」我忍不住道。我真的從來沒有過這種自覺。而且這些事我怎麼毫無聽聞？

「妳不知道這件事喔？妳都沒follow學校的粉絲專頁嗎？」凱芹像看怪物般地望了我一眼。

「最近太忙，根本沒上臉書。」我無辜地說。我現任男朋友是校草，所以被討論好像也不稀奇，但如果是討論我的樣貌，我總覺得……哪裡出了問題。

「因為期末考快到了，大家都很專心唸書，很少在班上講課業以外的事，沒想到妳真的沒聽說。」凱芹說到這，似乎猜出我在想什麼，又道：「冼覺苡，妳本來就長得挺好看的，不只是資優班的學生，運動又好，只是平時很低調，不太引人注目，所以其他人才沒發覺——妳其實是顆鑽石啊。」

我噗哧一笑，「妳用鑽石來形容我？怎麼感覺好噁心啊。」但平時她愛吐槽又不會對我客套，今天這麼稱讚，我還是有些暗爽。

凱芹嘆氣，「妳這個不懂浪漫的人。」

「妳才知道嗎？」我莞爾，停頓了一會兒，接著說：「不過話說回來，雖然有點難以置信，我也沒特別想當校園紅人，可是現在知道自己被關注和討論，還是覺得很開心。最重要的是，這樣就跟段章俊很般配啊！」

凱芹一愣，接著溫婉笑了笑，「妳真的想到什麼就說欸，有誰會把這些話說出口啊？」

「不會嗎？」

「不會啊，給別人聽到他們會說妳在炫耀。」

「可是我沒有啊。」我又覺得無辜。

「我當然知道，所以我才說『別人』。」她伸手敲了下我的頭，像是想到什麼頓了下，「話說，段章俊最近好像很少來找妳。」

「他忙著準備期末考啊，我們班同學不也這樣嗎？」我不以為然。

凱芹若有所思地點頭，「才剛交往的情侶就碰上期末考，挺難過的。」

「沒關係，捱過期末考就ＯＫ啦。」

我和段章俊很少見面，碰面時，不論是他的深邃眼眸還是臉上的笑意，總能讓我不自覺陷入其中。雖然我們僅僅說上幾句話，然而他待我始終如一，總是寵溺地摸摸我的頭。打從高一得知他這個人以來，從沒見過、也沒耳聞他這樣對待過一個女生。

所以我對我們的感情很有信心。即使還沒真正了解彼此就交往，但我相信只要喜歡，不管遇到什麼阻礙，都不會有問題。這也是我所相信的，愛情的模樣。

期末考，只是漫長道路上一個小小的坎，等時間過去，它就會撫平，變回最開始的模樣。我這麼相信著。

一向嚴厲謹慎的啦啦隊教練，以往在訓練看我和隊友們的動作總會忍不住鎖眉，然而自從跟小婷她們和解後，我們愈加有默契，最近的訓練中，教練不單眉都沒皺一下，偶爾還會輕輕點著頭。

「妳們進步得非常快，開場時的舞蹈很整齊，要做托起動作時，底層人員的反應和接應技巧做得不錯，但為了上層同伴著想，肌力還需要多鍛煉，讓接托更穩定一些。」教練緩緩地說，「上層人員──覺苡、玲莉和文怡，可以看出妳們非常信賴底下的同伴，到上層時的動作流利，上去後的表情管理也很好。」

「希望妳們能繼續保持……不，應該說要越做越好。」教練的語氣堅定，嘴角接著微微揚起，「這樣才能在畢業典禮上，讓退役學長姐為妳們感到光榮。」

聽著教練的話語，我們互看彼此。想到能在畢業典禮上讓學長姐驚豔，並以我們為傲，大家頓時覺得熱血沸騰，產生滿滿的動力。

「好！」我們再次很有默契地齊喊。

隔天放學後，我收拾完書包，準備到廁所換上運動服，進行接下來的田徑訓練。

「覺苡。」凱芹的聲音從後方響起。我轉過頭，只見她用下巴比了比教室外面。

頓時，我與站在那裡的段章俊視線交接，他的雙眼頃刻成了道彎月，我也不住漾起笑容。

段章俊等到班上大部分的同學都離去後，才走進來。

「好久不見啊。」我笑著迎接他。

他來到我的面前咧嘴一笑，「怎樣？是不是很想念我？」

教室某處忽然響起咳嗽聲，正是佩璇。她看了我一眼後，徐徐走上前來。

「我不是有意偷聽你們說話，只是……」佩璇的尷尬明顯寫在臉上，她說著，望了眼面無表情的段章俊，笑問：「覺苡，妳不介紹一下男朋友讓我認識嗎？」

段章俊微微擰眉看著我，但還是點了點頭。

「喔，這位是段章俊，然後這是我的朋友侯佩璇。」我笑著介紹。

「段章俊你好，沒想到能有機會認識你。」佩璇笑瞇瞇看著段章俊，臉色似乎有些紅潤。

段章俊淺笑點頭，只是淡淡地說：「妳好。」

「你最近不常來，是在忙著準備期末考吧？你一直都是全年級第一，可不可以教一教我英文啊？不只是我，覺苡的英文也不太好。我們下次一起讀書吧。」佩璇劈哩啪啦道。

段章俊沒有猶豫太久，直接點頭道：「有機會的話。」

「那——」

「佩璇？」出現在門口的佩璇男友，蕭文揚打斷了她剩下的話，「要走了嗎？」

蕭文揚面對佩璇時，臉上寫滿了喜悅。我見到段章俊的時候，應該也是這副模樣吧。

佩璇聞聲，微微皺起眉，先對男友回道：「等等，我還沒把話說完。」

佩璇拉著我的手臂，表情充滿期待。「覺苡——妳讓段章俊明天下課來教我們英文吧。」我想起她之前在臺上垂頭的害羞模樣。雖然早知道她的性格已有所改變，但偶爾稍微超過的熱情，還是會讓我招架不住。

我抬眸看了眼段章俊，他的表情沒有明顯變化，但也沒拒絕，這是不是表示……還算樂意？

「呃……你覺得怎樣？」我有些緊張地問他。如果他答應，我一定非常感謝佩璇。就算她的初衷是為了成績，但也間接幫上我，讓我有更多時間見到段章俊。

最重要的是，我希望他能跟我的朋友多親近些，讓他融入我的生活，我們的生活圈也能更重疊。

然而，段章俊始終不答話，目光霎時間冷峻得如同之前的他。

我微微一怔，一顆心彷彿沉進了冰冷的海底。

「欸，還是沒關係啦，凱芹的英文也挺好，我們可以問她。」我只好撐起笑容打圓場。

佩璇有些失望的樣子，但似乎也察覺到氣氛不對，沒有死纏爛打，只是幽幽地說：「好吧……那我先走了。」

「嗯，明天見。」

佩璇和蕭文揚離開後，我確認過四下無人，見身旁的段章俊依然沉著臉，我忍不住問道：「你怎麼了？就那麼不願意教我們哦？」我此刻的語氣確實不太好，雖然我不在乎面子問題，但他直接在我朋友面前板起臉，這行為讓我覺得很不成熟。就算不想，也不應該把氣氛變得這麼難堪。

「妳應該很清楚我對陌生人都是這樣。」他淡淡地說。

「我不知道，你只說過不少人都覺得你很跩。」我很直接地說，「但，佩璇是我的朋友。」

「對我來說還是陌生人。」

我有些無言以對，因此沉默了一陣子。「……可是你不應該直接在她面前擺臭臉。」

他皺眉，「明明不喜歡，難道我還要擺出高興的臉？」

我嘆氣，心彷彿蒙上一層陰霾，「並不是要你硬擠出笑臉，我只是不希望你連對我的朋友都這麼冷漠。」我側過身，幽幽地把話題結束：「先不說了，我們只有短短幾分鐘的見面時間，我不想浪費在糾結這件事上。」

靜默良久，我望了眼教室的時鐘。現在再不去換運動服，我就會遲到。

見段章俊還是不發一語，那我繼續待在這裡也沒有意義。

「既然你沒有話要說，我的訓練也快遲到了，今天就先這樣吧。」每次見面的亢奮心情已經削減，就算有多喜歡這個人，但依然沒辦法體諒他方才的舉動。

我背起書包，拿起運動服走向教室門口。這時，身後傳來了段章俊的聲音：「洗覺苡。」

我頓了下，道：「有什麼我們下次再說吧。」

不料下一秒，他上前拉住我的手。我輕輕一嘆，瞄了他一眼道：「我快遲到了，下次再說。」

「妳就不能體諒我嗎？」他淡淡地問道。

我微微勾起唇角，輕輕笑了聲，「我一直都在體諒你，沒發覺嗎？你要準備期末考，所以沒辦法常常見面，我很難過，但還是不斷要自己忍耐。難道這不算體諒嗎？我喜歡你，所以體諒你，也想讓你融入我的生活，可是為什麼我覺得你好像……」我頓了頓，冷淡地說：「根本就不稀罕？」

「覺苡……」他緩緩地走向我，我還沒反應過來時，一股溫熱瞬間繞過我的腰部。我回神，發現他一手牽著我，另一手則把我困在他的懷裡。

我動彈不得，只感覺他鼻間的氣息漸漸靠了過來，深邃的五官逐漸放大……他的唇毫無預兆地覆上我的，就像羽毛般輕輕觸碰我的唇瓣，小心、溫柔，卻帶有一絲的霸氣。

我的心不住顫抖，雙頰在這一瞬染上緋紅。當唇上的炙熱離開之際，我望了望段章俊清澈而帶著笑意的瞳眸，心再次微微地被勾起。

「你……為什麼要突然吻我？」沒想過會在方才的情況下接吻，我有些害羞和震驚，心裡卻暗暗欣喜。

「因為我沒想到妳這麼喜歡我。」他微微一笑，「在聽了妳說那些話之後，我很高興。」

我的心泛起陣陣漣漪。

我此時才發現，原來自己是這麼容易哄的女生。怎麼感覺……有點失敗。

時光飛逝，很快來到了畢業典禮當天。

雖然我喜歡站在臺上表演，不過每次以表演者身分在後臺等待時，很容易覺得無聊難耐，不能在外頭欣賞表演，只能坐在化妝鏡前發呆，等時間慢慢流逝。

「覺苡，好無聊，我們來聊天吧。」婉鈴突然說。

「噢，好啊。」我打了個哈欠，懶懶道。

「那先讓我說好了。」小婷走了過來，「我有問題想問妳。」

「我？」她認真的語氣，讓我不自覺直起了腰，倦意也頓時消失不見。

「上次的表演……」她說著，一字眉微縮，「妳為什麼會相信我不是故意的？」

我皺眉，「妳一向對待表演都很認真，訓練時也很努力，根本不可能會因為討厭我而那麼做。我那天會追問，真的只是想知道是不是有什麼影響到妳。」

小婷若有所思地看著我，才緩緩道：「那天因為妳說了粗口，我想起了國中的事，進而影響了專注力。後來因為被妳質問，我以為妳就是在怪我，所以態度才會那麼衝。我……還欠妳一個道歉。」她的表情有些彆扭，視線甚至不敢對上我的雙眼。

我笑了笑，「好，我知道了，妳什麼也不用說。我也有錯，是我詢問的方式不對，才會讓妳覺得不開心。我們現在扯平，誰也不用道歉。」

小婷皺著眉不發一語，曼雯連忙上前攬住她的肩，笑說：「好啦，說清楚就好。」

我微微一笑。小婷的視線與我在空中交會，她也勾起了唇角。

我完全沒料到小婷會主動提起，更沒想過她會道歉。當時的我因為心裡難過，所以影響了語氣，才造成這波誤會。把話說開後，我們也不會有芥蒂了。

「嘿，那我可以轉話題了嗎？」安靜一陣後，婉鈴突然笑道。她把椅子拉到我身邊，逕自說：「覺苡，妳知不知道，妳的脫單二選一是我看過最精彩的。相親節目都比不上妳這個。」

我的眉心縮了縮，「最精彩？」

「婉鈴妳太誇張了吧？」小婷的聲音再次響起，我轉過頭，只見她面無表情道：「不過的確是意料不到。」

「哪有誇張？我說的是事實。」婉鈴又一臉八卦地轉頭看我，「覺苡，所以妳到底喜不喜歡段章俊啊？妳最後毫不猶豫選他，應該是喜歡。可是如果那樣的話，為什麼又要選馮浩上臺？」

其他隊友紛紛停下手邊動作，把目光移到我身上，明顯好奇我的回答。

「這個……」我其實不太想大庭廣眾下告知私人事情，但又擔心沒好好回答，傳出去的版本會大大偏掉，於是我思索片刻，才緩緩道：「我當然喜歡段章俊，不然怎麼可能會選他？」

「那馮浩呢？」小婷問道。

「他……其實是受我所託才會上臺，我們是很好的朋友。」

「受妳所託？妳喜歡段章俊，為什麼不直接選他上臺？」婉鈴一臉迷糊。

我告訴她們，我本來確實想在臺上向段章俊告白，然而後來卻因為害怕被拒絕而退縮。在沒辦法取消活動之下，才硬著頭皮找馮浩幫忙。

「咦咦咦？」她們愣了愣，接著一陣訝然。這反應也在我意料內。

小婷擰了擰眉，語重心長地開口：「覺苡，妳不覺得……這樣很傷害馮浩嗎？」

「……傷害馮浩？」這話是什麼意思？

「瞧妳一臉茫然，該不會還不知道人家喜歡妳吧？妳這樣對他，不就在傷害他嗎？」小婷挑了下眉，說出了令我訝異不已的話。

「馮浩喜歡我？」我難以置信地睜大眼睛，隨即笑著解釋：「他沒有喜歡我啦，我們本來就挺要好，所以他才會幫我。」

「他知道妳喜歡段章俊吧？」曼雯插嘴問。我點了點頭。

「那就對了，這就是喜歡妳啊！不然怎麼會為了讓妳開心、想成全妳，直接在脫單二選一上違規？」婉鈴說，「而且正常男生怎麼可能隨便答應妳上臺？如果不是喜歡的人，才不會浪費這些時間。」

「妳真的有夠遲鈍。」小婷環著胸，皺著眉對我說，「就算當時沒發覺，可是知道他特地來找我後，就該察覺了吧？撇開之前妳拜託他幫忙的不說，這次妳沒要求，他就自己跑來，這不明擺著把妳放在心上嗎？」

我愣著，內心緩慢地消化她們說的話，遲遲不能言語。對於馮浩這幾天的舉動，我只解讀成他對好朋友的關心和諒解，從來沒想過他可能喜歡上我。

……對啊，如果有人這麼對凱芹，我肯定也會認為他對凱芹有意。怎麼對象換成我時，我卻毫無知覺？

從剛認識馮浩，他一直是個善良、溫暖的大男孩。我漸漸習慣他的好，無意之中把這些視為理所當然，以致我完全沒察覺他的心意。

果然，還是旁觀者清。

基於我與段章俊的關係，馮浩不可能向我表白心意。要不是小婷她們說起，我可能一輩子都不會知道這件事。然而，現在知道了，又應當如何是好？我又該如何面對馮浩？

為了讓畢業典禮的現場不至於太傷感，我校都會安排社團表演穿插其中。部分學長姐也會主動要求參與，讓畢業典禮成為他們高中的最後一場表演，這對他們來說意義非凡。

而我們競技啦啦隊的學長姐，卻願意把這個機會讓給我們。他們表示只想穿著畢業袍在臺下欣賞表演，想實實在在體會畢業生的感覺。

不過，我們心裡都很清楚，他們肯定陷入好些時日的日夜拉鋸，才真正痛下決心，離開這個舞臺。既然他們最後決定只想坐在臺下看我們，那我們就好好表演給他們看吧。

畢業生致辭完畢，我和隊友在熱烈的掌聲下踏上舞臺。各就各位後，我一抬眸，視線便落在臺下興奮跳起的學長姐們。他們的笑容宛如冬日暖陽般溫暖，讓我心裡非常踏實。

高昂的音樂從擴音器流瀉而出，我和隊友們頂著笑臉，手持金色彩球隨著節奏舞動。我餘光也瞥見臺下的學長姐掛著燦笑，漸漸靠向舞臺，在這一刻，臺上臺下，啦啦隊社員們同心共體。

來到表演中段，圍成一圈的上層人員跑向舞臺兩側，將彩球丟下，再快速回到舞臺中央。底層人員的小婷等人已經準備好了，我兩隻腳各踩上隊友的手托，不過半晌就到了上空。

「冼覺苡！」一陣歡呼聲從臺下響起。

我笑著對臺下招手，雙眼自然而然瞧向學長姐們，他們臉上盡是欣慰，雙眼閃著驕傲的光芒，我心裡頓時一陣感動。接著我往後倒去，底層人員安穩地把我接住，再放下，完美無瑕。

最後一段音樂，我們擺好姿勢，而音樂在小婷走到前臺劈腿的動作下戛然而止。

臺下響起了雷鳴般的掌聲。

學長姐們目不轉睛地望著我們，而社長更是豎起拇指流下淚，我們杵在原地，直到司儀的聲音再次響起，才回過神來。

回到後臺，卻見到本應在觀禮的學長姐們等在那裡，我們還來不及反應，學姐們紛紛跑上前來抱住我們。

學姐們身上的溫熱像是傳到了我的雙眼般，讓眼淚倏地奪眶而出。腦袋瞬間飄過去年遇到挫折時，學長姐指導我的回憶……

「珊珊學姐，謝謝妳之前的幫助。」我抱著社長，忍不住說。

珊珊社長鬆開懷抱，笑道：「好啦，知道了，接下來的社團就交給妳們了。要繼續加油喔。」她的眼眶掛著淚，嘴邊還是露出好看的笑容。

我突然愣住，心裡一陣感觸：為什麼我身邊的人，似乎都在陸續離開？

先是班導張老師，現在則是曾經一起日夜訓練的學長姐們。只要長大，就需要面對這樣的分離嗎？難道沒有一個人，會一輩子都待在我的生活裡，永遠不離開嗎？

畢業典禮結束後，我沒有馬上換下隊服，而是跑到禮堂內尋找段章俊的蹤影。

只要喜歡一個人，就算他被埋沒在人群中，依然能清楚看見。此說確實沒錯，我很快就找到他了。

他今天沒有表演，被其他社員拉去跟學長姐照相。他皺著眉面向鏡頭，與滿臉笑容的其他人格格不入，可見真的非常討厭社交。

合影後，他終於注意到我的目光，我笑著向他打招呼，但他卻不知怎地，沉下臉走向我。

「段章俊，你幹嘛擺這樣的臉？」我直接地問。

他來到我面前，忽然伸手一攬，搭上我的肩，臉色特別凝重地望望我們周遭。

我奇怪地隨著他的視線看去，察覺他目光如炬地看向某些男生，眼裡彷彿燃燒著火焰。

「你幹嘛亂瞪別人？」我無奈地笑。

「妳為什麼不先去換衣服？」他反問我，語氣有些不高興。

「我突然很想見你，所以來不及先去換衣服。」

他微微一怔，接著把我拉了出去。

來到禮堂的後面，遠離了人潮，他劈頭問：「為什麼突然想見我？」

「想見男朋友需要理由嗎？」我笑著，不解地反問。

他笑笑，語氣恢復輕鬆：「好吧，姑且原諒妳剛才露大腿和手臂給別人看。」

「欸？原來你剛才露出那張大便臉，是因為覺得我露太多給別人看？」我頓時恍然大悟，「可是我們表演不都這樣穿嗎？大家早看過啦。」

他白了我一眼，「臺上看跟近距離看不一樣。」

「怎麼不一樣？」我不解。

他上前一步，頓時拉近我們之間的距離，接著赤裸裸地直接盯著我短裙下的大腿。

我臉上一股臊熱，立即用手擋起腿，儘管好像遮不到什麼。「你想幹嘛？你這個變態想做什麼？」

他移開視線，伸手朝我額頭一敲，「剛才那些男生也這樣看妳。」話到此，他忍不住白了我一眼，「這就是近看跟遠看的分別。怎樣？還不清楚嗎？」

「好好好，我清楚了，我現在馬上去換。」

「等等。」他再度喚我。「妳剛才的表演很不錯。」表情像是在說一件芝麻綠豆的小事。

我微皺了下眉，「你之前都說好看，為什麼現在只是不錯？」

「稱讚妳算好了，不要要求太多。」他伸出食指戳向我的額頭，「對了，我媽前幾天幫我報名了課後加強班，放學後就要趕過去，所以之後暫時沒辦法見妳了。」他的語氣略帶抱歉。

明明方才氣氛很好，然而這麼一句話立即讓我的心墜入深淵。我壓抑著心裡悲傷，抬頭看他。

「你的意思是……我們完全不能見面了嗎？直到期末考之後？」

明明他此刻就在我面前，可為什麼我的心裡卻感到一陣寂寞？

「覺苡，妳又不開心了？」段章俊皺起眉。

「我不想騙你，我的確有點不開心，但我知道自己該體諒你，所以……」我勉強撐起微笑，「你就放心吧，我ＯＫ的。」

明明這話是想讓他放心，然而他聞言，眉頭依然緊緊擰著，臉色也非常差。我心中警鈴一響。

「既然妳說要體諒，為什麼還要把這些話說出來？」他的語氣冷漠，「妳應該知道，只要妳說了不開心，我就沒辦法當沒事，也沒辦法安心好好讀書。」

我感到不解，「所以……你覺得我應該騙你？就算不開心，都別說出來？」

他嘆氣，「我不是這個意思。」

「不然是什麼意思？」

他側過身，緩緩開口：「覺苡，妳一直都有話直說，但妳有沒有想過……有些話，其實不說比較好？」

我怔怔地看著他，頓感心如刀割。這道傷口，也在他下一刻轉身離去時，滲出了血……

我們不歡而散後，至今已三天毫無聯繫，更別說見面了。這些日子的生活我不知道是怎麼過的。曾經的我以為談戀愛很簡單、很快樂。我想，我真的太過單純，明明僅僅交往一個多月，我卻在這短短時間內，體驗了一次又一次的心痛。

因為競技啦啦隊的特別訓練暫時告一段落，扣除上課和田徑訓練，我一直把自己埋沒在書堆中，盡量不讓自己有任何空檔胡思亂想。

「覺苡，妳一直都有話直說，但妳有沒有想過……有些話，其實不說比較好？」

段章俊那天離開前的這一句話，總在我靜下心時，冷不防地在我耳邊響起。

他告訴過我，總有人能無條件接受我的一切、包含我的缺點，如果沒辦法接受，那就不需再浪費時間在他身上，因為這個人並不值得我難過。

所以，他也是那一個，根本無法接受我缺點的人嗎？所以……我不應該繼續把時間花在他身上？這就是段章俊想要的結果嗎？

思及此，我的眼眶也蓄積起滾燙的淚水，奪走了我的視線。

「覺苡。」這天田徑訓練，馮浩出現在我旁邊的跑道，配合我的速度一起跑。

「嗨。」我微微彎起了嘴角。

我們並行跑了一陣子，馮浩再次開口：「妳最近有點奇怪，怎麼了嗎？」

「……怎麼怪？」明明我在大家面前，已經盡力表現得如同往常，把笑臉當面具，讓悲傷都藏在心底的最深處……難道是在不知不覺中，洩漏出來了？

「雖然好像跟平常一樣，但怎麼說……」他皺眉思索片刻，回想了一陣，「就是妳的笑容，還有臉色，看起來都不太對勁。是不是最近太累了？」

他沒等我說話，只是停下腳步繼續說：「不如我去問教練，讓大家先暫停訓練。我知道不只妳，其他人最近看起來也很疲憊，畢竟要兼顧訓練和期末考。」

我停在他旁邊，搖搖頭，「如果我們真的負荷不了，會跟教練說的，你就別瞎操心了啦。」

「可是妳看起來真的很不好。」他皺著眉淡淡地說，言語透露出關心。

在烈陽照射下，他如黑曜石的雙眸閃著亮光，柔情似水。這個當下，我的腦袋像被按了倒帶鍵，畢業典禮當天的記憶，迅速回播——

馮浩他……是喜歡我的。

那天和段章俊吵了架，使我的思想紊亂，完全忘了小婷她們說的事。這些日子以來我強裝笑容，依舊和好友一起唸書、聊天，但只有我自己曉得內在的魂不守舍。

唯一最清晰的記憶，就是我一直在煩惱，該如何解決我和段章俊之間的問題。

情侶間會吵架很正常，因為就連結婚多年的爸媽，也常常會意見分歧、為各種小事吵架。和段章俊吵過之後雖然很傷心，但我必須好好解決這件事，讓我們倆和好如初。

如果他不能接受我的性格，我就只能為了他改變，只要一方妥協，就再也不會吵架了，這應該是最合適、也最有效的解決方案。

儘管心裡曉得，然而這幾天，我遲遲沒去找段章俊，內心總有個顧慮——段章俊會不會已經開始討厭我了？這問題不斷在我心裡徘徊。

我沒辦法滿足男友所有的期待與要求，明明該體諒，卻怎麼都做不好，導致那天的不愉快……這樣的我，他還會喜歡嗎？

如果直接去找他道歉，他會原諒我嗎？我到底該怎麼做？

面對喜歡的人，我無法果斷決定和選擇，就如當初的脫單二選一——我臨陣退縮了。

面對他，我是一個懦夫，一個很沒用、總是想退縮的人。

「覺苡？」馮浩輕輕拍了我的手臂，一臉擔憂：「妳怎麼了？妳臉色很差，先去一旁休息吧。」

我的思緒被中斷，回望馮浩緊張在意的表情，我下意識退開，搖頭道：「我沒事，我先繼續跑了。」

我撇下他，立即加快速度——對於他的心意，我沒辦法回報，因此只能跟他拉開距離。

「覺苡，等一下。」不過半晌，馮浩的聲音就從我身邊傳來，他臉不紅氣不喘地追上我的腳步。

我僅瞥了他一眼便繼續練跑。

後背汗流如漿，雙眼被奔跑揚起的風塵侵入，很不舒服。就算雙腿肌肉微痠、肺部已經開始缺氧，我還是努力加快步伐。

腦袋裡不斷浮現段章俊離去時的冷漠、失望，還有難過。

胸口似乎有個什麼快溢出來了。感覺只要停下腳步，它就會不受控制地湧出。

「是段章俊嗎？你們是不是發生了什麼事？」馮浩的聲音再次響起，他不死心地繼續跟著我跑了一圈又一圈，此時的呼吸聲開始有些急促。

「……不關你的事。」

「覺苡，不要跑了，再跑下去妳的身體會負荷不了。」即使他的聲音略微沙啞，依然鏗鏘有力。

「覺苡。」

「……」

「覺苡！」

我終於停下，雙手壓住膝蓋，氣喘吁吁別過頭：「馮浩……夠了……別再跟著我了。」

馮浩皺起眉。「就算發生不開心的事，也不要這樣折磨自己，妳的身體是無辜的。」他平淡的語氣帶著一絲絲溫柔，半晌後，他再次道：「我不會再跟著妳了，妳先去休息一會兒吧。」

我沉默不語，他的視線依舊落在我的身上。

「不管發生什麼事，我相信妳總會有辦法解決。如果真的需要幫忙，隨時可以找我。」

我愣了愣，倉促擦掉流到下巴的汗水後，也注意到原本跑道上微微重疊的兩道影子，只剩一個。

我抬頭，看見馮浩的背影離我愈來愈遠，我的鼻頭倏地感到一陣酸澀。

我太差勁了。不管哪方面都好，感覺沒有任何人的幫助，我什麼都做不好。

高一在社團受了委屈、被妮希她們排擠，要不是段章俊，我可能會一直陷入悲傷；來到高二，好不容易能參加脫單二選一，卻臨陣退縮，要不是馮浩幫忙，我不知道該怎麼解決，也沒辦法順利跟段章俊正式交往；被隊友小婷等人排擠的事，如果沒有馮浩那番話，我或許還在糾結，甚至親手斬斷與她們的友誼。

不管是什麼事，我都需要別人的幫忙，總要別人提點。所以凱芹說得對，我一直都很孬。
至於這次跟段章俊鬧不愉快……如果不是凱芹，我可能會一直縮在烏龜殼裡，永遠不打算探出頭。
下課時間，凱芹要我陪她去廁所，卻走沒幾步後，突然把腳步放緩。「覺苡。」
「嗯？」我回頭一望，狐疑看著她。
「我一直在等妳主動告訴我。」她慢慢走上前，說話的語氣平緩，沒有夾帶情緒，「但已經過了好久，妳一樣什麼也不說，我只好主動詢問。妳真的當我眼瞎嗎？」她的眉微微擰了擰。
我頓時語塞。我以為自己偽裝得很好，沒有讓任何人發現，沒想到不只馮浩，連凱芹也察覺了。
「我們說好的，只要有非常煩惱的事，一定要告訴對方。」她幽幽地說，「妳好幾天都在強顏歡笑，班上的人或許不會發現，但認識以來，我們都膩在一起。我知道這不是妳發自內心的笑容。」
我微微垂頭，熱氣漸漸氤氳在眼眶上。「……對不起。」
「我並不想強迫妳告訴我什麼，只是希望妳開心。如果有煩惱，妳可以說出來，讓我幫妳分憂。」
這段話猛地按下了淚腺的開關，讓我的眼淚瞬間掉下。
「……我跟段章俊吵架了。」我把之前受的委屈娓娓道來，無論是期末考期間，與他愈來愈少見面而產生的鬱悶、他冷漠對待佩璇的事，還是畢業典禮當天吵架的對話，都不再隱瞞。
「凱芹……我這個女朋友很糟糕吧？不懂得體諒，還把不高興都說出來。他一定很討厭我吧。」
凱芹握住我的手，突然道：「妳這個笨蛋。」
「為什麼突然罵我啦……」我吸了吸鼻子，「所以我真的被討厭了……對不對？」

她嘆了一口氣，「我是想說妳很好，一點都不糟糕。妳怎麼會覺得自己很差？」

「可是……」我愣了下，但很快又被她不高興地打斷。

「所以妳這幾天都在獨自煩惱？我們明明說好了，妳怎麼又想一個人扛下一切？」

「因為大家都在忙期末考，我不想打擾妳，而且……我其實很想自己解決感情上的煩惱……」

「吼，所以妳真的是笨蛋！」凱芹受不了，直接就伸手巴了我的後腦杓。

「好了啦，妳不要一直罵我嘛。」我按著我的頭，一臉委屈。

「既然已經想好解決方案，就趕快去和好吧。不然再煩惱下去，妳要怎麼讀書？」凱芹插著腰道。

「是想好了，但其實我……更希望他能先來找我。如果他不來，不就表示他很討厭我……」

驀地，我的手腕被凱芹拉住，筆直地往樓下走去。

「妳要帶我去哪裡？」我疑惑地在後頭問道。這不是通往廁所的方向。

「去找段章俊。」

「什麼？我不要！」我停住腳步，試圖甩開她的手。

「妳這樣躊躇不前，我真的看不下去。怎麼每次牽扯到他，妳就變得一點都不果斷了？」

「我本來就是個……猶豫不決的人。」

凱芹嘆了一口氣，停下腳步，雙手放在我的肩上，認真地開口：「我告訴妳，如果段章俊真的因為這樣討厭妳，那我建議馬上分手。否則繼續這樣對誰都不好，長痛不如短痛。沒什麼好猶豫，直接去找他談吧，談好了，妳就不用再一直煩惱。」

我微微垂頭，「那要是，我真的就此失戀了……」

「我會陪妳，擔心什麼？」她不屑地說，「但妳儘管放心，我不覺得他真的會因為這樣就討厭妳。」

我微微一愣。她短短的幾句話，頓時就在我身上灌入了些許勇氣。

「不准拒絕。」凱芹瞪著我。

「我沒有要拒絕，只是……一班裡面有我以前那些朋友。」我訕訕道。

「那就更應該去啊！讓她們知道，就算妳愛罵髒話，還是能交到朋友，也就是我。」凱芹指了指自己，又抓起我的手繼續往前走，「別擔心，我會陪著妳，沒有什麼好害怕的。」

「凱凱凱凱芹，太突然了……」我沒想過自己會在這種情況下出現在妮希她們面前，但凱芹完全沒打算停下。

抵達一班門口，有個男同學剛從裡頭走出，一眼就瞧見了我。「冼覺苡？」

我認得他，高一時同班，也是跟妮希她們一同排擠我的同學。

「妳來找段章俊嗎？」不料他竟然直接停在我面前，頗熱情地主動攀談，「好久不見了，妳最近挺紅的，畢業典禮那天的表演很好看，妳……」

「不好意思，我們是來找段章俊的，下課時間快結束了。」凱芹掛著微笑，意有所指地阻斷他的話，清楚表明不想再浪費時間。

男生尷尬地摸摸鼻子，道：「……喔好。段章俊，你女朋友來找你了！」

一班同學本來都在座位上安靜溫習，此時紛紛抬頭看過來。

我一眼就看見座位上的段章俊，他那張清俊的臉在見到我時，閃過一絲訝異，而我的眼角餘光也瞄到了他正前方的妮希。

「妳的手在發抖，是害怕見到段章俊還是她們？」凱芹在我耳邊輕聲問，語氣帶著一絲憂慮，見我沒有回答，再安慰道：「沒事沒事，妳已經踏出很大一步了，妳真的很棒。」

妮希不假思索地瞥了我一眼，視線轉向了坐在附近的萱麗和芮萍，她們都是我曾經的好朋友。她們的眼神儘管不再存有當年的厭惡，但依然帶著冷淡及不以為然。

這反應讓我的心跳加速，趕緊別開視線，目光卻忽然對上馮浩的雙眼——我差點忘記他也在一班。見他眉心微蹙，我的心頓時泛起異樣的感覺。

「覺苡？還好嗎？」凱芹憂心忡忡地看著我。

「沒事。」我點點頭，然而心連受那麼多的刺激，還在快速地怦怦跳動。

「別擔心，我在。不要去看任何人，妳站在我後面等段章俊出來就好。記得要好好跟他談一談。」凱芹總算鬆開我的手腕，又輕輕拍拍我的手背，給了我一些的力量。

「等他出來，我就會先離開，不打擾你們。」

我屏住了呼吸，默默點頭。

「覺苡，妳怎麼來了？」段章俊的低沉嗓音從前方傳來，我抬頭，終於對上許久不見的雙目。

我們沒有走遠，只是站在樓梯下方面對彼此。他這些日子的課餘時間都在準備期末考，想必已經準備充裕，平常應該也不再需要熬夜讀書，所以此時的他雙眼目光炯炯，精神比之前好多了。

周旁一片沉寂，段章俊率先開口：「其實我也想去找妳，只是沒想到妳會先來。」

他會想來找我，不就表示他其實也想和好嗎？

「妳怎麼不說話？還在生氣？」段章俊仔細端詳我的表情，問道。

我搖頭，「沒有，只是跟你吵架後的這幾天，我過得非常不好。」我望著他清澈的雙眸，幽幽道。

「……對不起，我不知道自己的直言直語會讓你心煩。」說著，我眼神堅定地看著他：「我是真的很想體諒你，只是好像……做得不夠好。」

「覺苡……」他似乎有許多話想說，然而最後只是邁前一步，牽起我的手。

「我們不要吵架了，好嗎？」我有些哽咽，停頓一會兒調整情緒後，才繼續說：「我不會再說些讓你難過的話了……」

我被攬進了他的懷抱，同時間，奪眶而出的眼淚也滴落在他的白色制服上。

「覺苡，謝謝妳。」他的話語在我耳邊響起，音色低沉有磁性，讓我聽了眼淚掉得更兇。我好想念這把總是輕聲喚著我名字的嗓音。

這樣就好了。就算他什麼也沒說，只要能被原諒就好了。那種每天煩惱著他到底是不是討厭我、不想與我和好的日子，我再也不想過了。

只要能夠和好如初，我能為了他，作出任何的改變。

✣

自從與段章俊重歸舊好之後，時間過得相當的快。我們一樣沒有見面，只是偶爾晚上互傳訊息。為了讓他安心讀書，我不再主動打擾他，以前我在讀書時遇到困難、甚至心情很糟時，都會直接傳LINE給他。然而現在的我卻瞻前顧後，最後還是把打好的訊息刪除；以往最常對他說的想念，也一樣不再出現在訊息裡。

我只對他說些開心的事，比如終於把最煩惱的歷史都溫習好了，或是班導為了讓我們放鬆心情，常常在上課時讓我們玩些小遊戲等等。

很快地，期末考終於結束。

這天，田徑隊教練準備分發暑假訓練的時間表，所以要我們放學到社辦找他。

放學鐘聲響起，我準備離開教室，抬眸一看，發現段章俊倚靠在教室門邊，笑容滿面地望著我。

「暑假妳打算怎麼過？」我們一起走下樓梯時，他開口問道。

「大部分時間應該會來學校訓練。」期末考結束後，我就可以專注在田徑訓練。除此之外，競技啦啦隊也打算在暑假進行一週幾次的練習。「你呢？」

「嗯……應該會先休息一段時間，然後就是讀書吧。」他笑道，接著止住腳步，「妳沒那麼忙的時候，我們一起出去玩吧。」

「咦？」我一陣驚喜。

「妳的高興都寫在臉上囉。」他痞痞一笑，突然把我拉到樓梯間陰暗處，「所以，可以嗎？」

「當然好啊！」好不容易捱到期末考結束，相信我們能馬上回到突然中斷的熱戀期吧。我心裡很是開心，現在的自己一定笑得合不攏嘴。

「是喔？」他微微地勾起唇角。

頃刻間，他的氣息緩緩地打在我的臉上，當我意識到接下來會發生什麼事時，他的嘴唇已經印上了我的唇瓣。軟軟的，還有些熱熱的……

「欸，你怎麼都那麼突然！」待他的唇瓣離開，我雙頰發燙，語帶責怪地說。

「我剛才有問妳可不可以啊。」他輕笑一聲，無辜道。

「你剛才明明是問我暑假要不要出去玩！」

「沒啊，從妳的表情就知道妳會答應啦。」他湊近我的耳邊，「所以我是在問，可不可以吻妳。」

他低沉溫柔的嗓音竄進我的耳畔，讓我一陣酥麻。我撇開臉，卻被他扳回，明明是待在陰暗的小角落，卻仍能清晰看見他帶著笑意的雙眼。

望著他的臉龐，這些日子的思念早就滿溢而出。我不自覺地墊起腳尖，輕輕地獻上吻，然而正要離開時，腰部卻突然被緊緊扣住，下一秒，他的唇瓣再次覆蓋而來。

與之前不一樣的是，他更加深入地吻著我，緊接著輕輕吸吮……心臟逼近光速跳動，熱氣不停地撲到我的臉上，周遭的空氣彷彿瞬間被吸光。

我輕輕伸手推他，而他依然強勢，吻著我的動作沒有停止，直到感覺他的舌頭輕輕舔到我的唇瓣，才再次因為害羞而推開他。

「抱歉，不知不覺就那樣了。」段章俊笑說，接著在我的額頭上落下一吻，「嚇到妳了嗎？」

我把臉埋進他的懷裡，搖起頭：「只是有點害羞。而且我還要去田徑社的社辦，快遲到了。」

他又笑笑，摸了摸我的頭說：「好，那妳趕快去吧。暑假我會再聯絡妳。」

他把我送到目的地後，我依依不捨地向他道別，他笑說：「暑假要記得想我。」

目送他離開，我漾著幸福的笑容踏進社辦。

暑假，也開始了。

第七章　磨合階段

如我所預料，我的暑假生活非常充實，幾乎被田徑訓練和社團活動給填滿。而段章俊的每一天，似乎都脫離不了唸書。他偶爾會外出跑步，或是打打線上游戲，但這些額外的活動，頂多佔了一天中的兩三個小時而已。

『你也太愛唸書了吧？』又收到他在唸書的訊息，我回覆道。

『學測還剩下半年，趁現在有時間，先讀一讀好了。妳也不要偷懶，有空就好好唸書。』

我傳了一張委屈臉的貼圖，他則回給我一個大笑貼圖。

『那我問你喔，你的第一志願是哪裡？』暑假後就升上高三，我想他早就決定好第一志願了吧。

『怎麼？要跟我去同一間嗎？』我完全能想像他此刻露出的痞笑。

『臭美。只是問問，別想太多。』我「手」是心非地打字，腦中不斷想著如果我們去了不同大學，那一定不能像高中一樣時常見面，要是縣市還距離很遠，那不就要談遠距離戀愛了嗎？

現在只是短短三個星期沒見到他，我就覺得痛苦難捱，彷彿心裡缺了一角。上了大學，我們肯定會少了更多的見面時間，到了那個時候，我們的感情會受到考驗嗎？

段章俊長得好看，書也讀得好，上了大學，一定還會像高中時那麼受歡迎，等到了那時候，他會不會遇見一個各方面條件都比我好的人？

愈想愈不安，我的負面想法再次瀰漫全身。因這些揣測而焦慮不已，我過了好久才意識到手機裡老早躺著段章俊的訊息。

『是嗎？我還以為妳不管怎樣都會跟著我呢。』

『欸，怎麼不回覆了？該不會是睡著了吧？』

『妳最近的訓練好像特別辛苦，總覺得最近妳都睡得特別早。』

讀完訊息，我立即緊張回覆：『沒睡啦，只是剛才我媽媽進來跟我說話。』我不敢承認自己是在想著有的沒的，才沒馬上回覆。

『最近訓練的確比較辛苦一點，所以到晚上九點我就開始想睡了。』我打了個呵欠，抬眸看了眼牆上時鐘，十點。

儘管紊亂的思緒仍纏著我的腦袋，但我的眼皮還是不自覺變得沉重。

『抱歉，我的眼睛快闔上了，我們明天再聊吧。』沒等他回覆，我已經躺進床，把手機擱到旁邊桌上。

隔天一早，我醒來後發現段章俊昨晚留下的一句『晚安』。

『早安，我吃過早餐就要去田徑訓練了。』我打完信息，按下發送。

「覺苡，起床了沒？早餐準備好了。」突然，媽媽的聲音伴隨敲門聲響起。

「喔！」我把手機隨手一放便下床到浴室梳洗，接著去吃早餐。

就算沒有田徑訓練，媽媽都固定在八點準時叫我起床，她說不希望我在暑假養成睡懶覺的習慣。

早餐後，我發現時間竟然已經八點四十五分，就快遲到了！我趕緊跑回房間，拿起裝了毛巾的小背包，接著回到飯桌抓起水瓶就匆匆出發。

抵達學校集合地點，我想看時間，於是摸了摸口袋找手機。咦？怎麼會沒有？

我再打開背包翻了翻裡頭，一樣沒找到手機。我忽然想起方才傳出訊息給段章俊後，媽媽來叫我了，我隨手把手機放在旁邊，出門又太趕也忘了拿。

我在心裡嘆了一口氣。還是算了，反正田徑訓練也才三小時，下午的啦啦隊練習前也有三個小時的空檔，到時我再回家取就好。

選手到齊後，教練要馮浩來帶我們做熱身運動。

今天的馮浩穿著淺青色的上衣，下半身則是黑色的運動短褲，簡單的運動打扮，讓他整個人看起來精神奕奕，格外耀眼。

這時，他驀地轉過頭，迎上我的視線。我頓時一愣，隨即緊張地別開目光。

我們已經好久沒開口交談過了。雖然暑假一星期會見到他至少三次，但只要有他在的場合，我都會下意識避開。因此，這似乎是我們經過這麼久之後，第一次對上眼。

我知道這樣對他很不太公平，畢竟他從來就沒告白過，只是把我當成朋友。然而儘管如此，我依然沒辦法再自在地跟他相處。

訓練告一個小段落，我走到跑道旁的椅子前，拿起背包內的水瓶喝了幾口，再拿出毛巾擦掉臉上和頸部的汗水，最後才去上廁所。回來後，餘光卻瞟到我的背包上面似乎放著什麼。上前一看，發現那是纏著小紙條的一小瓶防曬乳。

『妳最近訓練都沒做好防曬。』紙條上的字，讓我瞬間想起馮浩。

我忍不住尋找他的蹤影，他正在某條跑道上專注奔馳，就在這時，他竟然轉頭看我。

段章俊之前說過，他都會發現我偷偷注視他的目光，即使我們的視線從沒交集過。

那為什麼只要我看著馮浩，他都會碰巧望過來？

馮浩比我還早一步別過頭，我頓時鬆了口氣，但看著紙條，我心底好不容易築起的牆似乎就要崩塌……他曾說過要幫我準備防曬乳，沒想到經過那麼久，他竟然還記得。

我在小腿處抹上防曬乳，手裡忙著，腦袋也沒有一刻閒暇。為我準備防曬乳不過一件小事，但透過這件事，我也回想起許多馮浩曾經做過的貼心舉動。包括有些時候，我什麼都不說，他都能夠發現我的心情，並想了解我怎麼了。

而我，卻不停地避開他，與他拉開距離。我實在非常糟糕。

我本來打算等訓練結束後，把握時間回家休息拿手機，再接著社團活動。但今天教練卻把我們留下來，說要進行檢討會。

「比賽就快來臨，我希望你們知道自己目前遇到的問題後，盡快作出改善。」教練這麼說。

待檢討會結束之後，我的肚子也打起了鼓。

「已經到了午餐時間？那一起去吃吧，我請客。」教練突然笑著說，「看在你們訓練那麼努力，也從來沒缺席過，犒賞你們一下。」

「教練好棒！」「太感動了！」

其他選手欣然答應，我正想開口婉拒，教練卻再次說：「全部都要一起去喔，不要告訴我你沒空。我們就去學校附近的那間……」

聞言，我只好把到嘴邊的話吞進肚子裡，然後默默地拿起背包。

「教練，如果我說我不太方便……」馮浩的聲音頓時響起，我詫異地轉頭一看，只見他搔搔後腦杓，嘴邊掛著不太好意思的笑容。

教練皺了下眉，「我請客你竟然不去？」

「我下午還有其他活動，也要用到不少體力，所以想回家休息。」他訕訕道，「我覺得不只是我，應該還有其他同學也一樣吧。教練對不起，如果還有下次，我一定會去。」

教練依然蹙眉盯著他片刻，才說：「好吧，運動員的確應該多休息，不能太操勞。你們還有誰不能一起？」

我立即舉起手，說道：「教練，我！我下午還有競技啦啦隊的訓練，所以想回家休息。」

「哦，覺苡也是啊，那好吧。」教練點點頭，「其他人都沒問題對吧？那走吧，你們兩個回家小心。」

他們離開之後，現場只剩下我和馮浩兩人，我感到一陣尷尬，立即說：「那……我先回去了，掰掰。」

「掰掰。」他淺淺一笑。

我頭也不回，卻在走幾步後想起了某事。「對了，謝謝你的防曬乳。」我還是忍不住向他道謝，準備從背包裡拿出防曬乳還他。

「不謝，也不必還我了，我們每天都有訓練，妳還是會需要的。」他立即說。

「可是……」

「我先走了。」他再次對我一笑，然而我卻看見了他眼中的一絲落寞。

他背起背包，越過我離開了。望著他漸行漸遠的背影，我想起他方才的眼神，心裡有些不舒服。

頂著這份不適回到家中，我立即跑進房間找手機，終於在被子上看見它。

螢幕顯示好多封段章俊的未讀訊息，我迅速點開看。

『早安，妳應該已經出門了吧？』9:15

『我剛溫習完歷史，正在休息。妳怎麼還沒看訊息？』10:33

『妳平時休息時都會傳訊息給我，今天怎麼都沒消沒息？』11:16

『訓練結束了吧？怎麼還沒回啊？』12:14

『覺苡，妳為什麼一直不看也不回我？妳不覺得妳的時間都被訓練霸占了嗎？明明是暑假，我怎麼覺得妳特別忙？』13:03

『不回覆就算了。』13:25

最後一封訊息是十五分鐘前傳來的。這一長串我讀得心驚膽戰，知道他已經很不滿，立即回覆他：『對不起對不起，我忘了帶手機出門。我現在一回來就馬上找你了。』

然而我等了快十分鐘，他遲遲還未已讀。

我咬了咬下唇，心裡惴惴不安。思考片刻後，我決定直接打電話給他。

這是我第一次打電話給異性，在按下撥打鍵時，我非常猶豫，既害怕又緊張。如果現在什麼都不做，段章俊肯定會更生氣。當務之急，我必須先讓他知道我為什麼沒有馬上回他。

聽著電話裡的嘟嘟聲，我吞了吞口水，心裡不斷組織著待會想說的話。

「怎麼了？」電話剛接通，傳來了段章俊的冰冷聲音。

聞聲，我的心臟往下一沉，但也不敢浪費時間，直接道：「對不起，我忘了帶手機出門……」

「嗯。」他的聲音依然冷冷的。

我不知道該說什麼，只能再次道歉：「對不起。」

電話那頭陷入了沉默。我開始胡思亂想，為什麼他還是那麼冷漠？他是不是不相信我？

「段章俊，對不起，我真的不是故意的。你……不要生氣好嗎？」

終於，我聽見他的嘆氣聲，然後是他低沉的嗓音：「覺苡，妳有沒有覺得，最近的妳都只忙著訓練和社團活動？」

「我……」

「妳還記得我說過暑假要一起出去玩嗎？」

「我當然記得！」我可是非常期待，但因為他遲遲沒再提起，我也不敢說，怕造成他的負擔。

「但妳好像都沒有空，所以我才沒有說。」彷彿知道我心裡在想些什麼，他說。

「不，我週末都沒問題啊，你要約什麼時候？」

「妳忘了我告訴過妳，週末我爸會在家？我平時只有週末會看到他，所以不想那個時候出門。」

「……對不起。」

「不要跟我說對不起了。」他語帶無奈。

「不如，明天吧？我們明天一起出去玩。」我趕緊提議。

「明天？」他怔了怔，才又問道：「妳明天沒有田徑訓練和社團活動嗎？」

「明天沒有社團活動，而田徑訓練十二點就結束了。再加上教練的檢討會，然後我要回家洗澡準備，大概三點就能跟你一起出去了！」

「三點？那只有短短幾個小時，能去哪裡？」他的聲音有些失望。

我快速思考後，立即說：「那、那我明天請假好了，這樣我們就有一整天的時間！」

「這樣不好。」他想了想，「算了，沒關係，三點就三點吧。」

「你……不是說沒地方可以去嗎？」我小心翼翼地問道。

「但我不想妳隨便請假。」

聞言，我的唇角不自覺勾起，心裡有些高興。他果然還是在意我的。

「那我們明天三點，約在學校前面的車站見面？」他說，「至於要去哪裡妳別想了，我想就好。」

「嗯，我會很期待明天。」我心花怒放。

「是期待見到我吧？」他也笑了。

「又臭美了。」

方才的摩擦和難過，也隨著手機那頭不斷響起的笑聲，悄然逝去。

✣

『接下來就是檢討會了。』

隔天田徑訓練結束後，我回覆了段章俊的訊息，便把手機放進背包席地而坐，抬頭望向長凳上的教練。

他像昨天一樣，一一點出我們每個人需要改進的地方。因為還沒輪到我，我忍不住拉開背包拉鍊，偷偷檢查有沒有收到段章俊的訊息。

『好，那我們等下見。』

我不禁彎起嘴角，接著打字：『想好要去哪裡了嗎？』

『當然想好了。』

看到這個回覆後，教練忽然喚了我的名字，我立即抬起頭，裝作專心地聆聽教練的話。

檢討會花了一個半小時才結束。雖然還有一個半小時的時間準備，但我依然不想浪費一分一秒，於是背好包包轉身快速離開。不料才跨出一步，我的肩膀不小心撞到了某條結實的手臂。

「真不好意思，我趕時間，所以才……」我抬眸看見來人時，話語頓時卡在喉間。

「趕時間也不要走那麼快，很危險的。」馮浩微微皺眉。

我默默地點頭，剛想準備離開，卻又覺得心裡怪怪的，於是回頭：「馮浩，我……」

「我是不是造成妳的困擾了？」我語音未落，馮浩就打斷我。這話感覺在他心中醞釀已久。

這時候的他，眉宇間除了透露出些微擔憂，還夾雜著一絲慌張。

「不……」我本來想開口否認，卻不知為何話剛到嘴邊，卻踩了剎車。

吸了口氣，我緩緩說：「其實你沒有做錯什麼，是我的問題。」

「所以……妳不願意跟我當朋友了嗎？」他的表情似乎不意外，但我感受到他話語間的苦澀。

我立即搖頭，「不，我希望能一直跟你當朋友。」

「我也只是希望能跟妳當朋友，就像之前那樣。」他慎重地說，表情十分認真。我還來不及開口，他又再次正經道：「我不會做讓妳不自在的事，會像對待朋友般待妳，我保證。」

我怔了怔。我逃避他的行徑過於明顯，他肯定感受到了。我曾經以為他的思想不夠細膩，然而，他卻一次又一次地顛覆我的想法——他就如凱芹一樣，總會看出我在顧慮、隱藏些什麼。

他很清楚我為什麼會避開他，就算我不說，他也知道我在想什麼。

「我……」我頓了頓，接著輕嘆，「明明是我不對，怎麼都是你在奮力解釋和保證？」這對他來說，真的太不公平了。

他微微一愣，表情有些懊惱。我和他的目光在空中交接，下一秒，我先笑開來。

「放心吧，我們還是很好的朋友。」我的嘴角輕揚，「就像之前那樣。」

其實我很希望我們能回到從前那樣，只是這麼一想後，我的心往往非常不安——明知道他對我有意思，我還假裝渾然不知地繼續相處，這不就在暗地告訴他，我在給他機會嗎？

方才聽了他的保證，知道他不會有非分之想，只想繼續跟我當朋友之後，我才終於放心。

馮浩毫不掩飾地鬆了一口氣，隨即露出淡笑。「嗯。」他像是想到什麼，突然問：「妳不是趕時間嗎？」

「糟了！」我雙眼睜大，幸好手機顯示只經過了十分鐘，也沒有段章俊的訊息，我安心地大口呼氣。馮浩見狀，一臉狐疑地望著我。

「不跟你聊了，我真的趕時間，先走了！」等下是我和段章俊的第一次約會，得悉心打扮一番，不能繼續浪費時間。

馮浩的眉頭一皺，「那妳趕快去吧，再見。」

道別後，我以最快速度衝回家去，並迅速洗澡，站在衣櫃前面。昨天已經思考了一整晚今天的穿搭，卻依然拿不定主意。

最後，我換上黃白相間的條紋上衣，再搭上牛仔布的吊帶短褲，時間已是兩點半，望著鏡中身影有些蓬鬆的頭髮，我再次覺得慌亂。來不及了，綁馬尾就好。

「不吃午餐嗎？」才踏出大門一步，後頭傳來媽媽的聲音。

「不了，我趕時間。」

抵達車站時，時間是兩點五十五分。

沒過多久，我就看見段章俊微笑著走來。他的瀏海被微風輕輕吹起，淺綠色上衣搭配白皙的皮膚讓他看起來氣質清俊，黑色的短褲下搭配一雙白色球鞋……這身打扮若在我班上任一個男同學身上，我肯定覺得再普通不過。但在段章俊的身上，非常好看。

「等很久了嗎？」他停在我前面，伸手稍微梳了梳他的瀏海。

「我剛到。」我勾起唇角。好多天沒見到他，內心異常興奮，甚至有股想撲上前抱住他的衝動，不過我還是佯裝自然地問道：「那我們要去哪裡？」

「我想去兩個地方。」他神祕一笑，「妳覺得會是什麼地方？」

我托著下巴想了想，隨便一猜：「書店之類的地方嗎？」

他一臉驚詫，「欸？有這麼容易猜嗎？」

「真的是書店？」我也訝異。他怎麼會想去書店約會？但我沒把這個疑問說出口，只是笑說：「我這麼聰明，當然猜出來了。」

段章俊挑了挑眉，伸手輕點我的額頭，「臭美。」

「學到你。」我吐舌道。

他笑出聲來，接著牽起我的手，「那我們走吧。」手心傳來的溫度讓我感覺甜滋滋。

我真的好希望未來每一天都能這樣跟他並肩走在一起，只要他在我身邊，我就覺得很幸福。

戀愛對我來說還是有些陌生，我也不知道怎樣才是一個合格的女朋友，但為了段章俊、為了能每天都與他快樂地交往，我一定會好好努力。

踏進書店，全身頓時被書籍香氣圍繞。整齊排列的書籍、寧靜的氣氛、淡雅的淺黃色牆紙，讓我覺得十分療癒。我不是個愛逛書店的人，也總覺得書店死板板，甚至有些壓迫感，卻沒想到其實挺舒適。

「好舒服的氛圍喔。」

「對吧？我最愛來這間書店了。」段章俊淡淡一笑，拉著我往裡面走去。

「你想買什麼書？」我好奇地問。

「不知道，就打算走走看看。」他環顧一下四周，「妳呢？有想看什麼書嗎？」

「呃……」我根本不愛看書，所以才不愛逛書店。只是為了考試，才逼著自己讀課內書。

見段章俊一臉期待地看著我，我笑著回：「我想看你平時都在看的書。」

「我平時嗎？」段章俊帶我來到文學小說區，隨手從書櫃上抽出一本，「我喜歡科幻小說，這本挺好看的。」看他認真且雙眼發亮地說著故事簡介，我不禁漾起笑容。

「……不過如果妳想看，我可以借妳，妳不用浪費錢買。」段章俊笑道，「對了，我想去那裡看看參考書，妳要一起去嗎？」他指著某處。

「你去吧，我先在這裡看看。」

他離開後，我從書櫃上抽出他方才介紹的小說，開始翻閱。

我不是沒讀過小說，但往往翻一兩頁就覺得無聊。我沒什麼想像力，無法透過文字構築出故事畫面，因此，我喜歡有完整畫面的電視劇和電影。

讀了兩頁，我的肚子倏地咕嚕作響——早在田徑訓練結束後，我的肚子就餓了，但因為趕著赴約，根本沒時間吃東西。

再等等吧，等下我們應該就會去吃點什麼吧。

我再讀了一頁，依然覺得無聊，最後果斷放棄，把小說放回櫃子。

正打算去跟段章俊會合，卻被驀然拐進這走廊的女生給擋住。

看清來人的我震驚不已，而那位女生一臉冷漠地看著我，似乎不打算讓我離開。「妳……」此時，我的喉嚨頓時卡痰，說不出話。

「冼覺苡，那麼巧啊。」她清脆的嗓音喚了我的名字。

「妮希，妳怎麼會……」

話還沒說完，又有兩個身影出現在我的眼前，正是昔日好友，芮萍和萱麗。

我的鼻頭倏然一酸，一股熱氣開始往我的眼眶上衝去。

我一直很害怕，也不知道該如何面對曾經傷害過我的人。然而此時此刻，我正眼對上她們，我的心並沒有想像中般刮起大風大浪，只是輕微地泛起了一波漣漪。

我知道這意味著什麼。過往回憶雖然很痛，但傷口似乎在不知不覺中結了痂、脫落，恢復原來的樣子。而在這段時間，有不少人為它貼上紗布、幫我撫平它，我的傷口才能癒合得如此完整。

我想凱芹知道後，一定非常欣慰吧。

「別誤會，我們可沒跟蹤妳，是我們先來的。」妮希環著胸道。

「從你們一進來這裡，我們就看到了。」芮萍補充，儘管我沒有詢問。

「找我有事嗎？」我平靜地問，我們已經很久沒這樣面對面說話了。

「妳跟馮浩是什麼關係？」妮希也不拐彎抹角，直接道出來意。

她似乎真的很在意馮浩，問過小婷，又來問我。難道每個跟馮浩交談過的異性，她都會問過一輪？

「朋友。」我淡淡地說，說的也是實話。

妮希卻一臉不悅，直言道：「妳已經有段章俊，就不要再招惹馮浩了。」

我吁了口氣，再說：「我和馮浩只是朋友。」

「那妳脫單二選一時為什麼選他上臺？妳喜歡他？」萱麗斜視著我問。

「我有男朋友。」我語氣平淡地強調。

「那妳當時為什麼不選段章俊上臺？而是選他？」芮萍也往前一步，質問道。

「事情過這麼久了，我不明白妳們在意什麼。」我無奈，「這一點都不重要，結果就如妳們看到那樣……」

「我也想當沒事，看到馮浩拒絕妳我當然很高興，但他卻一直默默關注妳。每次只要看見妳的身影，他的視線就不會移開，眼裡根本容不下任何人！」妮希越說越氣憤。

我想她是無計可施了，才來找我說這些吧。不然她怎麼可能把自己的弱點和內心話顯露在我眼前？我們早已經不是朋友。

「所以妳想要怎樣？」嘆了一口氣，我問道。

「遠離馮浩，不要再出現在他的面前。」妮希冷冷道。

我傻眼地看她：「憑什麼？」好不容易才和好的朋友，我豈能因為她們的隻字片語，就不再跟馮浩來往？

「洗覺苡，妳不要太過分，妳已經有段章俊了。」萱麗不滿地說。

我深吸一口氣，緩緩道：「段章俊是我的男朋友，而馮浩是我的朋友，這兩者根本沒有衝突。」

「想不到妳是這種人。就那麼喜歡兩個男生繞著妳轉？顯得自己很受歡迎？」芮萍眼神露出鄙視。

「我沒有。」

妮希走前來，直視我的眼眸透露出冰冷氣息，她又看了看身旁的友人，笑出聲：「不對，段章俊根本就不是因為喜歡她，才跟她交往的，又怎麼能說兩個男生繞著她轉呢？」

「啊，是啊，差點忘了打賭那回事。」芮萍也笑笑，「妳還傻傻以為段章俊是真心喜歡妳的吧？」

我的心跳彷彿在這一刻停止，愣了好半晌，才吶吶說：「……妳們在亂說什麼？」

「沒什麼，不就是林勇毅取笑他，說雖然很多女生喜歡他，但他卻沒種，不敢跟任何女生交往。他受不了被激嘛，就說會在一個月內交到女朋友。」妮希說著，仔細地端詳我的表情。

「結果還真的在兩個星期後，跟妳交往了。妳覺得這意味著什麼呢？」芮萍接著問。

林勇毅是段章俊在一班最要好的朋友，每次我在路上巧遇段章俊時，總會看見他們走在一起。

儘管妮希她們成功影響了我的心情，但我還是裝作鎮定：「我為什麼要相信妳們說的話？」

「因為這就是事實，妳不信就自己去問段章俊吧。」萱麗聳肩道，「一班知道的就只有林勇毅和段章俊這兩個當事人，還有我們三個。」

「是我親耳聽見，然後才告訴妮希和萱麗。」芮萍煞有其事地說。

我咬了下唇，道：「……妳們對我說這些，有什麼目的？就這麼討厭我嗎？非要拆散我們不可？」

妮希鎖眉，哼了聲：「我才沒空理你們。要不是妳剛才那副囂張的模樣，我才不會說出來。算了，反正我就是想說，我喜歡馮浩，也打算倒追他，希望妳不要阻擾。」

沒料到妮希這麼直接，雖然有些詫異，但我還是冷著張臉道：「那妳加油。」

我轉身欲離開，卻再次被妮希叫住。「看在我們之前是朋友的份上，妳就不要攪和吧。」她此時的語氣聽起來也放軟了些。

我轉過頭。「我可以問妳們一個問題嗎？」

「什麼問題？」妮希的眉頭仍然皺著。

「雖然之前認識妳們的時間不長，所以勉強可以理解妳們對我有誤會。但已經過了那麼久，學校也沒有其他我不好的傳聞。唯一的謠言，也是妳們散播的吧。我只想問妳們，妳們現在還覺得我是太妹嗎？」我一口氣說了很多。

她們臉色驟變，不知是因為我知道她們散播我的傳聞，又或者是被我單刀直入的問題給嚇著。

她們仍然不語，我微笑道：「算了，我也沒有很想知道這問題的答案，對我來說已經不重要了。但我希望妳們以後能多信任朋友，不要單憑她的言行舉止，就斷定是不是好人。」

語畢，我頭也不回地離開，正好看見迎面而來的段章俊。他笑著朝我招起手，我的耳邊頓時響起方才聽聞的消息。

他的笑容，真的隱藏著虛情假意嗎？

思緒仍然一團亂，然而我還是彎起了嘴角，朝他走去。

離開書店不知走了多久，我瞄向自己和段章俊交握的雙手，心裡有些惆悵。

「你現在要帶我去哪裡？」我忍不住問道。

「女孩子應該都很喜歡去咖啡廳吧？」段章俊微笑，「我帶妳去一間很有名的店，就快到了。」

「你之前去過了嗎？」他覺得我會喜歡，所以特意帶我去嗎？

他搖搖頭，「沒去過，我也想去很久了，所以今天就帶妳一起去。」

不知為何，聽了他的回答，心裡反而有些失望。或許我期待的，並不是這樣的答案吧。

碰見妮希她們之後，本來約會的興奮感似乎消失殆盡。儘管我說服自己不要輕易相信她們，但我的腦海卻不受控制地胡思亂想起來。

我曾經問過段章俊什麼時候喜歡上我，而他給的答案是模糊的，只因我是五月的幸運之人，所以才參加我的脫單二選一。而妮希說，他只是因為賭注，不是喜歡我，才跟我交往。

仔細想想，除了牽手、擁抱、接吻這些行為，他從來沒說過喜歡我。

走進咖啡廳，我被段章俊帶到一處座位，是靠窗的位置。

環顧四周，我沒有興致欣賞這裡的裝潢和擺設，只是掃過一眼，知道它是走淡雅、淺色系的風格。

「怎樣？這裡不錯吧？」段章俊坐到我的對面，再次露出他的笑容。

「嗯，是不錯。」我也淺笑道。好幾個小時不進食的肚子再次打起鼓。

「妳想吃蛋糕嗎？還是喝飲料就好了？」段章俊邊翻著菜單，邊問我。

「我……」我頓了頓，掃過菜單上的照片，決定說實話：「我肚子有點餓，想點一盤白醬義大利麵。」

「妳肚子餓？」他有些訝異，下一秒就猜到了原因，「妳沒吃午餐再出來嗎？」

「因為剛才有點趕。」我勉強彎起嘴角：「也不太餓，是現在才突然……有一點餓啦。」

段章俊皺了皺眉，感覺不是很相信：「是嗎？都快四點了，竟然現在才覺得餓？」

「呵呵，對啊。」我乾笑道。

他還是有些不高興的樣子，但很快站起來到櫃檯點餐。回來的時候，他手上捧著一盤小蛋糕。

「先吃點蛋糕吧。」他把托盤放在我的面前，「妳真是的，怎麼肚子餓卻什麼都不說啊？」見我還是沒動作，他又催促道：「吃啊。」

「哦。」我挖了口褐色的海綿蛋糕放進嘴裡，忍不住微微抬頭看了段章俊一眼。

「看什麼？專心吃東西。」他冷冷道。

「你……在生氣喔？」我小心翼翼地問道。

「當然啊，誰讓妳拖那麼久都不吃午餐？想搞壞身體嗎？」他的表情無奈，眼中好像還帶著一絲絲心疼，我愣愣地回看他，鼻頭忽然酸了起來。

他會這麼關心我、這麼在意我的身體，怎麼可能不喜歡我？我到底在胡思亂想些什麼？

「怎麼不說話了？」他又問道。

我笑了笑，心裡好像已經不再鬱悶。「下次不會了，你就別生氣啦。」

「剛才檢討會很晚才結束嗎？怎麼沒空吃午餐？」他從環著胸，轉而將手肘抵在桌上，直視著我。

「其實還好，是我準備得慢，所以才……」我尷尬地笑說。

「那你們田徑訓練平時都在做什麼？」他好奇地問。

我鮮少對他提起田徑訓練的事，那是因為內容都千篇一律，也很沉悶，沒想到他竟然會好奇。大致說明後，餐點剛好來了，我抬眸看段章俊一眼，他笑著回：「先吃吧，有什麼等下再說。」

我微笑點頭，其實已經餓得前胸貼後背，但我還是盡量在他面前保持優雅地享用這頓餐。

「馮浩也是田徑選手吧？那妳現在不是每天都會見到他了？」段章俊突然問。

正咀嚼麵條的我聞此一愣。只見他一手托著下巴望著我。

「嗯。」我點頭，「怎麼了嗎？」

「沒什麼。」他安靜了會，又道：「你們還是像之前那麼要好嗎？」

「咳！」我的喉嚨忽然感覺一嗆，連續咳了好幾聲。

段章俊立即把飲料推過來，一臉關切：「別吃這麼急，慢慢來。先喝口飲料。」

我大口把飲料一吸吞下，才終於止住連環的咳嗽。

「都是你啦，突然吃什麼醋？嚇到我了。」我用紙巾擦了擦嘴，順勢掩飾起上揚的嘴角。

「我哪有吃醋？」他立即否認，還解釋：「我只是好奇你們有多要好。」

「嗯……我們是挺要好的。」就算實際上沒多好，但此刻好想捉弄他，不好我也要說好。

「多要好？」他的表情開始變得認真。

「又說不吃醋？還問？」我忍不住笑了。

他白了我一眼，「所以到底是多要好啊？」

「放心，我們只是交情還不錯的朋友，你就別吃醋了。」我笑著安撫他。

「是喔？」他若有所思的樣子。

「怎麼啦？你不開心？」

「沒什麼。」他吸了口飲料，心情好像有些煩躁，我的目光沒有移開他，他的視線對上我後，表情變得彆扭，「其實我本來不太在意你們的交情有多好，但想到妳現在跟他見面的時間比我還多，就覺得心煩。」

我愣著。所以，他是真的吃醋了？

沒料到他會如此在意我和馮浩的事，雖然隱約有些開心，但我不想看見他這麼苦惱，所以立即說：「我是很常見到他，但其實不常說話，我每天跟你說的話還更多呢。」

他的眉頭一挑，「是這樣嗎？」

「當然。」

可他的眼神還是覆上一層陰鬱，「我不太希望妳跟他走得太近。」

我盯著他，心裡有些納悶，遲了半晌才撐起笑：「你之前都沒有這麼在意我和馮浩的關係。」

「那是因為……」他沉思了片刻，「唉，我也不知道，總之我不太想看到你們那麼要好。」

段章俊鮮少露出像此刻般悵然若失，又有點無可奈何的模樣。

我張口欲言，卻不知如何言語。明明好不容易想通，決定跟馮浩重歸舊好，現在卻得再度遠離他？

「覺苡？」他再次喚了我，我微微抬眸，雙眼筆直地望著他。

「妳真的不能遠離他嗎？」他把這句話問出口之時，我彷彿看見他黑色眸子裡的黯淡和冰冷。

那天約會，我給了段章俊一個他最想聽見的答案，所以我們沒有不歡而散。然而只有我自己知道，那並不是最真實的答案，而是為了讓他開心而說的。

第二天再見到馮浩，因為段章俊的要求，我還是下意識避開與他接觸的機會。

但或許是因為我們昨天剛把話說開，馮浩並沒有發現我的心情，他就像從前一樣，自然地來找我聊天。

聊天的內容很隨性且自然，大多在說即將到來的田徑比賽，或是其他選手和教練的事。

「兩星期後就要比賽了，妳準備好了嗎？」馮浩一邊擦汗一邊問道，穿著白色上衣的他，背部已經明顯濕了一大片。

現在迴避太過明顯，於是我喝了口水，回答：「老實說，我有點緊張。」

「妳別這麼有壓力，該做的訓練都做了，盡力就好。」他溫煦一笑，也拿起水瓶把水灌進肚。

「你不緊張嗎？」我忍不住好奇。

「如果準備充分，我就不會緊張，但到時候就不知道了。」

「哦——所以你是覺得我準備不足嗎？」我蹙眉，故意說道。

「啊，才不是，妳不要誤會！」他慌張道。

比賽他不緊張，擔心我誤會卻緊張了，這人也真有趣。

「好啦，我知道，你真的別緊張啦。」我忍不住笑道，「每次看到你這樣就覺得特別有趣。」

「有趣？」他皺起眉。

我不禁再次笑出聲來，這情形似曾相識，沒想到他依然還是一樣反應。

我們繼續你一言我一句地聊天，直到休息時間過去。

或許太久沒這樣舒服自在地和馮浩交談，我不自覺忘了答應段章俊的事，以致晚上跟他聊起今天的訓練時，心裡的某一處浮現股難以忽視的愧疚感。

然而儘管如此，內心的另一處卻還是告訴我：我其實沒有做錯任何事。

✣

田徑市賽在七月中舉辦，就在兩個星期後。教練要我們比賽前幾天在家好好休息備戰，因此這幾天的訓練行程被排得比較滿，我大部分的時間都在訓練中度過。

為了不讓段章俊不開心，我每天晚上都要求自己至少跟他多聊幾句。

但比起之前，如今的馬拉松式訓練讓我更加疲憊。早上訓練後，休息幾個小時就開檢討會，然後再繼續訓練。每天回到家洗過澡、吃過飯之後，也已經晚上了。我經常跟段章俊聊不到幾句，眼皮就頻頻垂直落下。

我不讓自己碰到床鋪增加睡意，可後來有一次，我連他的信息都還來不及回覆，就抵擋不了瞌睡蟲直接趴在桌上睡著了，醒來時也已經快天亮。

於是這一週內，我幾乎每天都在向他道歉，生怕他再次燃起怒火。

『對不起，我真的太累，沒辦法再跟你聊天了。你別生氣喔。』

『對不起，我不小心睡著了！』

『對不起，我比賽結束後，一定會好好陪你，我真的撐不住，快睡著了。』

段章俊的態度卻跟從前不太一樣，他不但沒有生氣，反而很諒解我，總說著沒關係。

我心裡因他的善解人意感到欣慰，也變得鬆懈，之後幾天甚至只回覆一兩次訊息，就爬上床睡去。

『回到家了？』

直到馬拉松式訓練結束的那天，我洗好澡後，看見段章俊的訊息。

『嗯，剛洗過澡了，這星期真的好累。接下來終於能好好休息幾天，準備迎戰了。』

我用毛巾擦著頭髮，過了一陣子，訊息再次傳來。『那妳要睡了嗎？』

『等吹乾頭髮後吧。』我拿起吹風機，接上插頭。

才過一秒，手機響起了段章俊的專屬鈴聲，那是我在不久前換上的。

我一愣，緊接著心中一陣狂喜，段章俊鮮少會打電話給我，他擔心我們一聊起來會沒辦法停下、耽誤彼此時間，我明白他的顧慮，然而心裡還是有點不太好受。

我光速接起了電話，欣喜問道：「你怎麼打來了？不是說不想講電話嗎？」

「嗯，因為我總覺得好像很久都沒跟妳聊天。」

我輕笑，「我們不是每天都有傳LINE嗎？」

電話那頭倏地沉靜下來。我的心臟猛地一抽，有股不好的預感正悄然地發酵中。

「怎麼了嗎？」我還是禁不住問道，「怎麼突然不說話？」

「覺苡，我突然覺得我們的距離好像很遠。」手機那頭傳來段章俊那沒有任何溫度的嗓音。

我的心臟驟然停止，喉間也開始乾澀。鏡中的自己漸漸變得模糊，我看見自己一張一合的嘴，似乎想說些什麼，卻發不出聲音……

「我這幾天，每天都在等著妳的訊息，結果才聊幾句，妳就說要睡了。」他頓了頓，接著又說：「因為田徑訓練，我們少了很多時間交談，妳不覺得嗎？……妳怎麼都不說話？」

「我……跟你說過對不起。」我好不容易才吐出這句話，深吸口氣後，再道：「我以為你明白。」然而他說的這些話，就像是想要我放棄田徑。

「我明白啊，因為田徑比賽快到了，所以妳們的訓練時間也拉長。我都明白。」他的語氣裡帶著一絲苦澀，「但我不喜歡這樣，既然已經沒辦法常常見面，我不希望連傳訊息的時間都沒有。」

「……對不起。」我不知道該說什麼，所以只能不停道歉。

「我本來以為談戀愛是輕鬆和開心的事，不過看來並不是這樣。」他再說。

我曾經跟他有一樣想法，也覺得彼此很相像，可為什麼這樣的我們交往之後，卻有如此多的摩擦？為什麼我們就不能像一開始交往那樣，開開心心、又幸福地在一起？

我們就這樣靜默良久，雙方都沒有說話。我們滿腦子肯定都充斥著雜亂的思緒，只是不知道這時候該說什麼，能說什麼。

「我先掛了，妳早點休息吧。」最後，段章俊還是開口了。

「嗯。」而我也反常地，沒有急著向他解釋什麼。

畢竟該說的我都說過了，除了道歉，我已經不知道還能說些什麼來改變現狀。未來，我們還會再遇到現在的情形吧。如果我這次為了他放棄田徑訓練，下一次呢？我也不可能為了要滿足他、讓他開心，而每每犧牲自己想做的事。

當初的他鼓勵過我不放棄自己喜歡的事物……到了這個時候，我突然覺得一切都變得可笑。

我和段章俊再次陷入冷戰。

在家休息的這幾天，他一直沒有找我。

好幾次，我拿起手機在我們LINE的對話框打好想說的文字，卻在準備發送的前一刻當起了縮頭烏龜，直接關屏。

過去我們吵架，我一直費盡心思，煩惱著該做什麼來解決問題。然而這一次……除了悶得發疼的胸口依舊，我不再苦思該怎麼讓段章俊消氣。

我累了。明明跟他在一起才正要滿兩個月，但我們之間的不快，卻如此多。

我從國中就愛上了田徑，雖然討厭曝曬在陽光下，但我卻享受在跑道上奮力奔跑，讓微風撫上臉的感覺。即使在升上高中曾因為競技啦啦隊放棄它，然而教練找上了我，我最終還是加入了田徑隊。不是他很會說服人心，而是因為我心裡其實並不想就這樣離開田徑。

這年將是我最後一次參加田徑比賽，所以我會盡最大努力，為自己畫上一個完美的句點。因為喜歡，所以我希望直到最後，田徑都能成為我心中美好的回憶。

或許我從來沒跟段章俊提過這些吧，他不知道田徑對我來有多重要，所以才會那樣說。要是他知道田徑對我，就如同他看待學業成績，或許就能做到體諒了吧……

心裡這麼安慰著自己，然而我還是不懂為什麼遲遲不告訴他這件事。

看著手機螢幕上停著四天前的聊天記錄，我最後還是鎖起屏，把臉埋進了柔軟的枕頭裡。

陷入冷戰後的時間過得很慢，然而不久後，田徑市賽還是來臨了。

出發前，我看著手機螢幕許久，忍不住發了一則訊息給段章俊。

『我今天要去比賽了。』

就算還沒和解，我還是希望喜歡的人能對我說聲加油。

來到比賽現場，教練帶著選手們來到休息區，提點了我們一些注意事項後，便讓我們自行熱身。

熱身完畢，我拿出手機，發現沒有收到段章俊的回覆……他甚至還沒已讀。我的心漸漸萎縮。

「妳還傻傻以為段章俊是真心喜歡妳的吧？」芮萍的話忽然在我耳邊響起。

我遲遲不告訴段章俊田徑對我的重要性，終歸還是害怕。我害怕就算他知道之後，還是不會體諒我、支持我；害怕……他不理解我；更害怕他其實對我……

「覺苡，妳怎麼了？」

我從悲傷中抽離，抬眼發現馮浩一臉擔憂站在我身邊。我把手機放回背包，搖了搖頭：「沒事。男子組的比賽要開始了嗎？」

馮浩沉默片刻，才點點頭，「差不多了。」

「那你怎麼還在這裡？快去準備啊。」我撐起笑說。

「覺苡。」

我再次抬眸，發現他眼裡的擔憂又夾雜了一絲的心疼。我愣了愣，強忍著不爆發的悲傷瞬間湧上，眼底頓時一陣氤氳。我立即側過身，避開繼續直視他：「你趕快去準備啦。」

「那妳要好好幫我們加油。」馮浩不知從哪裡拿出一張面紙遞過來，笑了笑道。

我怔怔地接過面紙，馮浩不再說什麼，輕輕拍了我的肩膀就轉身離開。

他知道我在不開心，然而卻不追問我到底發生了什麼。從以前到現在，他就是這樣。

這是馮浩的溫柔，他很清楚我不輕易在別人面前露出軟弱，也曉得我從不願意把悲傷表現在臉上，所以他不會追問任何我不想說的事……而我，竟然還一度想遠離這樣的朋友。我到底是怎麼了？

我走到觀眾席，找了個空位坐下。放眼望去，很快就在下方第二條跑道上，看見朝氣蓬勃的馮浩。

馮浩參加的是四百米賽跑，兩個裁判站在跑道的一左一右，分別高舉了旗子和起跑槍。選手擺好預備架勢，緊接著「砰」一聲響起，大家也同時間起跑。

馮浩位居第二，他的步伐、換氣都看似平穩，算是開了一個好頭。不久後，本來領先的第一名呼吸漸漸變得急促，穩定前進的馮浩也在這時超越了他，不過原本的第一名也拚命追得很緊……

「馮浩加油！」我緊張得坐不住，忙站起來為他打氣。

最後的一百米，馮浩加快速度全力衝刺，直接與其他選手拉開距離，直奔終點！

「贏了！」我心裡為馮浩感到高興，也快速離開觀眾席跑向他。

馮浩正走向休息區，他身穿無袖運動服，肩膀寬大結實，經過訓練的手臂肌肉一覽無遺，難怪穿什麼衣服都很好看。此時他視線正好移到我身上，露齒一笑，那笑容在陽光下熠熠發光。

「恭喜你！」走到他面前，我很是興奮：「這下又進全國賽了！」

「嗯，今年我們再一起進全國賽吧。」他拿起毛巾擦汗，我忙不迭地點頭說好。

去年我們也一起進過全國賽，但都沒有拿到名次，因此我希望今年能再進入全國賽拿個名次，為我的田徑生涯畫上完美的句點。

「我也會為妳加油的。」馮浩微笑，「我剛才有聽見妳的加油聲。」

我微微驚訝，「這麼遠都聽見？」

「當然聽見了。」他莞爾，隨即說：「快輪到妳比賽了，有信心嗎？」

「嗯，說好要一起進全國賽的啊。」我笑說，但還是心不在焉地拿出背包裡面的手機瞧。

段章俊還是沒有傳來訊息，這使得我的心再次往下一沉。

「我也相信妳可以的。」馮浩的聲音傳來。

抬眸看向他柔和的眼神，我緩緩點頭。就算沒有段章俊的鼓勵，我也能好好加油……吧？

正值中午時段，夏天的風挾帶著熱氣輕輕拂過，太陽高掛天空，選手們的影子都短短的。

我蹲下再次把鞋帶綁緊，裁判的「預備」也傳進了耳裡，我趕緊擺好起跑動作，耳邊霎時響起馮浩方才的話，眼神禁不住飄向了觀眾席。

剛捕捉到馮浩的身影，「砰」一聲立即響起，我全神貫注奮力奔跑，迅速將百米距離縮短了一半。

然而，我的腦袋卻猛地浮現段章俊的身影，還有那遲遲不回覆的訊息……

——如果我有段章俊的加油和支持，那該有多好？

「覺苡加油！」馮浩的聲音頓時把我拉出思緒。

回過神，我發現本來領先的自己剛被一個短髮女生超越，咬了咬牙，我拚盡全力衝刺，最後比那女生早半秒踩上終點線，得到第一名。

然而，我卻沒有預想中興奮，只是呆呆地站在原地。火熱的太陽照在我身上，我的皮膚開始微微發燙。

「覺苡，恭喜妳。」馮浩不知何時已經走到我的面前，他把手中的水壺和毛巾遞給我，看我愣著不說話，他又道：「不好意思，我看它們就放在妳的背包旁，所以就擅自拿來了。」

我說了句「謝謝」便伸手接過。

「這裡很熱，我們趕快去休息區吧。」他語氣一如既往的溫柔。

我點點頭，沉默跟上他的腳步。抵達休息區，我坐在長椅上，再次拿起背包內的手機，然而螢幕上依然沒有出現我想看到的訊息。

身邊的馮浩似乎早把一切盡收眼底，他忍不住開口：「覺苡，妳真的沒事？」他眉宇出現了一絲皺痕，我還沒回答，他又緊接著問：「為什麼得到第一名，妳看起來卻還是那麼難過？」

他應該早就想問了吧。看著他擔憂的表情，我隱諱地開口：「拿到第一名當然開心，只是我……因為某件事有點心煩。不過沒事的，很快就能解決，你放心。」

他皺著眉，緩緩點了頭，「如果需要幫忙，可以隨時找我。有時候一個人糾結、無法解決的問題，主動求助就能迎刃而解。」他認真地看著我，又說：「雖然妳在大家面前都會露出開朗的一面，但每個人都難免會遇到難過的事，所以……妳不需要一直在大家面前假裝。」

我愣愣地直視著他。其實，我已經好多次在他面前露出脆弱、難堪的那一面。就算我極力擠出微笑，但他就如凱芹一樣，總能看見我眼裡的難過。

「……謝謝你。但我想先自己解決，如果真的需要幫忙，我一定會找你們。」這一次，我不再勉強自己彎起嘴角。

馮浩頷了頷首，唇邊反而勾起了欣慰又放心的淺笑。

晚上，我終於等到了段章俊的訊息。原以為看到後會很開心，但其實並不然。

『聽說妳拿了第一名。』沒有任何表情符號，只有冰冷的幾個字。

視線停駐良久，我思索片刻，最終決定按下撥打鍵。鈴聲響了一陣子，總算被他接起。

「什麼事？」我雖然慶幸是他先開口，然而聽見那冷漠的聲音，我再次覺得心被劃了一刀。

儘管喉嚨乾澀，但我還是努力發出聲音：「我們好幾天都沒聯絡了。你……最近好嗎？」

「就跟之前一樣吧。」他淡淡地說，停頓了數秒，突然反問：「那妳呢？」

這表示他想繼續跟我聊。我鬆了一口氣，回道：「還……可以。」

「妳之後還會有全國賽嗎？」他接著問。

「嗯，就在開學的一個星期後。」

「嗯。」我不明白他這個「嗯」是什麼意思，正思考之際，又聽他開口問：「馮浩也是嗎？」

「……對，他也在男子組四百米獲得第一名，所以也會進入全國賽。」

「喔。」

「妳還傻傻以為段章俊是真心喜歡妳的吧？」這句刺耳的話再度在我耳邊響起。

我明明已經相信段章俊是喜歡我、在乎我的，為什麼還會再次想起芮萍說的話？

「你可以告訴我，你在想些什麼嗎？」我攥緊手機，忍不住問：「你還在生氣嗎？因為我沒空陪你？」

「我已經不生氣了，可是……」這個「可是」，讓我的心彷彿沉入深不見底的大海。「妳之後還會忙著訓練吧？」

「嗯。」我頓了頓，才道：「段章俊，我希望你能體諒我。只要比賽結束，我就不會這麼忙了。」

段章俊沉默著，隨即才說：「好。」

我難以置信，沒想到他輕易就說好。我還是抱著懷疑詢問：「你真的……可以諒解嗎？」

「嗯，我會努力，但妳也不准忘了回覆我的訊息。」

「我絕對不會忘記的！」我不禁笑了笑，又沉默了半晌，說：「段章俊，謝謝你願意體諒我。」

我前幾天在網路上看過一句話：一對情侶需要不停磨合，最終才會走在一起。因為無法成為對方心目中最完美的樣子，所以才會有糾紛。但只要雙方都能體諒對方、接受對方的不完美，那就能夠一直在一起。

我和段章俊此刻經歷的，就是磨合的階段。只要彼此相互喜歡，我們總會捱過這一段。

第八章　釐清關係

高三開學的第一天，我剛抵達學校就迅速跑向佈告欄。靛夏的分班制度很特別，每個新學年都會依照類組和最後一次段考的成績，重新編排學生班級。不過因為我待的類組只有三個班級，所以應該不會遇到不熟悉的同學。

看著上頭班級分派的名單，我很快找到自己的名字。

凱芹的聲音忽然從後頭傳來，同時間，我的脖子也被她勾住。「冼覺苡，我們又同班啦！而且班上大部分同學都是我們高二班級的成員。」

「太好了。」我鬆了一口氣，「而且還是在二班。」

「覺苡，馮浩也在二班欸。」凱芹指著名單上的名字，「不過段章俊還是在一班。」

我一愣。二班的名單底下，確實有馮浩的名字。沒想到在這最後一年，好朋友們都跟我團聚了。

我好奇地把視線移到一班名單。除了段章俊，還有好幾個熟悉的名字也列在上頭。

「妳之前那幫朋友還是在一班。」凱芹也發現了。

我點頭，心湖平靜得很，已經不像從前般渾身不自在了。畢竟有些人，注定只會在你的生活停留片刻；而適合你的朋友，會一直留在你身邊。「走吧，我們趕快去選個好座位。」

走往教室的路上，我這才注意到凱芹的頭髮剪得更短一些，臉色也更紅潤，看起來精神奕奕。

「欸，暑假妳都在幹些什麼？」我好奇地問，「都沒怎麼跟我聯絡。」不過得知我田徑賽獲得第一名之後，她還是馬上傳來道賀訊息。

「就打打球和耍廢啊。」她笑道，「我知道妳忙著訓練，就不煩妳了，反正開學還會見到嘛。」

我托著下巴，挑眉道：「可是，感覺妳好像遇到什麼好事。」

「有嗎？」她奇怪地反問。

「妳現在整個人容光煥發，跟段考前的妳根本是兩個模樣。」

「喔，那個時候喔。」她的眼神眺望起遠方，彷彿那裡有什麼吸引她的目光。而她那本來平靜如水的眼眸，也泛起了一陣波瀾……不過，她隨即回神笑道：「現在低潮過了，當然容光煥發啦。」

「欸，妳之前跟我說，暑假會跟段章俊出去玩吧？如何？開心嗎？」她急轉了話題，曖昧一笑。

「是有一起出去啦……」重提這件事，我的心有點悶悶的。

「看來你們暑假過得不錯嘛。」

憶起暑假時發生的不快，我不自覺一嘆，「也沒有……其實暑假發生了超多事。」

凱芹愣了愣，似乎聽出端倪，「怎麼說？」

我把段章俊吃馮浩醋的事告訴她，這時我們也抵達教室，選定好座位後，凱芹又問：「這樣很好啊，吃醋不就表示在乎妳嗎？」

「所以妳也覺得他是喜歡我，才會吃醋對吧？」我確認似地問。

「這不是當然的嗎？」凱芹奇怪地反問。

「確實是。」我安心地笑笑，果然是自己多想。再思考了會，決定向凱芹坦承：「不過我不想失去馮浩這個朋友。」

「嗯，可是，就算你們清清白白，男朋友會介意一點都不奇怪，更別說馮浩還喜歡妳。」凱芹手肘抵在桌上，手掌托著下巴：「我覺得稍微拉開距離會好一些。不是要你們絕交，只要別太常走在一起就好。」

我點點頭，接著想起了我們因為訓練而產生的摩擦，於是把這些心裡的委屈一一道出。

凱芹聽完後臉色微變，「他竟然這樣就生氣？之前不是也因為要讀書沒時間陪妳嗎？」

「是這樣沒錯……」我的聲音不自覺變得微弱。

「他可以這樣，妳就不能？」凱芹眉頭微皺，明顯有些不高興，「剛才吃醋的點我可以理解，但他的這個行為我就沒辦法認同了。」

明明覺得委屈，不過聽凱芹這麼說，我卻沒辦法開心，「會不會……是我沒跟他說清楚田徑對我來說有多重要？可能我說了後……他就會理解了。」

「是嗎？那妳怎麼不說清楚？」凱芹雙手抱胸盯著我。我別過視線，不自在地拿起水瓶喝水。

凱芹察覺我明顯的迴避，也沒想要逼我回答，她嘆口氣，眼神釋出一絲心疼，「唉，真沒想到妳暑假發生這麼多事。怎麼都不告訴我啊？」

得知還有個人會為我的遭遇感到不捨，我的眼眶一酸，「我……」

「覺苡？」馮浩的聲音倏地從教室外傳了進來。

因為這聲叫喚，本來差點落下的眼淚頓時被我逼了回去。我微笑著對門口的馮浩招手，他緩緩地走來，拉開我後座的椅子坐下。

「沒想到我們今年同班。」他笑說，看了眼坐在我旁邊的凱芹，揚起微笑：「妳好，我是馮浩。」

凱芹點了點頭，酷酷地說：「你好，可以叫我凱芹，我是覺苡的好朋友。」

「我們見過好幾次了，我時常看見妳們走在一起。妳是籃球隊的吧？」他們確實打過幾次照面，但我一直沒好好介紹讓他們認識。

「你怎麼知道？」凱芹好奇地問。

「聽過籃球隊的男生討論過妳。」

聞言，凱芹皺起眉，「討論我？都討論些什麼？」

馮浩淺淺一笑，「別擔心，都是好的事。」

「是喔？」凱芹不以為意，「不是說我自以為是喔？」

「當然不是。」

沒想到馮浩和凱芹這麼自然地聊了起來，直接把我晾在一旁。看見本來不相識的兩個好友互動融洽，有機會變成朋友，這種感覺挺奇妙的，心裡也覺得開心。

「那你會不會打籃球？」凱芹問馮浩。

「會一點，不過跟籃球隊的隊員比的話，應該算爛吧。」馮浩尷尬一笑。

凱芹一臉無所謂：「那有什麼關係？多打就會了。現在我們同班，以後會有機會一起打球的。」

「欸，你們怎麼自己聊起來了？是想忽略我嗎？」我佯裝不高興地說。

馮浩聞聲，似乎有些慌了，「呃，沒有啊，怎麼可能？」

「嘖，別理她。」

「凱芹，妳好過分！」我扁起嘴，裝起委屈。

「好了啦，妳不適合這種表情。」凱芹還是毫不留情。

「妳……竟然跟班上的同學一樣！怎麼可以這樣對我！」我指著她喊。

「戲、精，妳是假期看太多劇了吧？」凱芹又嫌棄地擺擺手。

馮浩忍不住笑出聲來，似乎覺得我們的互動很有意思：「妳們真的很要好。」

「這哪是好了？」我和凱芹很有默契，異口同聲。

馮浩再次一笑。受到他笑容的感染，我們三人哈哈大笑，接著興致盎然地聊起天，稍早和凱芹談論的沉重話題，似乎根本沒存在過。

上課鐘聲響起，我們討論著誰會成為我們的新班導，一個人影正好出現在教室門口。

「黃一良老師？」班上的同學紛紛覺得驚喜，黃老師像往常般掛著笑臉走進來，站到講臺上。

「幸好我不是看到失望的表情。」他笑著說出第一句話，也霎時引來了一波笑聲。

「各位同學好，我是高三二班今年的班導，黃一良。」黃老師講話時，我注意到他換了副眼鏡，從之前細長的方形小鏡框，換成現在半橢圓狀的時髦款式，為他增添一絲年輕的氣息。

「我看到很多熟悉的面孔喔，相信大部分同學都認識我了吧？」他微微一笑。

然而班上男同學很不配合地說：「不，我們不認識！」

黃老師充耳不聞，繼續笑著說：「你們的暑假都過得怎麼樣？還開心嗎？」

「爽爆了！」「每天都能去打球，爸爸媽媽都不會說什麼，暑假就是爽！」

「我每天都要去店裡幫我媽，好累喔，還是開學好點。」

「我每天都在看劇，都看了整十五部劇了！」……

我很喜歡班上此刻的氛圍，喜歡大家七嘴八舌地分享暑假的事，氣氛歡暢不已，能暫且讓我忘記一切不愉快。

「冼覺苡，那妳呢？妳暑假是怎麼過的？」黃老師突然點了我的名字。高二時的導師時間，他偶爾也會點個同學分享課外的事。

「我的暑假幾乎都在忙田徑訓練和比賽，還有社團活動。我也想看劇，只是整個暑假，總共也才看了兩部。」

「那妳看了什麼劇？好看嗎？」沒想到黃老師竟然對電視劇感到好奇。

聊起了戲劇，我的興致也來了，「有一部超好看的！叫做《愛的再見》，我幾乎每一集都在哭。」

「喔喔，那部我有看，也看到哭了。」顏庭宇認同地點頭。

「對吧對吧？超感人吧！」我的視線回到黃老師身上，繼續推坑，「老師一定要去看！超級好看！」

黃一良笑笑，「這部我有聽說過，也看了一集。」

我更加激動，不自覺提高聲量：「老師你真的看了？那你覺得怎樣？是不是超好看的？你看到哪了？第一集是不是那個……」

「冼覺苡，妳好吵啊。」佩璇捂著耳朵皺眉打斷我。

「對啊，妳別吵。聲量還那麼大，我的耳朵快聾了。」班上的同學也紛紛叫我閉嘴。

「你們才別吵。」我不予理會，又看向老師繼續說：「老師，那個第一集……」

「等等，先聽我說完。我看過一集覺得不好看，就棄劇了。」黃老師笑道。

「什麼？哪裡不好看？老師，看劇要有耐心，可能你一開始還沒適應，不知道在講什麼，所以才覺得不好看。相信我，接著看下去，一定會看到超好看的地方。對吧，顏庭宇？」我還轉向顏庭宇尋求認同。「老師，你看顏庭宇一個男生都可以看到哭，就知道有多好看了。」我連珠炮似地說了好多。

待我總算告一段落後，黃老師輕輕一笑點頭：「好，我會看下去，妳還是像之前那樣吵啊。勸妳還是安靜一下，妳有看到其他同學的眼神嗎？」

我環視四周，發現同學們都皺著眉，眼神像是想把我大卸八塊，我聳肩笑了笑，直接扮了個鬼臉。你們又能拿我怎樣？

突然想起什麼，我看向黃老師：「等等老師，你剛才說我還是像之前那樣吵，我哪裡吵了？班上的其他同學更吵吧？他們每次聊天都會突然吵架，我都快被煩死——」

「誰說沒有？特別是之前飆髒話的時候，也完全不會控制聲量。」「妳真的吵死了。」「喋喋不休的時候最可怕。」……班上的同學沒等我把話說完，都紛紛回懟。

「欸！」我不滿地叫了一聲。

全班登時哄堂大笑，包含我旁邊的凱芹，還有身後的馮浩。我也太慘了吧。

黃老師對我們自行決定的座位沒有異議，而凱芹和馮浩似乎還有說不完的話題，一到下課時間，凱芹直接把椅子轉向後面，開始侃侃而談。

「冼覺苡，今天輪到妳值日擦黑板。」衛生股長站起來對我說，他被大家拖下水，再次續任。看我無動於衷，他又道：「愣著幹嘛？還不去？」

我站起來白了他一眼，但還是規規矩矩地走到黑板前。「我很久沒罵髒話了，現在特別想罵。」衛生股長聳肩得意地笑，我凶狠地斜睨他一眼，才轉身拿起板擦。

「冼覺苡，先不要擦！我還沒抄好！」顏庭宇突然喊道。

我轉頭瞄他一眼。他雖然嘴上說要抄，但根本沒有拿筆，筆記本甚至還是闔上的，見狀的我忍不住脫口而出：「你在抄什麼？是用隱形筆抄在隱形筆記本上嗎？」

「我現在就抄啊！」顏庭宇笑著把筆記本打開。

我忍住對他飆髒話的衝動，深深吸口氣，緩慢走到他的面前。

「妳想幹嘛？」顏庭宇雙手護著胸前，上下打量我。

「想、巴、你。」然後，我的手狠狠地朝他的後腦杓巴下去。

班上頓時爆出響亮笑聲，有的同學忍不住揶揄起他，說他活該，有的對我豎起拇指，說我做得好。回座位路上，只見後座的馮浩正似笑非笑地看著我，我這才想起他現在跟我同班，忽然難為情了起來。

「覺苡感謝妳，我老早想打他了。」坐在我前兩排的佩璇也對我眨了眨眼。

「覺苡，幹得好啊！」凱芹竟還笑得拍起大腿，絲毫不曉得我現在有多尷尬。

馮浩沒看過我跟班上的同學相處，他肯定嚇著了吧。

我懊惱地搔搔頭，剛在座位上坐好，卻忽然被身後的他喚了一聲：「覺苡。」

我轉過身，微笑著，依然有點尷尬：「怎麼了嗎？」

「其實我剛才也還沒抄好。」馮浩搔了下臉頰，不好意思地笑笑，「不過我希望妳不要打我。」

被他這麼一說，尷尬感頓時消失，我站了起來，雙手插起腰，「吼，馮浩！你竟然也這樣！」

馮浩表情微驚，隨即笑了出來。所以他是在開我玩笑？

這時，某個同學的聲音傳來：「冼覺苡，妳男朋友來找妳啦！」

我愣了愣，轉頭看見段章俊倚靠在門邊的身影，我難掩內心喜悅，快步走到教室外。「你來啦？」

多日不見，段章俊似乎比暑假見面時長高了些。我以為見到面後，他會像以往一樣對我露出燦笑，然而此刻，他目光冷峻，身上散發著「不准靠近我」的氣息，讓我登時僵直背。他又怎麼了？

段章俊直接牽起我的手，一路不說話地把我帶到教學樓後面的大樹下。不過這次，他沒有像之前般坐下，而是站到我的面前，接著鬆開我的手。

「你……心情不好？」我端詳著他的臉，小心地推測，「怎麼了嗎？」

「馮浩跟妳同班，妳很開心嗎？」他的話語彷彿覆上了一層冰，我隱隱感受到寒氣，為之一愣。他顯然看見我和馮浩方才的互動了。

「你又吃醋了？」我問。

「是。」沒想到他這次那麼直接地承認。

我默默在心裡嘆氣。不知為何，這次得知他吃醋，我沒有從前那樣開心，反而覺得有些無力。

「我跟他真的沒什麼。」

段章俊盯著我，冷言道：「妳之前答應我不會再靠近他的。而且，我也知道他喜歡你。」

我蹙起眉，「他坐在我的後面，我總不可能不理他吧？這樣氣氛會很難堪。至於你說他喜歡我……那又怎樣？我根本不喜歡他，我們只是好朋……」

「所以妳早就知道了？」段章俊打斷我，語氣充滿怒火，「為什麼從沒聽妳說過？」

「我擔心你知道後，就會像現在這樣。」我露出一抹苦澀的笑，「沒想到還真的讓我料中了。」

「所以妳打算一直都不跟我說？要不是聽楊妮希提到這事，我永遠不會知道。」他側過身，白皙的臉似乎因為怒氣而染上了一點紅。

「好，那我也有事問你。」聽到妮希的名字，我的腦袋頓時滑過那天在書店的對話，一波莫名的氣湧上，我直接質問：「聽說你跟朋友打賭，才跟我在一起。這是真的嗎？」

聞語，他微乎其微怔了一下，「妳聽誰說的？」

「誰說的並不重要，我只想知道這是不是真的。」

他轉過頭望向我，伸手握住了我的手，「我是喜歡妳的。」

我愣了愣，隨即露出苦笑，「這好像是第一次聽見你說喜歡我。之前看到你吃醋，我也相信你是喜歡我的。但你知道嗎？」我試圖揚起一抹更好看的笑容，儘管心早已經涼了一大截，「你沒有正面回答我的問題……你為什麼不否認？所以……真的是那樣？」

段章俊搖頭，「覺苡，不是的，雖然之前……可是我現在是真的喜歡妳……」

「為什麼是我？」心臟被大力掐緊，「如果只是想要談戀愛，你應該有更多選擇，為什麼要選我？」

段章俊沉默了。過了好久，他閉上雙眼，緩緩道：「因為妳對我來說是特別的。那個時候，如果硬要找一個交往對象，我只想到妳。」

我曾因為他說的特別，而感到非常開心。但知道他抱著這樣的心態跟我交往，我真的難以接受……「然後又碰巧遇上我的脫單二選一，所以你順勢報名上臺。」我幫他接完後面的話。

所以，他才會在文娛晚宴前來跟我說話，讓我有份期待，我才可能在脫單二選一時選擇他——一切都在他計劃之中。而我就這樣被他耍著玩，還自以為他也一樣喜歡我。

難怪之前的他完全不會吃醋，也不阻止我跟馮浩來往；兩人獨處的時候，也就只有我一個人緊張得沒辦法好好說話……我頓時恍然大悟。

那是因為，他那時候根本不喜歡我。

段章俊眉頭縮得極緊，「覺苡，就算我當時還沒喜歡妳，但我現在真的——」

「覺苡！」

「快打鐘了，我們先回去吧，下次再說。」我徑自打斷他，頭也不回地離開。

我停下腳步，啞著聲開口：「回班吧。」但才走了幾步，我還是不爭氣地掉下一滴淚。

時間飛快，一星期後就是全國賽了。本校今年參加全國賽的選手，只有我和馮浩兩人，加上我們訓練時間幾乎相同，又在同間教室上課，因此我這兩週最常見到的人就是他。

至於段章俊，自從那天再度不歡而散後，他曾來班上找我幾次，而我都選擇避而不見，訊息也不回。我真的不知該如何面對狠狠傷過自己的人——結果到了高三這個年紀，我還是沒有一點長進，依然繼續不停地逃避。

難道也跟妮希她們那樣，我要過了很久很久，才能好好面對段章俊嗎？

這天放學，我和馮浩準備一起前去訓練，卻在路上，被突然出現的段章俊擋住了去路。

他看馮浩時的神情冷漠，然而當視線移向我時，表情卻轉瞬間變得柔和。「覺苡，我們談一談吧。」他的語氣滿是祈求。

「那我先走了。」馮浩識相地說。

然而他才跨出一步，段章俊卻突然叫住他：「馮浩，你等一下。」

「怎麼了嗎？」馮浩轉過頭，狐疑地問。

我的心裡泛起一絲不好的預感，輕輕推了推馮浩的手臂，「你先去吧，跟教練說我會晚點到。」

段章俊忽然走到馮浩面前不放行。我皺起眉頭，不悅地開口：「段章俊，你想幹什麼？」

「馮浩，冼覺苡是我的女朋友。」段章俊充耳不聞，淡漠地看著馮浩，「不要打她的主意。」

馮浩愣了愣，隨即解釋：「我想你誤會了，我沒有打她的主意，我只是——」

馮浩的語音未落，就被我打斷。「段章俊你到底在說什麼？馮浩根本沒有這麼做！」我滿腹無奈地望著段章俊，他怎麼能這樣對馮浩說話？

「我跟妳說過，不要跟他走得這麼近。」段章俊冷眼看我，接著再看向馮浩，「不管有沒有打她的主意，都不准靠近她。」他的語氣充滿了警告。

馮浩正想說些什麼，我再次捷足先登：「馮浩，你不要理他說的，先去訓練。」我推著他說道。

馮浩皺起了眉，表情盡是愧疚，「可是……」

我板起了臉。「我會處理，你不要介意，趕快去。」

馮浩覷了段章俊一眼，點點頭，旋身走了幾步，還是忍不住回頭說話：「段章俊，就算你不相信我，也該相信覺苡吧。她是你的女朋友。」

段章俊抿唇不語，我則等到馮浩的腳步遠去，才緩緩開口：「我跟馮浩只是因為要去同樣的地方，才走在一起，並沒有刻意走得近。我們現在還是同班同學，總不能直接跟他撕破臉。這樣身邊的人會很難做人。」

段章俊走前來，大掌包覆上我的，溫聲道：「覺苡，我不是不讓你們來往，但畢竟他喜歡妳……」

「……」明明從前的我會因為這樣的舉動而悸動不已，但是此刻，我竟然毫無感覺。原來被傷過的心，會慢慢失去溫度。

「覺苡，妳怎麼不說話？」段章俊神色有些不安，「妳是不是還在生氣我之前明明不喜歡妳，卻跟妳交往？覺苡，我們不要想以前，只想現在好嗎？只要我現在喜歡妳就夠了。」

「覺苡，妳可以原諒我嗎？」此時的段章俊，就像一隻可憐的小動物看著我，「覺苡，我真的很喜歡妳，妳不要再生氣了，好嗎？」說著，他把我拉進了懷裡，我的臉靠上他的胸膛，眼淚頓時如傾盆大雨般落下，濕透了他的制服。

明明上次是他在我心上劃下一刀，是他傷透我的心，但現在的我卻因為他的溫柔與央求，輕易瓦解了武裝。意識到這點，我覺得自己好卑微……我寧可捧著不斷淌血的心，就算血流如注也不要緊，只要他還在。我還是眷戀他的擁抱、他身上的味道，我還是，好喜歡好喜歡他……

我可以不在意他從前不喜歡我，只要現在喜歡我就足矣。然而，我們誰又能確定這次和好後，還會不會再因為馮浩、或因為我沒時間陪他而吵架呢？我抽離他的懷抱，拋給他這個疑問。

他愣了好半晌，才回答：「現在先不要說這個，好嗎？」

我搖搖頭，把眼淚給擦掉，啞著聲音說出真心話：「我們早就該解決這個問題了。就算我原諒你，跟你和好了，你之後還會再像剛才那樣，為了馮浩生氣。而我最近也因為訓練，不能太常陪你。這樣你能完全不在意嗎？我真的不喜歡吵架，更不想要我們一直吵架。」

「我也不想。」段章俊幽幽道，微微別過了視線，「但我每次看到妳跟馮浩走在一起，又或者很晚才回覆我的訊息，我真的沒辦法控制自己的脾氣。」

我沉默良久，才苦笑：「我喜歡你，所以可以體諒你許多事：你要準備考試所以不能見面，我不開心卻還是接受了；你不喜歡直言的我，但我因為喜歡你，所以為了你改變。」

我頓了頓，反問起他：「可是你為什麼不能體諒我為了準備田徑比賽，沒時間陪你？為什麼就不能相信，我和馮浩只是單純的好朋友？」

段章俊聞言，皺著眉似乎想反駁什麼，卻什麼話也沒說出口。看見這樣的他，我感到很失望。他對我的喜歡，並沒有我想像中深，所以沒辦法像我一樣，能體諒對方的一切不完美。

我此刻才意識到，戀愛不是單方面的付出，就能夠幸福快樂。不管我做了什麼，如果沒有得到對方相等的對待，時間久了，仍會覺得身心疲憊。

吸了吸鼻子，我看著段章俊：「我們暫時不要見面吧。」

段章俊驚訝著，著急地問：「為什麼？」

「我要想想我們該怎麼繼續走下去。」我心上的那道傷，似乎在今天過後變得更深了。

隔天下課，凱芹忽然點了點我的肩膀。「欸，妳還好吧？」

「嗯。」我趴在桌上隨口回應。

班上的同學其實都非常清楚，最近幾天我都不斷迴避段章俊，只要他在下課出現，我都會找各種理由拒絕會面，怎麼都不肯見他，讓他打退堂鼓。

或許見凱芹沒開口詢問，所以其他同學都不敢多語。然而如今，凱芹似乎也看不下去，前來關心。

凱芹也學起我趴在桌上。與我對上視線後，單刀直入地問：「這次又吵什麼？」

我的臉貼在桌面，也看向凱芹，「……凱芹，我累了。」

凱芹滿臉詫異，頓時坐起身，「怎麼回事？走吧，我們出去談。」

「我不要——」

「走啦，由不得妳。」她直接抓起我的手臂，把我硬拖出了教室。

「說，怎麼回事？」凱芹把我帶到樓梯下的陰暗小空間，劈頭就問。「累了是什麼意思？」

「我覺得戀愛好累，還是說……只有我的戀愛特別累？」我提不起勁，只是反問她。

凱芹盯著我，表情有些複雜，最後輕輕一嘆。她突然席地而坐，也要我坐下。

黑暗中，有絲外來光線藉由牆邊縫隙鑽了進來，落在我們的制服裙上。我們就這樣坐著沉默良久，直到再次傳來凱芹的嘆氣聲，她才接著說：「妳還記得上個學期，我有段時間很失落吧？」

我點點頭，「我問過妳，那時妳什麼也不想說。」

她轉頭看我，淺淺一笑，「沒錯，我現在可以告訴妳了。」

我雙眼睜大，「……現在嗎？」

「嗯。」她點頭，視線像是落在了遠方，「我那時失戀了。」

「……失戀？」我感到震驚，隨即激動地抓著她的手：「失什麼戀？妳什麼時候跟別人交往了？」

「沒有交往，我們互相喜歡，但沒有在一起。」她的語氣雲淡風輕，彷彿只是吐露芝麻般的小事。

「為什麼互相喜歡卻沒有在一起？」我不明所以，然而凱芹卻一臉正經地望過來，我的心跳不自覺加速。她之前到底經歷了什麼？

「不知道妳聽了會怎麼想，但因為妳是我最好的朋友，所以我想讓妳知道……」凱芹深深地吸了很大一口氣，才緩緩道：「我喜歡女生。」

突如其來的五個字讓我愣了半晌，然而，我並沒有過於驚訝。

她喜歡女生的話……那一切就說得通了。這也是為什麼認識她以來，即使她與所有男生都非常要好，卻沒看出他們之間有任何火花。

「妳怎麼沒反應？這樣我很受傷耶。妳該不會是怕了我，想遠離我吧？」凱芹有些慌張。

「遠離妳的頭，我只是在想，這樣就合理了，因為感覺妳就看不上哪個男生啊。」我笑著敲了她的頭，「欸不對，我記得妳說過黃一良老師很帥，是妳的菜啊！」

「啊，這個……」她面露懊惱，「其實這麼說是有原因的。」

我一怔，「什麼原因？」

「因為我想……」她突然停頓，才有些彆扭地說：「讓她吃醋。」

「她？這個她是我們班的同學？」我震驚地瞠大眼眸。

凱芹沒有回答我，而是嘆了長長的氣：「不管她是誰，反正最後我還是失戀了。那時因為還沒準備好告訴任何人我的性向，才沒告訴妳。」

我握住她的手，用責怪的語氣說：「妳很笨，竟然一個人承受這些。」

她彎起了嘴角，「沒事，反正我也走出來了。」

「我之前有那麼多流言蜚語，妳還是願意跟我交朋友，妳應該知道我特別珍惜妳吧？根本不需擔心我會因為這樣遠離妳啊。」我一臉不高興。

「但要坦誠自己喜歡同性，這真的不簡單。」凱芹微微垂下頭。

「那……為什麼現在突然願意告訴我？」我好奇地問。

「因為我覺得現在的妳……跟當時的我很像，我不想妳這麼痛苦。」凱芹望著我，眼底流露出心疼與關心。「我和那個女生都喜歡對方，所以我一直覺得總有一天能在一起，但是……」

她頓了頓，眼神變得有些落寞，「我們都等不到那天。而那段時間裡，我們都過得很痛苦，特別是她。她知道父母肯定不會接受我們，心裡一直有龐大的壓力，導致心情常常很不穩定，頻頻跟我吵架。」

「就像你們，總為了一樣的事吵過好幾次。最後……」凱芹微微垂頭，啞著聲說：「她不想繼續等待，而我也早就因為常吵架覺得身心疲累，所以我們最後還是選擇了放手。」

她吸了吸鼻子，一臉認真地看向我，「覺苡，我不是鼓勵妳分手，但我覺得……我們好像都在談一段不快樂的戀愛。啊不對，我這段根本也稱不上戀愛吧。」她苦澀地笑，「放手的決定確實難過，但現在的我一點都不後悔當時的決定。如果沒有這麼做，我們兩個現在都還陷在難過之中吧。老實說，我們之前根本沒想過放手後，反而會更快樂。」

「妳和段章俊交往快五個月了，妳快樂的時間，會比難過的時候多嗎？」凱芹問我，又皺眉道：「以旁觀者的角度來看，我會說，跟段章俊交往之前的妳更快樂。而我身為妳的朋友，當然希望看見開開心心的妳。」

她說最後一句話時，我的視線早已變得模糊不堪。凱芹靠過來抱住我，並輕輕拍了我的後背。

「凱芹，我……真的很不快樂。」語音剛落，我的眼淚便開始掉個不停。

跟段章俊交往後，除了一開始的興奮和甜蜜，接下來因為發生許多次的不愉快，讓我大部分時間都陷入低潮。

一次又一次的衝突與不歡而散，讓我從此變得小心翼翼，很在乎他的感受，只希望他快樂——我以為只要看見他的笑容，我就會覺得開心。然而這段日子裡，只有我清楚知道，我真的很不快樂。

與凱芹聊過心事後，我們本來打算直接回班，可凱芹卻突然把我拉到廁所去。「先洗個臉吧。」她幫我按下水龍頭。

我看向鏡中紅腫的雙眼，不禁苦苦一笑。

朝水柱伸出手，冰涼落入了掌心，我彎下腰，朝臉上潑水。

「不管妳決定怎樣，我都會陪妳一起面對。」凱芹的聲音從旁邊傳來。

我再次哽咽，只好加快手上速度，不停地潑水到臉上，好掩飾那不受控掉下的眼淚……

恢復冷靜後，我們回到班上，佩璇忙不迭地跑上前：「覺苡，段章俊來找過妳，他才剛離開，妳現在追出去應該還來得及見到他。」

「好，謝謝妳。」我牽起了嘴角，坐回我的座位。

「不去嗎？」佩璇奇怪地看著我，「妳這樣也好幾天了，你們是不是……」

「佩璇，班長在叫妳。」馮浩的聲音忽然響起。

「嗯，對，班長叫妳了。」凱芹也點頭附和。

只見站在黑板前的班長眼神閃過一抹錯愕，但視線飄過來時，轉瞬露出恍然大悟的表情。他點點頭，立即隨意找件事給佩璇做。

凱芹對我眨眼一笑，我心領神會地勾起唇角。偏頭看向馮浩，他正在寫作業，看起來很專心。

不管他是不是刻意的，我心裡依然非常感激。我跟班上同學交情都不錯，然而有關感情的私事，我只願意告知要好的朋友，其他人的關心與詢問，只會讓我感到很不自在。

放學後，我到廁所換好運動服，準備回班上拿書包。途中，正好看見黃一良老師拿著課本迎面而來，我禮貌地向他打招呼。就在我欲擦身而過的當下，他卻叫住了我。

我停在原地，「老師，有什麼事嗎？」

「妳要去田徑訓練了嗎？」黃老師反問道，我點點頭，他接著問：「那我可以跟妳聊聊嗎？還是妳快遲到了？」從黃老師毫無變化的表情，我猜不透他想說什麼。

「我還有半個小時才開始訓練。」

黃老師放心地笑笑，「那就好。」他領著我走了幾步，指向某間教室：「這裡沒人，我們進去坐坐吧。」

我們走進了教室。我隨便在一個座位坐下，他拉了一張椅子坐到我的面前，也不拐彎抹角了：「我最近注意到妳在班上稍微安靜些。是不是發生什麼事？」

我的心一怔，沒料到連黃老師都察覺了。靜默片刻後，我回答：「是發生了一些事，不過老師放心，這不會影響我在課堂上的表現。」

黃老師似乎不滿意我的回答，輕輕搖了頭，「我想說的不是這個。」他頓了頓，關切地說：「如果有什麼事解決不了，可以放心來找老師談。妳現在的轉變讓大家都很擔心。」

我的雙眼微微睜大，「大家？老師的意思是……」

「班上的同學都很擔心，但不敢直接問妳，所以就拜託我了。」

望著黃老師，我抿唇不語，心裡湧起一絲慚愧。或許這一次，我真的累了，沒辦法像從前般，把所有的悲傷都藏在心底，讓大家看見總是露出笑容的自己。我似乎已經失去偽裝的能力。

「我們都希望妳能趕快度過低潮，回到原本的樣子。」黃老師停頓片刻，忽然笑出聲：「看吧，大家挺喜歡看妳吵吵鬧鬧。」

聞聲，我不禁笑了出來，「明明他們老是嫌棄。」

沉寂良久，我再次彎起嘴角：「謝謝老師關心，我只是最近跟男朋友……有點摩擦，我無法透露太多……但我會盡快振作起來的。」

黃老師理解地點頭，「老師和學生本來就有一道隱形牆，所以我可以理解妳不會輕易向我說出煩惱。不過，青春期的你們才剛接觸戀愛，或許還是一知半解，也常感到迷茫，所以如果妳真的非常煩惱，向大人訴苦及請教也是不錯的選擇。雖說，我也稱不上很有經驗就是。」黃老師笑著，有些不好意思，「但我絕對不會說出去，妳可以放心。」

我默默點頭，禁不住好奇地問：「那老師青春期時也談過戀愛嗎？」

「嗯，不過當時的老師及雙方家長都非常反對，說高中時期談戀愛會大大影響課業，結果我們被迫分手。」黃老師真的不避諱地分享了他的過去。

「那真的太可惜了。」

「是啊……」黃老師的眼神向著教室某處聚焦，「我們根本來不及證明談戀愛不會影響學業，她就被父母逼迫轉學，那時手機還不流行，我就這樣失去她的消息。」

「我們曾經想像過，如果世界上有一所戀愛自由的學校就好了。老師不但不反對學生談戀愛，更支持著他們，把戀愛變成另類的學習動力。」

我怔怔然。戀愛成為學習動力，不就是我們創校人沈馨說過的話嗎？

「老師，你說的不就是靛夏嗎？」我的心裡也在這時浮現了一個大膽猜測，「該不會老師當時交往的對象，是我們學校……」

黃老師笑而不語。盯著他那意味深長的笑臉，我頓時說不出話來。

「覺苡，」黃老師看著被風吹起的窗簾，語重心長地說：「戀愛雖然會讓我們變成更好的人，成為我們學習的動力；但反之，一段不健康的戀愛，只會讓我們更負面，並失去生活的一切動力。」

我不斷思索著黃老師最後的話，回到了教室，裡頭只剩馮浩一人，他坐在座位上寫作業，一看到我進來，他微微一笑，迅速把作業收進書包，走到我的身旁。「走吧。」

和他一起走出教室後，我開口：「其實你不用每次都等我。」

「反正我們目的地一樣，等妳花不了我多少時間，我可以先寫作業。」他的臉上始終掛著笑容。見我依然不發一語，他神情變得緊張，「我是不是讓妳……」他沒有把話說完，而是靜靜待在原地，遲遲沒有跟上我的步伐。

我知道他在想什麼，便轉過身：「我沒有困擾。只是不好意思讓你等我。剛才我還跟黃老師小聊一陣子，你應該等很久了吧。」

他緩緩地走前來，突然認真地說：「那天段章俊說過那些話之後，我思考了很久。」他頓了頓，表情有些難過，「如果我真的成了你們吵架的原因……」

「不關你的事。」我不等他把話說完，就忍不住打斷他，「你什麼都不用做，也不要理會。」

「可是……」

「馮浩。」我嘆了一口氣，「這樣就好，什麼都不要做，好嗎？」

馮浩依然擰著眉，他的臉上雖然多了一絲擔心，但還是點頭：「好。」

我們安靜地走了一段路後，馮浩再次再次開口。「覺苡，妳還好嗎？」

我的腳步沒停下，也沒有轉頭看他，只是點了點頭。

「……抱歉。」他突然道歉。

我不解地看向他，「你幹嘛突然道歉？」

「不管我問妳有沒有事，又或是還好嗎，妳都一定回答『沒事』、『很好』，我早就知道了，一時忘了不該這樣問。」他輕輕說著，俊秀的面容掛著擔憂，「所以我現在換個方式問妳吧。」

我一愣。不太明白他到底想說什麼。

「等下不管我問什麼，妳回答我『是』或『不是』就好。」他表情正經，嗓音輕柔。

我腦袋還來不及思考，身體就欲先給了反應，我點點頭。

「妳最近是因為訓練太頻密，所以才看起來特別疲憊嗎？」

「不是。」我認真地回答了。

「那是因為社團活動？」

「不是。」

「那是因為……段章俊？」

「……是。」

他陷入了沉默。面對突如其來的沉靜，我才終於清醒過來，自己竟然老實回答了他的問題。

我思緒紊亂，抬頭看他時，就算他什麼也不說，眉宇間的擔心仍顯而易見。

之前馮浩就算發現我心情不好，儘管會擔心，但因為我不輕易露出脆弱，所以他才不多過問，這是他的體貼和溫柔。

而我到今天才發現，只要他繼續追問，我也會輕易說出心裡的一切。

原來除了凱芹，面對馮浩，我也沒辦法隱瞞。

我內心似乎對他們有一定的信任。從他們的話語和各種神情舉止，也能完全感受到他們的擔憂，以及想要我快樂的心情。

「覺苡，愛情方面的問題，我知道自己幫不了妳，也不方便插手，但是……」馮浩的嗓音柔和，「只要妳需要有人聆聽，都可以找我。我雖然……木了一點，也給不了什麼意見，但我知道一個人不開心時，總會需要有人陪伴。」

「我其實不想逼妳說出不想說的話，但最近的妳真的很不開心，所以我才……」馮浩搔了下後頸，「希望妳不要介意，我只是想看到從前、總是露出笑容的妳。」他的語氣夾帶著心疼，我的鼻頭頓時一酸。

為什麼不管是凱芹、黃老師、班上同學，又或者是馮浩，都如此擔心我、心疼我，他們都想要我開心，但偏偏我最在意的人，卻沒有這樣？

段章俊是否會像此刻的馮浩一樣，因為我難過，而感到一絲絲心疼？我根本無法確定。

自從段章俊坦承不喜歡我把什麼話都說出來後，我總是斟酌言語，無法說出太多真心話，而他也從來沒有詢問過，我真正想要的是什麼，又或者是，我為什麼會不開心。他好像都不曾在乎我的心情。

能無條件接受妳的，才值得我掏心掏肺。他明明這麼說過，卻無法接受原本的我。就算我為他改變，但對他來說仍不足夠。他總希望我變成他最喜歡的樣子……我累了。

還要盡多少的努力，才能完完全全成為他最喜歡的樣子？即使改變了，到時候的我，還是原來的我嗎？而這樣的他，真的值得我繼續掏心掏肺嗎？

我也知道如果繼續這樣下去，不只會讓身邊的人操心不已，我還會變得更不快樂。

直到現在，我才終於意識到，總是輕易影響我情緒的愛情，其實……才是最不值得我在意的。

我好幾天沒睡好了，昨夜甚至徹夜未眠。睡前站在全身鏡前，望著鏡中憔悴不堪的臉色，怪不得大家都發現我跟之前不太一樣。

我太久沒認真看過自己了。不管是鏡中的表象，抑或是內心的靈魂，都沒有。

段章俊呢？他看過這樣的我，難道還沒發現我的心情？又或是他發現了，卻選擇性忽略？

整晚躺在床上時，我的腦中閃過一幕又一幕我們一起經歷過的大小事——在保健室的對話、文娛晚宴當晚的小接觸，然後是脫單二選一的現場，一直到最近……

憶及自己是靠著他的話撐過整個高一，一股難以言喻的悲傷感頓時從我內心湧出，貫穿我的全身。

我的鼻頭漸漸變得酸澀，眼淚也不知不覺滑下，滴到了枕頭上。

不久後，我拿起手機坐起身，點開我們的LINE聊天室發呆，然後才慢慢地滑過我們的對話。

曾經經歷過的甜蜜、那些寫給彼此滿滿愛意的訊息，彷彿化成股蠻力，把我的心緊緊勒住，非常難受。眼淚在下一秒如傾盆大雨般不斷落下，手機螢幕也濕了。

我該堅持，抑或放棄？我到底應該如何是好？

不知道過了多久，床邊的鬧鐘響了。

我打開日光燈，站在鏡子前看著自己。

眼角掛著淚水、兩頰都是淚痕，紅腫的雙眼下是更深更重的黑眼圈，我拍拍臉頰，走進浴室裡沖洗一番，讓自己看起來不這麼糟糕。回房間換上制服後，我拿起手機，發了一封訊息給段章俊，連早餐也不吃便直接出門。

抵達學校後，我在座位發著呆，等著牆上時鐘一分一秒地過。接近七點十五分時，我來到教學樓後面的大樹下，那個擁有許多回憶的地方。

我坐在那棵大樹的粗大根部，抬頭看向混合了灰白和淡橙的朦朧天色。晨風吹落了泛黃樹葉，一片一片在半空轉了幾圈，才緩緩地落地。

我的視線被某片空中飛舞的葉子吸引，直到耳邊風聲暫歇，它才慢慢地墜下。一隻黑色的鞋子不偏不倚地踩到那片落葉，我隨之抬眸，只見段章俊一手插著口袋，面帶笑容地看我。他的頭髮被風吹得有些凌亂，但這副模樣依然好看得讓我沒法別開視線。

「覺苡，我收到妳的LINE時真的很開心。」他緩緩靠近我，我挪挪身子，示意他坐在我的旁邊，而他坐下之後，伸手牽住了我的手。「妳肯原諒我了嗎？」他低沉的嗓音十分柔和，傳到我內心卻隱隱作痛。

眼淚不知不覺地蓄滿於眼眶。今天過後，我或許再也沒辦法聽見他的聲音了。

「段章俊，我早就不生氣了。」我望著他的雙眼，「但我想知道，你對我們的未來有什麼想法。」

「未來？」他一愣，似乎沒料到我會提及這個話題。

我點頭，「我們升上高三了，可是都沒聊過這件事。」我頓了頓，「你以後想上哪間大學？」

他微微一笑，「我確實沒說過。我想上青林大學的醫學系。」

青林大學，它就如大學版的靛夏高中，是非常知名的國立大學。校區遍佈臺灣北部，科系多元，尤其醫學系最為聞名。而位於臺北的主校區就是醫學院，它的附屬醫院就在旁邊，便於進行實習培訓。它算是家喻戶曉的國立大學，只要是本地人也會略知一二。

「所以你才這麼努力……」仔細一想，以他的成績進去根本不是問題，或許還可以申請繁星。「你一定可以的。」

「嗯。」他莞爾，「妳也一起過來吧。」

我微怔，「……什麼？」

「我們一起上同樣的大學啊。」他又笑了笑，「這樣就不會分開了。」

「可是……青林大學的主校區只有醫學、護理和其他醫學相關科系。」我悠悠地說。

「嗯，是這樣沒錯。那妳對醫學相關的科系有沒有興趣？」他好奇地問。

「我……沒想過。」

「那現在開始想吧。」他一臉興奮和期待，「只要一起進青林大學，就可以一直在一起了。」

望著他的笑臉，我的喉嚨頓時一陣乾澀，我吞了吞唾液，「那……如果我說，我不想去青林呢？」

段章俊怔了怔，面露難色地開口：「為什麼不想？妳不想跟我一起嗎？」

「我的第一志願不是那裡。」我靜默片刻，才緩緩地說：「段章俊，如果以後我們要談遠距離戀愛，可能會更少機會——」

「別說了。」我的語音未落，段章俊就皺著眉打斷我。

我搖頭，「這是我們現在就該思考的問題。以前我總覺得只要喜歡對方，不管什麼困難都能迎刃而解，所以就算以後要遠距離戀愛，我也沒關——」

「不行。」他再次斬釘截鐵地打斷我，我不由得一愣。

「我不能接受情侶長時間分開。」他握緊我的手，「妳一定也這麼想吧？難道妳想要我們大學四年都要像暑假那樣，沒辦法見面，只能互傳訊息？這樣一來，我也無法參與妳的大學生活，不知道妳在做什麼，也不會知道妳認識哪些人……」

果不其然，我早猜到他沒辦法接受遠距離戀愛。他既然渴望多點陪伴，又怎會接受我們長時間無法見面？

再說，他會因為我跟馮浩的交集而不開心，那以後又要怎麼忍受我在大學結識的男生朋友？就算刻意迴避，但總有需要跟異性交流的時候。

「以後上了不一樣的大學，就一定會面臨這些問題。」我淡淡地說，「段章俊，我想說的是，你現在既然無法忍受我這些事，以後要怎麼辦？」

「只要不談遠距離戀愛，就沒事了。」他堅定地說。

我搖搖頭，「我對醫學科系完全沒興趣，也從來沒想過要進青林。就算真的上了同樣的大學，我還是會有忙碌的時候，少了陪伴你的時間，還會認識更多不一樣的人。我們現在遇到的問題，以後還是會有。」

「我相信你也一樣。聽說醫學系非常繁忙，你可能會忙於課業，沒辦法好好談戀愛，也會在無可避免下認識其他女生……」我微微垂眸，「其實我們都會面對一樣的事。但是我相信你，所以可以體諒，不會生氣。」

「你可以做到嗎？如果……你能夠體諒我、相信我，就算是遠距離戀愛，也不會造成任何問題。所以，你可以接受這樣的戀愛嗎？」我轉頭看他，認真問。

「覺苡，我……」段章俊一貫平靜的眼眸裡泛起了波瀾。他那蹙緊的眉頭，加上欲言又止的模樣，就算沒親口說出答案，我也知道他在想些什麼。

「段章俊，你知道嗎？一段戀情如果只是單方面不停犧牲滿足對方，是不可能長久的。」我試圖違背心情，彎起了嘴角，期盼此刻的自己看起來不那麼淒涼，「這是我經歷這場戀愛後才學會的真理。」

「段章俊。」我停頓許久，才說：「我們還是到此為止吧。這時候分開，或許不會這麼難過。」

「覺苡……」段章俊再次喚我，聲音變得沙啞，「我不要分開，為什麼要分開？我只是想要妳一直在我的身邊，不想看見其他男生靠近妳，難道這樣錯了嗎？而且我這麼做，是因為喜歡妳……」

「段章俊，我也喜歡你，但我覺得要維持一段感情，並不是相愛就足夠，我們……還需要設想很多東西。」我哽咽道，接著站了起來，別過頭擦掉流下的眼淚。而身後的他不再出聲。

垂頭看著地上落葉，我突然覺得，這些樹葉就像我們的愛情，一開始它們還青綠、掛在樹枝上，是我們愛情最美的模樣。然而久了，它們開始泛黃，接著開始脫落……

我就像那一陣風，努力地往上吹，希望樹葉不要落下來。

但努力太久，我累了，最後只能任由它們枯萎，並且落地。

第九章　邁向未來

我和段章俊和平地分開了。

我們不再像從前般走在一起、或是說話，但只要在校園碰到面，我們還是會向對方點頭微笑。

我們分手的消息，也很快傳遍校園的各處。一開始大家只是察覺他不再來找我，後來不少同學也撞見我們見面時明顯地保持距離，不需特別求證，他們便已確定我們分開了。

不管我走到哪裡，總會聽見同學討論這事，似乎根本不在意被我聽見。

倒是黃老師和班上的同學，沒有人前來關心，就連最八卦的佩璇，也完全不過問。或許他們覺得這是我的痛楚，不想隨便觸碰吧。我很感激他們的體貼。

就算失戀了，我的生活還是照常過。我繼續跟馮浩一起訓練，一樣參加啦啦隊的社團活動，上課下課一切不變……我這才意識到，其實愛情也只是生活的一小部分。

剛分手的那段日子，我確實陷入了低潮。多虧凱芹和馮浩總會陪我說話，即使回家後，他們也常傳LINE跟我聊天，不給我有任何空隙去回憶與段章俊的點點滴滴。

然而到了夜晚，躺在床上，我還是陷入了回憶漩渦，忍不住回想著，這段本來只是暗戀的愛情，是怎樣得到回報、又是如何失去。

我還是喜歡段章俊。但現在的我清楚知道：這份喜歡，會隨著時間漸漸減少、慢慢消失。或許需要很長的時間，但我一定要趕快站起來，才不會再讓關心我的人擔心。

有一次在學校，我忍不住走到過去約會的地方，呆呆地站在那裡許久，直到凱芹來了，我的眼淚頓時潰堤。她沒有說安慰的話，只是走上前給我一個擁抱，讓我知道她一直都在。

與馮浩一起訓練時，他偶爾也會像之前那樣問我問題，要我回答「是」或「不是」。有次他問了「現在的妳快樂嗎？」，我靜默良久，眼淚忽然不受控地滴下。並不是因為不快樂，而是因為我意識到：下次他若再問我這個問題時，我應該就能理直氣壯地點頭說「我很快樂」。

我已經沒有理由不快樂了吧。

光陰荏苒，田徑的全國賽也結束了。

在高中的最後一年，如願再次參加了全國田徑賽，我也在女子一百米項目中，獲得第三名的佳績，我的高中生涯總算不留下任何遺憾；至於馮浩，他也在男子四百米賽跑中，獲得第二名。

校長在朝會大大稱讚，說我們為校爭光，我們也收到了許多人的祝賀。明明都是好事，然而幾天後，一些不好聽的謠言開始傳出來。

「冼覺苡因為和馮浩一起參加全國賽，所以走得滿近的。」「他們有不可告人的關係。」「剛跟段章俊分手就那樣了？」……

班上同學都清楚我的為人，就算才認識馮浩一個多月，他們也知道我們的關係並非閒言閒語所說。不少同學都為我們打抱不平，還爭著說要幫我們找出亂造謠的人。

我和馮浩倒是很有默契地說不必。

「總有一天，大家會看到事情並不是傳言說的那樣。」我對他們說。清者自清，只要身邊朋友願意相信我們，那就足矣，別人怎麼說都不會造成太大影響。

馮浩點頭，與我對視時微微一笑。

謠言的殺傷力對高三的我來說已經漸漸削弱，若是剛升上高中的我，或許還會為此而傷心很久。而每次想到高一時代，我總會忍不住想起段章俊。

他的出現幫助我度過了難過的高一時代，我很感謝他，更不會忘記他曾經的好。雖然這麼說很老套，但如果沒有他，我想也不會造就現在的我。

全國賽之後，我專心準備即將到來的學測，段章俊的身影偶爾還會出現在我的腦海，然而次數已經日漸減少。看似刻苦銘心的事物，總會有流逝與消失的時候，我相信這一天並不遙遠。

「覺苡，在發什麼呆？」這天下課，凱芹忽然拿起筆戳了戳我的額頭。

「在想妳啊。」我笑道。

「別這樣。」凱芹湊過來，在我耳邊低喃：「我可是有喜歡的人。」拉開距離後，她對我燦笑。

「嘖，知道啦。」凱芹沒再像之前一樣隱瞞我，而是有事沒事就與我分享她與那女孩的點滴。

聽著她們兩人之間的事，以及她臉上每每漾著的幸福微笑，我知道她這一次遇見的，是一個真心喜歡她，並且不會輕易放棄、會與她一起努力走向未來的人。

那我呢？我什麼時候才會遇到這樣的人？

「欸，凱芹、覺苡。」馮浩聲音忽然傳來，我們倆轉過頭，一臉狐疑。「妳們第一志願是哪裡？」

「這話題也來得太突然了吧？」凱芹笑說。

「我覺得志願滿重要的，有了志願才會努力考好學測。」馮浩理所當然地說。

我點頭，「我也認同。」

「所以你們都選好了？」凱芹驚訝地看看我，又轉向馮浩。我和馮浩都頷了頷首。「那你們想唸什麼科系？」

「弘黎大學的大眾傳播學系。」我毫不猶豫道。除了離開的張老師，我第一次告訴外人這個志願。段章俊曾經問過我，但我沒有回答。後來的我不禁思考：他真的在意我喜歡什麼嗎？還是因為我不想跟他一起去青林，才會順勢反問我？然而這個答案無論是什麼，都已經不重要了。

「弘黎大學的大眾傳播？」凱芹瞠大雙目，「聽說很難進。這間大學的大眾傳播很有名。」

我點頭，「沒錯。」

「妳為什麼想唸大眾傳播？」馮浩一手支著臉頰，看著我問。

「我喜歡看電視劇，所以很好奇一部電視劇的製作過程，找過相關資料後，發現我對導演這職業還滿有興趣的。」我有些不好意思地笑著解釋。

「很好啊。」凱芹聞聲，雙眼發亮，「我覺得超適合妳的！馮浩，那你呢？你想唸什麼？」

「資訊工程系。」馮浩淡淡地說。

我一愣，「哇，竟然是資訊工程！」
「怎麼了嗎？」馮浩有些緊張地問道，「不好嗎？」
「不是不好，就感覺這個科系好直男。」凱芹趕緊搖頭解釋。
聞言，我噗哧一笑，「這是什麼形容詞？」
「好直男的意思是……」馮浩認真地托著下巴思考，「很多男生唸嗎？」
「啊差不多啦。」凱芹笑笑說，根本沒打算解釋真正的意思。
「那你想選哪間大學？」我接著問。
「還不知道，我覺得最重要是找到自己想唸什麼科系。」
這很合理。我認同地點頭，轉頭看向凱芹，「輪到妳了，妳呢？」
凱芹微頹下肩，「我還沒認真想過。」
「那妳現在好好認真想吧。」我戳了戳她的額頭，她若有所思地點點頭。
一個月後就是大學學測，而距離我們的畢業，也只剩半年了。
時光，在我們不知不覺間，悄悄溜過；而我們，也在不知不覺間，漸漸地成長。
「覺苡，我週末時追完了妳說的那部電視劇。」某天下課，凱芹跑去找她喜歡的人了，於是馮浩自然坐到了她的座位跟我聊起天。
「哪部？」本來專注讀著講義的我忍不住轉頭看他。
「《愛的再見》。」

「喔?你竟然看了?」我感到很驚訝，「你也喜歡看愛情劇?你覺得好看嗎?」

「嗯，挺不錯的。」馮浩微笑著。

「對吧，我就說好看!就不知道黃老師為什麼沒看完。」我點了點下巴，突然察覺到不對，「欸，不是要學測了嗎?都不用準備嗎?怎麼還有時間看劇?」

馮浩一愣，眼珠子轉了轉，笑說：「如果所有時間都用在準備考試，那也太高壓了。」

「對對對，看劇可以舒緩壓力。」我認同地點頭，「那我這個週末也要找時間追那一部了。」

「哪一部?」馮浩頗感興趣地問。

「就是啊……」我滔滔不絕地向他介紹起我一直想看的戲劇，只見他專心聆聽，不時點頭微笑。認識這麼久，我竟然現在才知道他也喜歡看劇。以後多了個人可以討論，想到就特別開心。

我們一直聊到上課鐘聲響起，凱芹回來後，他才緩緩回到座位。這節下課聊了那麼多感興趣的話題，我感到心滿意足。這時，我突然意識到，從前的自己竟然沒跟段章俊聊過任何我喜歡的東西。可能當初的他其實並不特別想了解我吧，所以也不曾過問我喜歡什麼。

雖然現在偶爾還會想起段章俊，但時間一久，我已經不像從前那樣，只要想起他，心就隱隱作痛。

三個月過去，直到學測前的一個星期，我和段章俊的事已隨著時間被大家淡忘，校園內不再聽見任何關於我們的話題。偶爾在走廊遇到高一或高二的學弟妹，他們雖然會下意識將視線投過來，然而只要我回以微笑，他們也會自然地笑著點頭，態度沒有讓我感到任何不適。

我也很久沒看見段章俊了，直到考完學測後的某天中午，我和馮浩剛從學生餐廳走回來，碰巧在穿堂遇見他。其實本來還有凱芹同行，但她正好被老師臨時找去幹活，所以只剩我們兩個。段章俊見到我們，明顯愣了一下，隨即禮貌地向我點頭。

我回了他一個發自內心的淺笑。這時候的我以為他已經釋懷，雖然不再是情侶關係，但能成為點頭之交，這對我們來說就是最好的結果。

然而過了幾天，我才意識到，原來這些想法，全都是我一廂情願。

這天早晨剛到班上，我發現馮浩桌上放著一個巴掌大的禮物盒，同班那麼多個月，這似乎是我第一次看見有人送東西給他。看來他也漸漸變得有人氣了。

「馮浩竟然收到禮物？」剛到的凱芹也很訝異，接著擔憂地看著我：「欸，覺苡，怎麼辦？」

「什麼怎麼辦？」我不明所以。

「有女生喜歡馮浩了。」

「他本來就有女生喜歡啊。」我想起妮希。

凱芹雙手插腰，「妳不擔心嗎？」

「我？」我指著自己，「我要擔心什麼？」

凱芹頓了一下，突然嘆了口氣，「好吧，我明白的，妳大概還是放不下段章俊吧。」

「蛤？什麼意思？這跟段章俊有什麼關係……」我剛把話問出口，腦袋隨即「啪」了一聲，頓時明瞭，「我已經放下段章俊了，但也沒喜歡馮浩。」

「為什麼？妳分手的這幾個月裡，他不是一直陪著妳嗎？」凱芹一臉「妳到底在想什麼」的表情。

我笑了笑，「妳也一直陪在我身邊啊，所以你們兩個都是我最重要的朋友。」

「可是我看得出馮浩很喜歡妳。妳就不考慮人家嗎？」凱芹繼續問。

我搖頭，「不考慮。」

「不是現在，我說以後。」凱芹補充。

我歪頭思索，「以後的事誰也不知道，我現在只把他當成很好的朋友。而且，我暫時不想談戀愛了。」經歷過上一段戀愛，在進入下一段戀情之前，我恐怕需要很多時間作心理準備吧。

「可是妳要這樣到什麼時候？如果他被別人倒追走了呢？」凱芹看起來惴惴不安，像在說自己的事。

「那就讓他被追走囉。」我笑道，可是在回答凱芹這個問題之前，心中其實閃過一秒的猶豫。如果馮浩真的被別人追走，那個時候，他還會像現在跟我那麼要好，繼續陪在我身邊嗎？

「唉，那妳到時不要給我後悔了。」凱芹的臉色明顯不悅。

「妳幹嘛不開心啦，就那麼想要我們在一起嗎？」我忍不住笑問。

「當然啊，如果是馮浩，我就很放心把妳交給他。」凱芹理所當然道。

「噗，妳是我媽嗎？」我忍笑道。

「嘖，我是妳最好的朋友，當然很想看到妳幸福。」凱芹一臉認真，「雖然馮浩是木了點，不像其他男生那麼厲害會說好聽的話，更不會撩人，但他對妳的好——」

我怔了怔，「等等，妳是認真的？」

她怪叫：「吼，當然啊，我哪裡像開玩笑了？」

「可是……我和他真的就只是好朋友啊，而且我現在真的不會去想愛情的事。」

「……好吧，隨妳，到時不要後悔就好了。」

凱芹的語音剛落，我的眼角餘光忽然瞄到馮浩出現在教室門口，他的目光先落在我的身上，隨即對我露出笑顏，才跟凱芹打招呼。在方才對上馮浩的視線之際，我的臉驀然有些滾熱。

……都怪凱芹說了那些話。

馮浩也發現了桌上的禮物。凱芹曖昧地轉頭看他，八卦問：「欸，是哪位仰慕者送禮物給你啊？」

馮浩拿起禮物，發現下方壓著一張小紙條，他打開一看，誠實回答：「是一班的楊妮希。」沒想到他直接說出來，我和凱芹紛紛一怔，凱芹瞥了我一眼，又問馮浩：「她喜歡你喔？」我忍不住轉頭看向馮浩。馮浩則不自在地瞄了我一眼，不太好意思地說：「……好像是。」

「好像？你不確定她喜不喜歡你嗎？」凱芹疑惑地問。

「嗯。」馮浩看著禮物，眉心微皺。

「你在煩惱什麼？」看著他苦惱的模樣，我的疑問脫口而出。

「馮浩，我告訴你喔，你如果喜歡人家才收下禮物，不喜歡的話，不要給別人假希望。」凱芹提醒。

「我平時是不收的。」馮浩抬眸看我，像在對我解釋。

「嗯？那你現在在猶豫什麼？」凱芹不很明白。

「紙條裡寫說，她只是想送生日禮物給朋友。」馮浩看著紙條，眉宇間透露出他的煩惱，「朋友都會送生日禮物給妳們嗎？這……是正常的嗎？」

「欸？今天是你的生日？」凱芹睜大眼睛，而馮浩點點頭。

我和凱芹面面相覷，認識這麼久，我們竟然不知道今天是他的生日。

「生日快樂！」我立即說。

馮浩淡淡一笑，雙眼成了彎月，「謝謝。」

「你怎麼一臉滿足的樣子？看來覺苡的一句生日快樂比你收到禮物還開心喔。」凱芹故意鬧他。

我瞪了凱芹一眼，不料，馮浩卻突然說：「這是當然的。」

凱芹一臉驚喜，正要說些什麼，馮浩卻繼續說：「因為是好朋友，所以妳們的祝福都很重要。」

「是喔？」凱芹皺了下眉頭，佯裝不高興地說：「那生日快樂啦。」

看著凱芹多變的表情，我忍不住笑出聲。她剛以為自己得逞了什麼，但其實什麼都沒有。

我望了望馮浩，他的視線與我交接，再次淺淺一笑。

跟馮浩相處了那麼久，我當然清楚他還是喜歡著我，但他一直都保持著適當距離，也不會說些曖昧、讓我不知如何回答的話。要是方才他沒補充，我肯定會不知所措，不知道之後該怎麼面對他。

馮浩後來怎麼處置那份禮物，雖然我有些好奇，但還是決定不過問太多。

當天晚上睡前，我像往常一樣滑了遍臉書，沒什麼特別的東西，於是又點開了IG。

一進入頁面，我發現段章俊的頭像被圈上一層紅色——他發表了限時動態。之前交往的時候，他並不常發動態，我曾經問過他為什麼，結果他說不想與別人分享他的生活。

然而今日，他竟然發了。是什麼重要的事情嗎？

我好奇地點擊進去。接著畫面迅速一跳，一個黑底白字的頁面顯現——

『生日快樂，假閨蜜。』

短短一句話，讓我的心為之一顫。

無需多加思考，直覺便告訴我——那個人就是馮浩，今天生日的人。

而最後的三個字——「假閨蜜」充滿諷刺的意味，一點都不像是在開玩笑。

可是，他為什麼要這麼寫？過往我們吵架的片段，倏地在我的腦裡快速回播。即使早已經說清楚，我和馮浩只是好朋友，但他依然不喜歡我們走在一起，還為此起了好幾次衝突。而馮浩一直喜歡我……

思緒停頓。我明白為什麼段章俊會用「假閨蜜」這個詞了。

我只當馮浩是好朋友，但馮浩其實喜歡著我，所以在段章俊心目中，一直在我身邊的馮浩就成為了所謂的「假閨蜜」。

我震驚不已。他怎麼會這麼想馮浩？而且我們已經分手好幾個月了，他怎麼還是放不下？

段章俊是校園紅人，儘管在IG並不活躍，但依然有許多的追蹤者，他最新的動態消息恐怕都被學校同學看見了。

隔天，凱芹見到我時一籌莫展，「沒想到他會這樣寫。之前不就在傳妳和馮浩的事嗎？這樣大家不就知道他在說馮浩了？」

「別擔心，我不覺得憑一句話，他們就能斷定他說的是誰。」我笑著安撫她。

然而，我完全低估那些八卦者的聯想力，不過半天，校園裡就爆出了我和段章俊分手的推論：馮浩喜歡我，在我還跟段章俊交往的時候，就一直以閨蜜的身分待在我身邊；是他之後挑撥離間，企圖橫刀奪愛，我和段章俊才會分開。

傳聞還說，我和段章俊的感情是因為他才出現了裂痕，最終無可奈何分手。我雖然一直都沒接受馮浩，但馮浩死纏爛打，而我也因為於心不忍，覺得他可憐，才繼續當朋友。明明他是造成我們分手的原因，我卻大人有大量，選擇了原諒。

另一個版本的謠言還說，馮浩當時在脫單二選一時明明是拒絕我的，但後來見不得段章俊幸福，所以想拆散我們、並追求我，此舉與網稱的渣男有過之而無不及。

所有的罪過全指向馮浩，大家都說是馮浩的錯，否則段章俊不會發出那樣的限時動態。

我突然變成大家口中的聖母，或是可憐被利用的女生；段章俊變成了遭到朋友背叛、愛情友情兩失意的可憐人；而馮浩，成了會嫉妒朋友、並搶朋友女朋友的千古罪人。

段章俊發出的那個動態，宛如成了這個傳言的佐證般，好幾個與馮浩不太熟稔的同學也開始懷疑他是不是真的做過那些事，討論聲頻頻在班上響起。

我一開始覺得這些傳言很可笑，堅信理智的人不會相信這些鬼話。況且馮浩看起來也不在意，像往常一樣與我和凱芹相處著，謠言似乎對他並未造成任何影響。

直到發現班上某些同學對馮浩的態度轉為冷漠、甚至充滿厭惡後，我終於忍無可忍，直接在下課時走上講臺。

「我本來以為我們班同學比較理智，不會輕易相信傳言。」我頓了下，等所有同學都把視線集中過來後，才繼續說：「你們今天聽到的這些謠言並不是事實，馮浩從來沒有介入過我和段章俊，我們會走到分手的局面，是各種因素導致的。」

「所以我想麻煩大家，如果想知道真相，就來問我這個當事人，不要聽信這種謠言。以上。」

我不給臺下同學任何反應時間，說完就直接走回座位。看見馮浩愣著的臉，我開口：「馮浩，我們出去談一談。」

全班看著我們倆一前一後走出教室，目光盡是好奇，但誰都沒有說話，直到離開教室幾步了，我才隱約聽見凱芹的聲音：「要是誰再聽信這些謠言，就滾出去吧，我們班可不能有這麼愚蠢的人。知道了嗎？聽信傳言的白痴！」

想不到這女孩竟然有這麼恐怖的一面，之前明明說過我飆粗口很難聽……我不禁會心一笑。

抵達樓梯口，我眼角餘光瞄到馮浩盯著我看，他的目光似乎有些訝異。「怎麼了嗎？」我問。

馮浩立即搖頭，「沒事。妳找我出來有什麼事嗎？」

「對不起。」我輕輕開口說。

馮浩愣了愣，「為什麼向我道歉？」

「如果不是我，你也不會被別人說得這麼難聽。」我說著，內心有些鬱悶。

馮浩了然地笑笑，「原來是這件事。其實不能怪妳，我也有不對的地方，所以妳不需要道歉。」

「你哪有不對啊？」我聞言有些氣惱，「難道跟我交朋友是不對的嗎？你根本沒做錯什麼。」

馮浩搖頭，連忙解釋：「當然不是，我說的不是這個。」

「不然是什麼？」

「因為楊妮希喜歡我，所以對於這個傳聞，是我……」

「等一下，關妮希什麼事了？」我打斷他，覺得有些奇怪。

馮浩懊惱地搔了下後腦杓，「因為昨天放學的時候，我把禮物還給了她。」

我微怔，沒想到他真的沒收下禮物。「……所以呢？」

「她問我為什麼不肯收下禮物，後來還直接向我告白。」馮浩的表情看起來有些彆扭，「不過我拒絕她了。她問我為什麼，我老實告訴她我已經有喜歡的人，接著她問我那個人是不是……」

講到此，馮浩看了我一眼，耳根突然發紅。「……總之，我沒有隱瞞。」

我的心驀地一顫。妮希之前說我糾纏馮浩，然而現在卻聽見他親口表示喜歡我，她會是什麼反應？

馮浩頓了一陣子，一雙黑眸再次迎上我的目光：「她很生氣，也無法接受，所以我想這些傳言應該是她刻意散播的。」

「是啊，沒想到你猜出來了。」

猛地，一道女聲在空洞的樓梯間響起，腳步聲伴隨著冷笑漸漸朝我們邁進。

過了不久，只見妮希不可一世地來到我們面前。她雙眼不屑地直瞪馮浩：「如果你喜歡我，就不會有這些事了。」

我終於明白什麼叫做由愛成恨，得不到你，就要毀了你，這想法多麼可怕。有著報復心態的人，就算長得多漂亮，那也是敗絮其中。看來她覺得已經沒有回頭路，所以無所忌諱地直接承認所作所為。

「還有妳，我真的很討厭妳！」妮希像是忍無可忍地，直接走到我的前面，雙眼盡是滿滿怒氣，「妳憑什麼得到所有人的愛？」

「我做得出來就不怕讓人知道。我本來想散播妳是個大渣女，段章俊卻狠狠警告我，說只要一丁點妳不好的謠言傳出去，他就不會放過我。」妮希說到此，瞥了我睜大的雙眼，「怎麼？驚訝？」

我聽見話裡的隱晦，「在這之前，段章俊就知道妳要散播馮浩的謠言了？」

妮希嗤笑，繼續說：「我跟他不熟，但在你們分開之前，我看不下去妳和馮浩走得這麼近，所以我不停在他面前煽風點火，說看到你們有多親密。」她也沒想要隱瞞了。

所以段章俊後來看見我和馮浩走在一起，才會發如此大的脾氣……原來這些都是她搞的鬼。

我認識的段章俊，不可能輕易聽信別人的話。然而，正因心裡一直有著芥蒂，在意我與馮浩的關係，於是這絲小縫被旁人輕輕一敲，就爆裂成一個大洞。

「你們分手後，我一直說他根本比不上馮浩、馮浩有多優秀……」妮希說話時的微笑令我感到雞皮疙瘩，「雖然他每次都不理會，但他應該有默默聽進去吧？不然昨天就不會出現那則限動了。」

「他真是太好利用了啊，我正好可以趁機給你們點顏色瞧瞧。」她撇嘴一笑，「所以我早上開始在班上散佈傳言，沒想到段章俊聽到了就警告我不准再說。他真的很笨，都分手了，竟然還傻傻為妳這種人付出……」

「夠了。」馮浩冷冷開口，「妳不要再傷害覺苡了，適可而止吧。」

妮希一愣，臉色鐵青：「你真是瞎了眼，竟然會喜歡一個邊跟別的男生交往，卻同時勾引你的人！」

馮浩聞言，雙眸瞬間燃起了烈火，「妳什麼都不知道。妳很了解我嗎？還是很了解覺苡？她什麼也沒做，我們一直都是朋友。喜歡她是我自己的事，跟她無關，請妳不要再說這種話了。如果妳想繼續散播我的謠言，我無所謂，但不要忘記，我跟段章俊一樣，如果我也從別人口中聽見妳詆毀覺苡，我不會坐視不理。」

這一剎那，我的心失去沉穩跳動的節奏，一股暖流也從心底慢慢地蔓延，直到身體每個部位。

我愣愣地看著馮浩的側臉，他注意到我的目光，也轉過頭來。我們視線交會之時，他的嘴邊露出了一如既往、溫暖的微笑，彷彿在說：「放心，我很好。」

知道自己散播的謠言對當事人沒造成任何效果，還被警告了一番，妮希面紅耳赤。「你和段章俊都是笨蛋！」丟下這句話後，憤憤地轉身離去。

這天之後，妮希再也沒有出現在我們的面前。

我想找段章俊解釋清楚，希望能解開他和馮浩間的誤會，讓他放下仇恨。然而馮浩得知後，卻搖頭說不必。

我問馮浩為什麼，他只是平淡地說：「在妳有這些想法之前，我就已經找過他了。」

「那他說了什麼？」我很是驚訝，也追問起後續。

馮浩皺著眉停頓了一會兒，才說：「不管我們現階段怎麼解釋，他目前都沒辦法聽進去。」

言下之意，就是不歡而散吧。我微微垂頭，「怎麼會……」

「他只是還沒放下你，給他一點時間吧。」

我抬頭，憂心忡忡地看向他：「這對你不是很不公平嗎？你平白無故就被大家誤會，而且這麼一來，你跟段章俊……不就再也當不成朋友了？」

馮浩先是一怔，才揚起了笑容：「沒事，妳不需要這麼擔心我的事。」

我心裡頓感不適，抿了抿嘴後才說：「……這話是什麼意思？你是我朋友，我不該擔心嗎？」

「覺苡，我不是這個意思。」馮浩表情帶著一絲慌亂，「妳最近都在忙著準備畢業典禮的表演，一定很累，我只是不想因為我自己的事增加妳的煩惱。」

我的心倏地泛起一絲悸動，像是心湖被拋進一顆石頭般，引起一波小小的漣漪……曾經，我多麼渴望能從段章俊那裡得到這些關心與心疼。

我望著馮浩，內心開始鼓譟。這樣的感覺讓我有些不知所措，最後，我一句話也不說便轉身離開。

我們的畢業典禮即將來臨。

我和其他高三的隊友早已約定好，要讓畢業典禮成為高中最後的舞臺。於是學測之後，我們忙著訓練，努力讓這個最後的舞臺成為最完美的句點。

自從與小婷等人解開誤會，大家變得非常有默契，也成功練好了更多變化的團隊特技。這場最後的表演，我相信一定會非常精彩。

畢業典禮當天，本來穿著校服和畢業袍的我們再次換上啦啦隊的隊服，等待上場。

「時間真的過得好快。」曼雯突然感慨，「好像才剛度過高一，怎麼一下子畢業典禮就來了？」

婉鈴點頭，「是啊，等下就是我們最後一次一起表演了。」語落，她的表情也跟著變得失落。

「嗯，對啊……」我雖然也跟大家一樣覺得難過，但更希望能開開心心完成最後的表演，於是撐起笑容，試圖轉移話題：「被妳們討厭的事也好像昨天才發生，那時我真的好傷心啊。」我故作浮誇。

小婷眉心微縮，「所以妳對我有不滿囉？」

「不敢不敢，我們可是朋友啊。」我笑嘻嘻道，「妳們當時討厭得好、討厭得棒，妳看我沒說粗口後，不是變得更有魅力了嗎？」

隊友們紛紛露出厭惡的表情，緊接著，各種嫌棄聲排山倒海襲上來。

「妳什麼時候變得這麼自戀了？」「哪裡魅力了？」「這個自戀的人是誰？我不認識！」

聞言，我沒有任何不滿，反而哈哈笑出聲。她們先是頓了下，也被我的笑聲傳染，跟著捧腹大笑。綿延不絕的笑聲，頓時把方才瀰漫的低落氣氛給吹散了。

「請本校的競技啦啦隊上臺為我們帶來表演！」

我們對望，嘴角很有默契地彎起了同樣的弧度，一個接一個地小跑步到舞臺正中央預備。

音樂開始，我們掛著笑容，朝氣蓬勃地呈現出練過上千遍的特技。

幾個隊友做完翻滾動作後，小婷、曼雯和其他底層人員把我和其他兩個上層人員給托上。與之前表演不同的是，等到我來到上空的最高點時，小婷和曼雯頓了頓，下一刻，我將身體重心挪到右腳，曼雯跟著放開了我的左腳，隨著小婷一同撐起我的右腳。

我慢慢將屈起的左腿舉高，對著臺下一笑，過了不久，底下一陣使力，我的身子頓時在空中翻轉，跌進了底層人員們的手臂裡。臺下瞬間傳來熱烈掌聲。

回到地面不久，我再次被托上，換了好幾個姿勢，一次次地被拋在空中，表演終於也來到尾聲。我們全體隨著音樂舞動，最後做了兩個側翻，在音樂停下之際，正好接上我們的結尾動作。

臺下一頓，倏地爆出震耳欲聾的歡呼與掌聲，久久不歇。我們排成一排，肩並著肩彎下腰鞠躬。走往後臺的時候，再次意識到這最後一次表演真的結束了，我鼻頭上的酸澀凝聚已久，終於忍不住熱淚盈眶。回到後臺，隊友們察覺到我的淚水，淚腺也一個個地被觸發……我們哭成一團，但哭著哭著，又笑了起來。

小婷拿出相機，往外頭隨便抓了一個人進來幫忙照相。我們趕緊把眼淚給擦掉，紛紛拿起粉底準備補妝，想把最美好的一面留在照片裡。

「不用補妝啦，以後看這張照片發現大家都掛著淚痕，一定特別有趣。」小婷笑著阻止我們。但我覺得以後看的時候，還是會忍不住掉淚吧。

我們放下化妝品，湊到鏡頭前面露齒一笑，拍了一張又一張，閃光燈閃個不停，一直到這位同學尷尬地表示要離開，才停止照相。

「傳電話和聯絡地址給我吧，相片洗出來後寄給妳們。」小婷邊檢查相機裡的影像邊說。

「用LINE傳給我們就好啦，這年代還洗什麼相片啊？」婉鈴笑著問。

「洗出來的相片更有感覺，也更有紀念價值啊！」曼雯說，我微笑點頭，表示認同。

我想，不管是我們之中的哪一個人，永遠都不會忘記這一天。

典禮結束後，我換回制服和畢業袍回到班級，正好在途中遇到了黃老師。我們相視而笑，一起走進了教室。

「你們終於來了，等你們很久了！」班長的語音一落，班上的幾個同學紛紛前來把我們拉到教室講臺，「我們已經站好位置準備拍大合照，就剩你們了。」

我被帶到凱芹的身邊，她對我燦爛一笑，伸手勾住我的脖子。

「不行，你們都要靠近一點，鏡頭根本塞不進所有人。」站在相機腳架前的班長懊惱道。站在邊緣的同學立即往內擠去，一人擠著一人，你推我擠，吵吵鬧鬧，眸中都是盈盈笑意。

「好，這樣可以了！」班長按下快門，相機開始倒數，他衝到黃老師身邊，咔嚓一聲，高三二班的美好就這樣停留在相片之中。

「沒想到這麼快就到了你們的畢業典禮。」我們剛回到座位上坐著，站在講臺上的黃老師頗有感觸地說，「剛來你們班執教的第一天好像昨天才發生，有些同學甚至從我剛進來蔙夏就跟著我到現在。」

「對啊對啊，老師是不是很捨不得我們離開？」顏庭宇半開玩笑地問。大家也忍不住笑了。

黃老師淺淺一笑，伸手推著鏡框，「確實很捨不得。因為我一直覺得能當你們的班導，真的很幸運。」

沒料到黃老師會這麼說，鬧哄哄的班上一瞬間沉靜，大家愣愣地看著黃老師，畢業不捨的惆悵感也漸漸在我們間蔓延。

「雖然你們總會吵架打鬧，快把屋頂給掀起了，不過從不惹事生非，思想比其他同年級的同學還成熟，不只沒增添我任何煩惱，還總是帶來快樂……」黃老師笑了笑，「每次進來你們班之前，我都有點期待會發生什麼趣事。」

「畢業後，就意味著你們又往社會靠近一步。我沒什麼要求，只是希望你們以後還能像現在一樣，快快樂樂地生活，那我就放心了。」

班上的某處傳來幽幽的啜泣聲，望著黃老師臉上的輕淺笑意，他曾經的關心話語也在我耳邊縈繞。視線逐漸模糊，眨了眨眼，淚水還是順著臉頰緩緩流下。

就算多麼的不捨，終究還是要分離。這就是成長的代價。

「起立、立正！」班長忽然一喊，大家紛紛站起，把眼淚抹掉。

「敬禮！」

「謝謝黃老師！」全班一起喊道。

「黃老師，你是一位好老師！」「謝謝你的指導！」「我們之後會回來看你的！」幾個同學接著說。

黃老師臉上的笑意漸深，鏡框後面的雙眼有一絲絲的波動。「好。」他笑說。

我永遠不會忘記，在高中這年，我遇到了兩個好老師。一個是去年離開的張美芳老師，另一個，則是眼前的黃一良老師。

放學前，我跟其他同學拍了照後，走到座位，拿起準備已久的花束交到凱芹手中。

「欸？送我的嗎？」凱芹明知故問地笑了笑。

「是啊，畢業快樂。」我笑道。

「嘿，這個送給妳。」凱芹從包包裡拿出一個小禮物，手掌大小的正方體盒子，上面打了個紅色的精美蝴蝶結，「知道妳不喜歡花。畢業快樂。」

我笑著道謝接過，「妳的女朋友呢？沒去找她嗎？」

「她剛說還在跟班上同學拍照，所以我等下才會過去。話說，剛才這麼多人搶著跟妳拍照啊？」凱芹說著，露出酸溜溜的嘴臉。

「妳是在怪我沒跟妳合照嗎？我們現在拍，現在馬上拍！」我趕緊拿出手機，然後喚了佩璇讓她幫忙拍照。

「我們之後還會上同所大學，所以其實也沒有跟妳分開的實感。」拍過照後，凱芹背起書包，雙手抱起兩束花，一束是我送的，另一束想必是送給自家女友。

「對，我們好像怎麼都分不開。」我笑著附和她，「好啦，趕緊去找妳的女朋友吧。」

凱芹在得知我和馮浩都有了明確的第一志願後，她認真想過一陣子，最終決定選擇英語相關的科系。後來發現弘黎大學也有英語學系，她毫不猶豫就把它歸為第一志願。

「妳是不是離不開我啊？」我曾這麼揶揄她。

「反正我去哪間大學都一樣，女友也沒有想法，那我就把她拉來跟妳一起啊。」她笑道。

凱芹準備離開班上前瞄了眼我桌上的另一束花，笑得曖昧，「那妳也加油囉。不過他剛被田徑社的學弟妹拉去拍照，應該差不多要回來了。」

「那妳不等他嗎？」

「我剛才跟他拍過照了，跟他也沒什麼話好說。我先走囉。」

凱芹轉身離開。她和馮浩算是感情要好的朋友，現在畢業了卻沒話想說嗎？凱芹並不是這麼絕情的人啊……

我待在座位環顧留在班上的同學，有的開心地談天說地，有的淚眼婆娑，抱著好友大哭，同間教室的各處氛圍形成了強烈對比。

這時，一道熟悉的身影出現在教室門口。我微微一怔，接著彎起嘴角，從書包裡拿出準備好的禮物便走了出去。

「段章俊，畢業快樂。」我首先開口道賀。

許久不見的段章俊，露出了那張曾經讓我眷戀萬分的笑顏，他把手中一小束的滿天星遞給我：「畢業快樂。」

「謝謝。」我沒有拒絕，微笑地它接過來，然後把手上的東西交給他。

那是用藍色禮品紙包裝好的筆記本。段章俊一臉訝異，完全沒料到他也會收到禮物。

我笑了笑，如果他沒來找我，那這份禮物今天也不會送出去了。「算是感謝你出現在我的高中生活裡。」

沒想到我們在這時還是一樣有默契，都想在畢業這天給彼此獻上祝福。

「我也很謝謝妳。」他的唇角露出淺淡的弧度，「祝妳一切順利。」

「你也一樣。」你最近好嗎、為什麼會在限時動態寫下那些話？我心中其實有許多疑問，然而這些話剛到嘴邊，最後還是被吞回了肚內。都不重要了。

我知道這次，會是我們最後一次的對話。看著他，過去一同經歷的日子再次在腦海裡重播。然而這一次，我已能笑著回頭，感謝他曾經在我最無助的時刻出現，也感謝他曾經帶給我的美好回憶。更感謝他，讓我在感情中成長，成為現在的自己。

「覺苡。」回到班上不久，馮浩的聲音把我從思緒中抽離。我抬眸一望，他露出一如既往的笑臉，眼裡的笑意彷彿帶有一股魔力，令我不自覺也抿唇微笑。

「畢業快樂，這個是……送妳的。」馮浩遞給我一個淺綠色包裝的長形盒，上面貼了張小卡片。

「謝謝。」我接過禮物後，順勢讀起小卡上的字。

『畢業快樂，希望妳一直都能快快樂樂的。期望看見妳成為導演的那天。』

我的嘴角彎起，視線轉到了馮浩身上。「希望真有那麼一天。」

「妳一定可以的。」他的眼神堅定，似乎比我還更有信心。

我又是一笑，接著把桌上的花束交給他，他明顯愣了愣，我很快開口：「送你的，畢業快樂。」

他莞爾一笑，也大方地接過並向我道謝。

「欸，馮浩，來一起拍照！」班上同學催促馮浩過去，我們的對話暫時劃下休止符。我也被同學們叫去充當攝影師，為他們拍下不少照片。

自從那天我上臺為馮浩發聲，加上凱芹的警告，那些關於馮浩的不堪傳聞就像突然被壓下了一樣，再也無消無息。班上同學跟馮浩慢慢不再有隔閡，感情也愈加要好。

「覺苡、馮浩，你們也來拍一張嘛！」佩璇忽然前來搶過我的手機，把我一把推上前。其他同學隨即曖昧一笑，接連著湊來，硬把我推到馮浩身邊。

我的肩膀碰到了馮浩的手臂，轉頭看他時，他有些彆扭地搔搔後腦杓。看見他害羞的模樣，也讓我的臉上忍不住一熱。我們兩人就這樣站在教室前面，被班上同學逼迫著朝鏡頭微笑。

「馮浩，你的手……」拍了一張，旁觀的班長不甚滿意，上前拉起馮浩的右手臂，讓其繞過我的後頸，最後輕輕壓在我的肩膀上，「嗯，這樣不錯。」

「喔喔喔——」大家忍不住歡呼出聲，那充滿曖昧的視線，讓我的雙頰再次升起高溫。

「閉嘴啦。」我瞪著他們說，「趕快拍！」

「你們別這樣。」馮浩尷尬笑著，手也有禮貌地想縮回。

「哎喲，又沒怎樣嘛。」佩璇一臉曖昧。

「妳閉嘴，快拍啦！」我惱羞成怒。

鬧了一陣子，陸續有同學說要去其他班找朋友，或是社團學弟妹拍照，他們才願意收手。看著班上人數變得寥寥無幾，愈來愈清靜，最後只剩下我和馮浩。

我收拾完東西，也準備離開，後面傳來馮浩的呼喚聲：「覺苡。」

我停下動作，轉過頭看他。黃昏的橘紅色陽光透過窗口，灑落在他身上，他的黑眸宛如被鍍上一層金色，閃熠著碎光。馮浩一臉認真，原本臉上的笑意已經消失。

「覺苡，妳怎麼都不問我被哪所大學錄取？」

其實，早在得知馮浩不報名指考——這代表他已被錄取時，我就想問了。但他既然沒有主動開口，或許是不打算讓我知道，所以就算我心裡好奇，還是忍著不問。
「妳不想知道嗎？」見我不語，他又繼續問。
「怎麼可能？我當然想知道啊。」我立即回答。
「那為什麼不問？就連凱芹都問我了。」他此時皺起的眉頭似乎可以夾死一隻蚊子了。
「你沒有主動說，所以我以為你不想讓我知道，才……」
他徐徐向前，搖了搖頭說：「妳想太多了，我沒有不想讓妳知道。」
我抬頭看他，心中也被勾起好奇：「那……」
「覺苡，其實面對我的時候，妳不需要那麼小心翼翼。」他忽然轉了話題，看著我的眼中帶著一絲柔和，「妳想問什麼就問，想說什麼就說，我都會回答，也會專心聽妳說。」
我的心頓時一怔。過了半晌，才緩緩吐出內心話：「可是，如果那些話會讓你生氣，又或者不開心呢？這樣你還是願意聽嗎？」
「當然願意，只要是妳說的話，我都想聽。」馮浩不假思索地回答。
「……」霎時間，我的心被某個什麼給填滿，眼眶也瞬間湧上一波氤氳，模糊了我的視線。
曾有個人告訴我，他不喜歡我的直言，如果說出來會讓他不開心，那就不要說。我也因而開始顧慮他人的感受，總是瞻前顧後。雖然這個改變沒什麼不好，然而時間一久，反而讓我變得過於顧及別人，漸漸失去自我，也失去了快樂。
但眼前這個男孩卻說：不管是什麼話，他都願意聽。
「覺苡，我知道妳一直都很清楚，但我從來沒正式說過。」馮浩走到我身邊微微蹲下，「我喜歡妳，從剛認識妳不久之後，就喜歡妳了。但就如同妳說的，我很木。記得妳跟沈小婷吵架的事嗎？我只是想幫妳，但是……卻讓妳不開心了，我也不知道該怎樣才能表達對妳的關心和喜歡，不知道該說什麼、該做什麼才能不讓妳覺得不自在。」

「知道妳喜歡段章俊的時候，我很難過，但我更希望妳開心，所以一直都支持妳的任何決定，只要妳找我幫忙，我一定會赴湯蹈火。可是，當我發現妳跟段章俊交往並不快樂時，我真的很煩惱，又不知道該怎麼辦，甚至怪自己當初為什麼要撮合你們。每次看見妳難過，我即使想安慰妳，但也只能陪著妳……妳需要一個聆聽者的時候，我就會馬上出現。」

「覺苡，我知道現在的妳，或許不想這麼快就進入一場新的戀愛，所以我只是想在畢業這天跟妳坦承心意，沒有其他意思。」

他溫柔的話語宛如羽毛般輕拂我的心頭，讓我的淚水不由自主落下。

我承認此刻的自己，對馮浩的感覺已經和當初不一樣了。就像一開始遇見段章俊時那樣，某個什麼正準備從內心發酵。我相信馮浩，我也知道跟他在一起後，我會很幸福、也很快樂，然而，我的內心依然存在著恐懼。

現在的我，還沒準備好再次踏入下一段感情。而這樣的我，真的值得他如此溫柔地對待嗎？

「馮、馮浩……」

「沒事，不要擺出這麼為難的臉。」他輕輕一笑，伸手把我臉頰上的淚痕擦掉，當他的拇指觸碰到我時，我的雙頰再次湧起一股燥熱。

「我會等妳的。所以，我才填了跟妳一樣的大學。」

我愣住好半晌，視線迎上他烏黑的雙瞳，他淡然一笑，「妳和凱芹接下來的四年都擺脫不了我了。」

我依然說不出話來，只見馮浩的眉宇間漸漸形成了皺痕……「難道妳不希望我跟妳們上同一所大學？」他一臉著急地問道。

我忍不住笑出聲來。「你亂想什麼？我只是……很驚訝你竟然會選同一所大學。」不只驚訝、開心，我內心還有更多的感動。

他為了等我，所以才跟著我上同一所大學？我真的……值得嗎？

「所以，以後……如果妳想交男朋友的時候，第一個就會先想到我。」馮浩說著，有些彆扭地勾起手指搔了搔臉頰，耳根也泛起紅暈。

「好啊。」幾乎不用思考，我笑著點頭答應了他。

聽見我的回答，他呆愣好久，嘴角隨即也往上翹起了一抹好看的弧度。

儘管當下的我們，並不知道以後會怎麼樣，但我相信，只要我勇敢踏出下一步，他一定會在前頭溫柔地牽起我的手，與我一起走向未知的未來。

回想從前種種，當時的他會被我選上臺來，或許也是命運的安排。

——他雖然不是我一開始就想選擇的那一個人，然而在未來的某一天，他或許，會成為我最終選擇的那一個人。

——全書完——

後記

這個故事其實在去年就已經完成，還記得在寫的時候，總會勾起我很多的回憶。

故事裡有許多曾經發生在我身邊的事，像是因為說粗口而被討厭、其他班特別看不順眼某班，下課時就會故意走到那班叫囂、找麻煩，還有情侶間吵架的那些原因……這些都是成長後的自己回頭看，會覺得有點莫名其妙的事情。但這就是高中，也是我們曾經的青春，就是因為曾看過、或親身經歷過這些事，才會造就現在的自己。

大部分人年輕時總會經歷一場不成熟的戀愛，覺苡也是如此。但經歷過了，她更清楚自己想要的是什麼。每一段經歷，不管願不願意，都會成為我們體內的一部分。因為經歷過了，才知道自己是否想繼續成為那樣的人。

其實故事中的覺苡是我認識的一個女孩，她是一位田徑選手，也是一個競技啦啦隊的上層人員，雖然很愛說粗口，但在學校卻特別受歡迎。她和段章俊之間，是真實存在的故事，只是多了一點虛構的成分。很謝謝她把這段經歷告訴我，讓我能把它寫成一個故事。

在創作期間，我因為不太了解臺灣的學制，所以特別請教了文友喵貓，謝謝她一直很耐心地向我解釋。在POPO連載的那段日子，我也收到了文友的回饋，所以在這裡要特別感謝無聊種子、以沫、願兒、焚焰、錦里、露棠和珞芋薇。也要謝謝今天下小雨幫我寫了推薦，並在寫作的路上不斷給我信心，也帶給我不少的歡樂；還要謝謝雨菓的鼓勵，如果沒有她，這個故事或許就不會有機會以實體書的形式呈現給大家。

謝謝芳慈在這段時間的協助與用心，給了我很大的幫助與建議。也謝謝總是在大半夜被我請教的佳昕，還有幫我解惑的宕，讓我的校稿能更順利地進行。

最後，謝謝大家看到最後，歡迎看完故事後告訴我你的想法和心得。期待收到你們的回饋。我們下次見！

筆恩

要青春87　PG2611

要有光 FIAT LUX

我選擇的那一個人

作　　者	筆　恩
責任編輯	姚芳慈
圖文排版	陳彥妏
封面設計	蔡瑋筠

出版策劃	要有光
發 行 人	宋政坤
法律顧問	毛國樑　律師
印製發行	秀威資訊科技股份有限公司 114台北市內湖區瑞光路76巷65號1樓 電話：+886-2-2796-3638　傳真：+886-2-2796-1377 http://www.showwe.com.tw
劃撥帳號	19563868　戶名：秀威資訊科技股份有限公司 讀者服務信箱：service@showwe.com.tw
展售門市	國家書店（松江門市） 104台北市中山區松江路209號1樓 電話：+886-2-2518-0207　傳真：+886-2-2518-0778
網路訂購	秀威網路書店：https://store.showwe.tw 國家網路書店：https://www.govbooks.com.tw
總 經 銷	聯合發行股份有限公司 231新北市新店區寶橋路235巷6弄6號4F 電話：+886-2-2917-8022　傳真：+886-2-2915-6275

出版日期	2021年10月　BOD一版
定　　價	350元

讀者回函卡

Printed in Taiwan

國家圖書館出版品預行編目

我選擇的那一個人/筆恩著. -- 一版. --
臺北市 : 要有光, 2021.10
面； 公分. -- (要青春 ; 87)
BOD版
ISBN 978-986-6992-92-6(平裝)

868.757 110014707